길 위에서 1

On the Road

ON THE ROAD:
The Original Scroll
by Jack Kerouac

With Introductions by Howard Cunnell, Joshua Kupetz,
George Mouratidis and Penny Vlagopoulos

Introductions

FAST THIS TIME: JACK KEROUAC AND THE WRITING OF ON THE ROAD
by Howard Cunnell
REWRITING AMERICA: KEROUAC'S NATION OF "UNDERGROUND MONSTERS"
by Penny Vlagopoulos
"INTO THE HEART OF THINS": NEAL CASSADY AND THE SEARCH FOR THE
AUTHENTIC
by George Mouratidis
"THE STRAIGHT LINE WILL TAKE YOU ONLY TO DEATH": THE SCROLL
MANUSCRIPT AND CONTEMPORARY LITERARY THEORY
by Joshua Kupetz

세계문학전집 226

길 위에서 1

On the Road

잭 케루악

해제 : 하워드 커넬, 페니 블라고풀로스,
조지 무라티디스, 조슈아 쿠페츠
이만식 옮김

민음사

차례

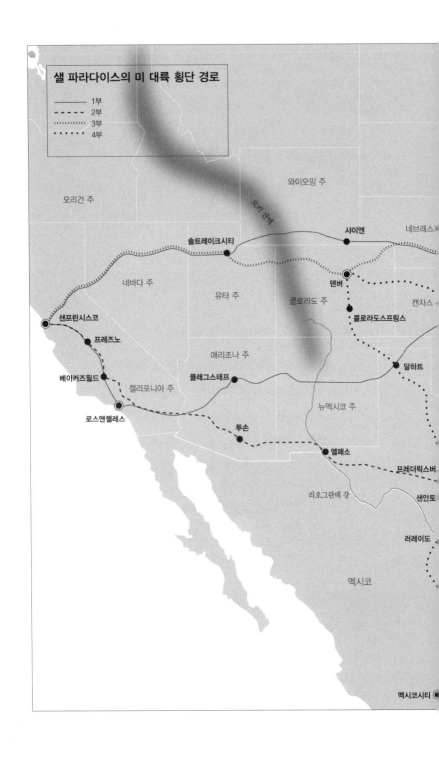

샐 파라다이스의 미 대륙 횡단 경로

— 1부
---- 2부
········· 3부
•••••• 4부

오리건 주

와이오밍 주

로키산맥

솔트레이크시티

샤이엔

네브래스카

네바다 주

유타 주

콜로라도 주

덴버

캔자스

샌프란시스코

콜로라도스프링스

프레즈노

애리조나 주

베이커즈필드

캘리포니아 주

플래그스태프

달하트

로스앤젤레스

뉴멕시코 주

투손

엘패소

프레더릭스버

리오그란데 강

샌안토

러레이도

멕시코

멕시코시티

1부

1

딘을 처음 만난 것은 아내와 헤어지고 얼마 되지 않아서였
다. 당시 나는 심한 병을 앓다가 겨우 나은 참이었는데, 이 병
에 관해서는 끔찍할 정도로 지긋지긋했던 결별 과정과 세상만
사에 무감각해진 나 자신과 관계가 있다는 사실 외에는 더 이
야기하지 않도록 하겠다. 딘 모리아티의 등장으로 이른바 길
위에서의 삶이라 할 수 있는 내 삶의 한 시기가 시작되었다. 그
전에도 서쪽으로 가서 시골을 구경하는 것을 자주 꿈꾸기는
했지만, 항상 막연하게 계획만 세웠지 실제로 떠난 적은 한 번
도 없었다. 딘은 길 위에서 태어났기 때문에 길동무로는 완벽
한 녀석이었다. 1926년 로스앤젤레스를 향해 가고 있던 그의
부모는 솔트레이크시티를 통과하던 중에 고물 차 속에서 그
를 낳았다. 내가 딘을 알게 된 건 그가 뉴멕시코의 소년원에
서 보낸 편지 몇 통을 채드 킹이 보여 줬기 때문이었다. 니체같
이 지적이고 멋진 것들을 알고 있는 대로 가르쳐 달라는 순진

하고 다정한 부탁이 담긴 그 편지에 나는 굉장한 관심을 갖게 됐다. 한번은 그 편지에 관해 카를로와 얘기하다가 딘 모리아티라는 이상한 녀석을 한번 만나 보면 어떨까 하는 생각을 했다. 아주 오래전 얘기인데, 그때 딘은 지금과 다르게 신비에 싸인 어린 소년원생이었다. 그 후 딘이 출소를 해서 난생처음 뉴욕에 온다는 소식이 들려왔다. 또 얼마 전에 메릴루라는 여자와 결혼했다는 얘기도 있었다.

어느 날 교정을 어슬렁거리고 있는데 채드와 팀 그레이가 와서 딘이 동쪽의 빈민가인 스페니시 할렘에 있는, 온수도 나오지 않는 아파트에 머물고 있다고 알려 줬다. 딘은 전날 밤 예쁘고 맵시 있고 몸집이 작은, 메릴루라는 여자와 함께 처음으로 뉴욕에 왔다. 그들은 그레이하운드* 고속버스를 타고 50번가에서 내려 식당을 찾아 길모퉁이를 돌다가 곧 헥터스로 들어갔다. 그 후로 헥터스 카페테리아는 딘에게 뉴욕의 커다란 상징이 됐다. 그들은 설탕 시럽을 씌운 커다랗고 예쁜 케이크와 슈크림을 사 먹었다.

그동안 딘은 메릴루에게 내내 이런 얘기를 했다. "자기, 이제 우린 뉴욕에 도착했어. 이제까지 말은 못 했는데 우리가 미주리를 지날 때, 그리고 특히 감옥 같은 분빌 소년원을 지나칠 때 난 생각했어. 이제 우리의 사랑에 관해 남은 모든 것들은 잠시 미뤄 두고 당장 구체적으로 먹고살 궁리를 해야 할 것 같아……." 그는 그 옛 시절의 말투로 이야기를 이었다.

내가 친구들과 함께 온수도 안 나온다는 그 아파트에 찾아

_____

* 미국의 대표적인 대도시 간 고속버스 회사.

갔을 때, 딘은 반바지 차림으로 문간에 나타났다. 메릴루는 소파에서 거의 튀어 오르다시피 했다. 딘은 자신의 동거인을 부엌에 급파해 커피를 끓이게 하고 자신의 사랑 문제에 착수했던 것이다. 그에게는 인생에서 오직 섹스만이 유일무이하게 성스럽고도 중요한 일이었고 다른 일은 그저 먹고살기 위해 진땀을 흘리고 욕설을 해 대며 해치울 뿐이었다. 지시를 받는 젊은 권투 선수처럼 고개를 끄덕이며 "그래."와 "맞아."를 수천 번 되뇌면서 바닥을 내려다보며 건성으로 머리를 끄덕이고 있는 딘의 모습에서도 그런 면이 엿보였다. 그의 첫인상은 젊은 시절의 진 오트리*를 떠올리게 했다. 균형 잡힌 몸매에 날씬한 엉덩이와 파란 눈을 가진, 오클라호마 토박이 사투리를 쓰는, 눈 덮인 서부의 구레나룻 덥수룩한 영웅 같았다. 실제로 그는 메릴루와 결혼해서 동부에 오기 직전까지 콜로라도에 있는 에드월의 목장에서 일했다. 메릴루는 황금색 물결이 치는 바다같이 풍성한 곱슬머리를 가진 금발 미인이었다. 그녀는 손을 무릎에 늘어뜨린 채 소파 끝에 걸터앉아 시골 처녀같이 흐릿한 파란 눈을 크게 뜨고 앞을 응시하고 있었다. 아마도 그녀가 서쪽에서 들었던 사악하고 음울한 뉴욕의 아파트에 앉아 있기 때문이리라. 그녀는 모딜리아니의 그림에 나오는, 침울한 방에 앉아 있는 몸이 길고 수척한 초현실적인 여인처럼 우리를 기다리고 있었다. 하지만 귀여운 소녀라는 점을 제외하면 메릴루는 지독하게 멍청했고 끔찍한 일도 서슴없이 저지를 수 있는 여자였다. 그날 밤 우리는 맥주를 마시며 포커를 하고 새벽까지 이

---

* 1907~1998. 1930~1950년대 미국 최고의 컨트리 가수이자 영화배우.

야기를 나눴다. 그리고 아침에는 음산한 날씨의 잿빛 햇살 속에 말없이 둘러앉아 재떨이에 남은 담배꽁초를 다시 꺼내 피웠다. 딘이 안절부절못하고 일어나 생각에 잠겨 주위를 왔다 갔다 하더니, 메릴루더러 아침을 준비하고 마루를 쓸라고 했다. "가만히 있으면 안 돼, 자기. 내 말은, 그러지 않으면 우리 계획의 진정한 인식이나 결정화에 동요나 결함이 생긴다는 거야." 그리고 나는 떠났다.

그다음 주에 딘은 채드 킹에게 글 쓰는 법을 가르쳐 달라고 간청했다. 채드는 내가 작가니까 나를 찾아가 조언을 구하라고 말했다. 그동안 딘은 주차장에서 일자리를 구했고, 애초에 그들이 도대체 왜 그런 곳으로 갔는지는 모르겠지만, 호보큰 아파트에서 메릴루와 대판 싸웠다. 화가 머리끝까지 난 메릴루는 앙심을 품고는 말도 안 되는 혐의를 꾸며 내서 딘을 경찰에 고발했고, 딘은 호보큰에서 도망가야 했다. 그러나 갈 곳이 없었던 그는 곧장 내가 이모와 살고 있던 뉴저지 주 패터슨에 찾아왔다. 어느 날 밤 공부를 하고 있는데 누가 문을 두드려 나가 보니 딘이 서 있었다. 그는 허리 숙여 인사를 하더니 어두운 복도에서 아첨하듯 얼버무리며 말했다. "안녕, 딘 모리아티라고 기억해? 글 쓰는 법을 가르쳐 줬으면 해서 찾아왔는데."

"메릴루는 어쩌고?" 내가 물었다. 딘은 틀림없이 창녀 짓으로 몇 달러 벌어서 덴버로 돌아갔을 거라고 대답했다. "그 여잔 창녀야!" 거실에 앉아 신문을 읽고 있는 이모 앞에서는 하고 싶은 얘기를 마음대로 할 수 없었기 때문에 우리는 일단 맥주나 몇 잔 마시러 밖으로 나갔다. 이모는 딘을 보자마자 미친 녀석이라고 단정했다.

나는 바에서 딘에게 말했다. "이봐, 네가 그저 작가가 되고 싶은 마음에 찾아온 건 아니란 걸 잘 알아. 하지만 내가 아는 거라곤 벤제드린* 중독자처럼 열정을 갖고 글쓰기에 매달려야 한다는 거야." 그러자 딘이 말했다. "물론이야. 무슨 말인지 잘 알아. 사실 그런 별의별 문제들이 다 일어났어. 하지만 내가 원하는 바는, 쇼펜하우어의 이분법이 어째서 내면적 실현을 이해하는 데 필수적인 것인지⋯⋯." 이런 식으로 이야기가 계속되었는데, 나도 그 자신도 전혀 이해할 수 없었다. 그 시절에 딘은 실제로 자기가 무슨 말을 하고 있는지 알지 못했다. 말하자면 그는 진정한 지식인이 될 수 있다는 멋진 가능성에 전부를 건 소년원 출신 놈팡이였고, '진정한 지식인'에게서 주워들은 어려운 단어를 섞어 가며 유식한 톤으로 말하길 좋아했지만 곧 뒤죽박죽이 되어 버리곤 했다. 그렇긴 해도 알다시피 다른 모든 일에는 그렇게 순진하지 않았기 때문에 카를로 막스와 몇 달 어울리고 나자 그는 곧 온갖 어려운 단어와 전문 용어에 완전히 통달하게 되었다. 아무튼 우리는 이런저런 정신 나간 이야기를 나누며 서로를 이해했고, 나는 딘이 일자리를 찾을 때까지 우리 집에 머무는 것을 허락했다. 더 나아가 언젠가 함께 서부를 여행하기로 했다. 그것이 1947년 겨울의 일이었다.

　어느 날 밤 딘은 우리 집에서 저녁을 먹고 난 후(그 무렵 딘은 뉴욕의 주차장에서 일하고 있었다.) 빠른 속도로 타자를 치는

---

* 중추신경을 흥분시키는 각성제인 암페타민의 상품명. 잭 케루악, 윌리엄 버로스, 앨런 긴즈버그를 비롯한 대부분의 비트족이 이를 애용했다.

내 어깨 위로 몸을 숙여 말했다. "서둘러. 여자애들은 기다려 주지 않아. 빨리 하라고."

내가 말했다. "조금만 기다려. 이 장(章)만 끝내고 곧 갈게." 그것은 그 책에서 가장 중요한 장 중 하나였다. 나는 옷을 갈아입고 딘과 함께 여자들을 만나러 뉴욕으로 날아갔다. 버스를 타고 묘한 푸른빛이 가득한 링컨 터널 안을 지날 때, 우리는 서로에게 기대앉아 손가락을 빙빙 돌리고 소리를 지르며 흥분해서 떠들어 댔다. 나는 딘이라는 빈대를 갖게 됐다. 딘은 단순히 삶이라는 것에 엄청 들떠 있는 청년일 뿐이었다. 그가 사기꾼일지는 몰라도 그저 생각대로 살고 싶고, 그렇게 하지 않으면 관심도 가져 주지 않을 사람들과 친해지고 싶어서 사기를 쳤던 것뿐이다. 나는 딘이 방이나 식사, '글 쓰는 법' 등으로 내게 사기를 치고 있다는 것을 알고 있었고, 딘도 내가 안다는 걸 알고 있었다. 그것이 우리의 관계를 지탱하는 기반이었다. 하지만 나는 신경 쓰지 않았고 우리는 서로 성가시게 굴거나 비위를 맞추는 일 없이 사이좋게 지냈다. 우린 마음이 맞는 새로운 친구로서 서로 조금씩 접근해 갔다. 딘이 내게서 배운 만큼 나도 딘에게서 배우기 시작했다. 그는 내 작품에 관해 늘 이렇게 말했다. "계속해. 뭘 하든 전부 다 근사해." 내가 소설을 쓰고 있으면 어깨 너머로 보고 있다가 "그래! 바로 그거야! 와! 대단해!"라고 소리치거나 "맙소사!" 하며 손수건으로 얼굴을 닦기도 했다. "와, 진짜, 해야 할 일도 정말 많고, 쓸 거리도 정말 많아! 도대체 그 모든 것을 어떻게 시작할지조차 모르겠어. 규정이 완화되지도 않았고 문학적 억압이나 문법적 공포 같은 온갖 문제가 걸려 있는데 말이야……."

"바로 그거야. 이제 좀 말이 통하네." 딘의 흥분과 눈빛에서 거룩한 번개의 번쩍임 같은 것이 보였다. 딘이 어찌나 열렬하게 말했던지 버스 안의 다른 사람들이 이렇게 '심하게 흥분한 녀석'이 누군지 보려고 고개를 돌렸을 정도였다. 서부에 있을 때 딘은 자기 시간의 삼분의 일은 당구장에서, 삼분의 일은 교도소에서, 삼분의 일은 공공 도서관에서 보냈다. 모자도 쓰지 않은 맨머리로 겨울 거리를 열심히 쏘다녔는데, 책을 들고 당구장에 가거나 친구네 다락방에 들어가려고 나무에 기어오르는 모습이 목격되곤 했다. 그는 거기에서 책을 읽으며 시간을 보내거나 법망을 피해 숨어 지냈다.

우리는 뉴욕에 갔다. 정확한 상황은 잊었지만 유색인 여자 둘이라고 들었는데, 도착해 보니 여자들은 없었다. 식당에서 만나기로 했다는데 나타나지 않은 것이다. 딘이 할 일이 좀 있다고 해서 우리는 그가 일하는 주차장으로 갔다. 딘이 뒤쪽의 간이 건물에서 옷을 갈아입고 깨진 거울 앞에서 매무시를 살짝 가다듬은 후 우리는 다시 출발했다. 그리고 그날 밤 딘은 카를로 막스를 만났다. 둘의 만남은 대단한 사건이었다. 날카로운 정신의 소유자인 둘은 첫눈에 서로가 마음에 들었다. 꿰뚫는 듯한 두 개의 시선이 꿰뚫는 듯한 두 개의 눈 속을 응시했다. 빛나는 정신을 가진 거룩한 사기꾼 딘과 어두운 정신을 가진 우울하고 시적인 사기꾼 카를로 막스. 그 후로 딘을 거의 만나지 못하게 된 것은 조금 서운한 일이었다. 그들의 에너지가 정면으로 충돌하는 장면을 생각하면 나는 도저히 그들을 따라잡을 수 없는 시골뜨기에 불과했다. 모든 것이 그때부터 미친 듯 소용돌이치기 시작했다. 내 모든 친구들과 남은 가족들의 추억이 미국의 밤 위로 드리운 거대한 먼지구름이 되어 뒤섞였다. 카를로는 딘에게 올드 불 리, 엘머 해슬, 제인에 관해 이야기해 주었다. 리는 텍사스에서 마리화나를 키우고, 해슬은 라이커스 섬*에 있고, 제인은 환각 상태에서 딸을 품에 안은 채 타임스스퀘어를 방황하다 벨뷰에 정착했다고 말이다. 그리고 딘은 카를로에게 내반족을 갖고 있는 포켓볼 도사이자 카드 도박사인 별난 성자 토미 스나크처럼 잘 알려지지 않은 서부 사람들에 관해 이야기해 주었다. 딘은 로이 존슨, 빅 에드 던컬, 어린 시절의 친구들, 길거리 친구들, 셀 수 없이 많았던 여자들, 섹스 파티, 포르노 사진, 자신이 좋아하던 남자 주인공과 여자 주인공, 모험에 관해 말했다. 그들은 함께 거리를 달려가며 별별 일에 다 끼어들었다. 나중에는 아주 애처롭고 슬프고 허무한 관계가 됐지만, 처음에는 서로 매달리다시피 하면서 춤추듯 거리를 돌아다녔다. 나는 내 관심을 끄는 사람들을 만나면 항상 그랬던 것처럼 휘청거리며 그들을 쫓았다. 왜냐하면 내게는 오로지 미친 사람, 즉 미친 듯이 살고, 미친 듯이 말하고, 미친 듯이 구원받으려 하고, 뭐든지 욕망하고, 절대 하품이나 진부한 말을 하지 않으며, 다만 황금빛의 멋진 로마 꽃불이 솟아올라 하늘의 별을 가로지르며 거미 모양으로 작렬하는 가운데 파란 꽃불이 펑 터지는 것처럼, 모두 "우와!" 하고 감탄할 만큼 활활 타오르는 그런 사람만 존재했기 때문이다. 괴테의 나라 독일에서는 그런 젊은이를 무엇이라고 불렀던가? 딘은 어떻게 하면 카를로처럼 글을 쓸 수 있을지 알고 싶어서 사

---

* 뉴욕 시 최대의 감옥인 라이커스 교도소가 있는 섬.

기꾼만이 가질 수 있는 위대하고 매혹적인 영혼으로 카를로를 공격했다. "카를로, 이제 나도 말 좀 하자. 내가 말하려는 바는 말이야……." 그들은 그로부터 이 주 동안 보이지 않았는데, 그 동안 밤낮으로 쉼 없이 지껄이면서 단단한 관계를 맺었다.

그리고 여행하기 좋은 계절인 봄이 왔다. 뿔뿔이 흩어졌던 패거리들도 제각기 이런저런 여행을 떠날 준비를 했다. 나는 쓰느라 바빴던 소설을 반쯤 완성해 놓고 형 로코를 만나러 이모와 남부에 다녀오고 나서야 드디어 난생처음 서부 여행을 떠날 준비를 했다.

딘은 이미 떠나고 없었다. 카를로와 나는 34번가의 그레이하운드 버스 터미널에서 그를 배웅했다. 그곳 2층에는 25센트 동전을 넣고 사진을 찍는 곳이 있었다. 카를로는 안경을 벗으니 험상궂어 보였다. 딘은 옆모습을 찍은 다음 수줍게 주위를 둘러봤다. 나는 그냥 정면으로 찍었는데, 자기 엄마를 욕하는 놈은 누구든 당장에 찔러 죽일 듯한 서른 살 먹은 이탈리아인처럼 나왔다. 카를로와 딘은 면도칼로 사진을 반으로 잘라 각자의 지갑에 간직했다. 딘은 덴버로 돌아가는 중요한 여행을 위해 진짜 서부 스타일의 정장을 사 입었다. 뉴욕에서의 첫 번째 방탕한 생활을 끝냈기 때문이다. 방탕한 생활이라고는 했지만 사실 그는 주차장에서 개처럼 일만 했다. 딘은 세상에서 가장 멋진 주차장 관리인이었다. 시속 65킬로미터로 차를 후진시켜 빡빡한 공간에 쏙 집어넣고 벽 바로 앞에서 세운 다음 운전석에서 튀어나온다. 그러곤 자동차 흙받기들 사이를 달려 다음 자동차 속으로 쏙 들어간다. 이번에도 좁은 공간에서 차를 시속 80킬로미터까지 회전시킨 다음 빠듯한 공간으로 신속하

게 후진시킨다. 워낙 급하게 움직이다 보니 딘이 차에서 빠져
나올 때 차가 덜컹 튀어 오르기도 한다. 그다음엔 곧바로 관
리소까지 단거리 육상 선수처럼 전력 질주하여 주차증을 건네
고, 새로 도착한 차 주인의 몸이 차 밖으로 채 나오기 전에 그
속으로 뛰어 들어간다. 문자 그대로 차 주인의 몸 밑으로 파고
들어서는, 문 닫는 소리가 멎기도 전에 시동을 걸고 빈자리로
돌진한다. 틀고, 집어넣고, 세우고, 내려선, 달린다. 그런 식으로
쉬는 시간도 없이 매일 밤 여덟 시간씩 일하고, 저녁 퇴근 시
간과 영화가 끝난 후의 붐비는 시간에도 기름에 전 바지와 다
해진 모피 안감이 달린 재킷을 입고 밑창이 너덜거리는 신발
을 신고 일했다. 그런데 이제는 고향으로 돌아가기 위해 가는
줄무늬가 있는 푸른색 스리피스 양복을 샀던 것이다. 3번가에서
11달러로 시계와 시곗줄, 휴대용 타자기도 샀는데, 덴버에서 일
자리를 얻는 대로 하숙집에서 글쓰기를 시작하기 위해서였다.
우리는 7번가의 라이커스 식당에서 프랑크푸르트소시지와 콩
요리로 환송 만찬을 같이했고, 딘은 시카고라고 쓰여 있는 버
스를 타고 밤 속으로 떠나갔다. 우리의 카우보이는 이렇게 떠
났다. 정말로 꽃이 피고 땅을 갈아엎는 봄이 되면 나도 같은
길을 가리라 다짐했다.

　이렇게 하여 내 모든 길 위에서의 경험이 시작되었다. 뒤이
어 벌어진 일들은 너무나도 환상적이었기에 여러분에게 말하
지 않을 수 없다.

　그렇다. 내가 단순히 작가로서 새로운 경험이 필요했거나 교
정 주변을 맴돌기만 하는 내 삶의 무기력함이 포화 상태에 이

르렀기 때문에 딘을 더 알고 싶어진 것은 아니다. 얼마간의 성격 차이에도 불구하고, 그가 마치 오래전에 잃어버린 동생 같다는 생각이 들었기 때문이었다. 구레나룻을 길게 기른, 고민 가득한 여윈 얼굴과 팽팽하게 긴장한 채 땀 흘리는 근육질의 목은 물웅덩이와 강가, 염색 공장 쓰레기 더미에서 놀았던, 패터슨과 퍼세익에서의 어린 시절을 떠올리게 했다. 그의 더러운 작업복은 그의 몸에 아주 우아하게 달라붙어 있었다. 그저 딘이 그랬듯 힘들어도 즐거운 마음으로 일하면서 저절로 얻는 방법 외엔 얻을 수 없는 맞춤옷 같아서 맞춤 양복점에서도 그보다 더 잘 맞는 옷을 살 수는 없을 것이었다. 나는 딘의 활기찬 어투에서 형들이 공장에서 일하는 동안 소년들이 기타를 치던 오후의 나른한 현관 계단과 빨랫줄이 매어진 동네를 따라, 오토바이 소리 사이로, 다리 밑에서 들리던 옛 동무들과 형제들의 목소리를 다시 들었다. 당시 내가 사귀고 있던 다른 친구들은 모두 '지식인'들이었다. 채드는 니체적 인류학자였고, 카를로 막스는 낮은 목소리로 진지하게 응시하며 이야기하는 미친 초현실주의자였고, 올드 불 리는 느린 말투로 무조건 모든 것에 반대하는 비평가였다. 그 외에는 세상일에 달관한 듯한 냉소를 지닌 엘머 해슬 같은, 미꾸라지처럼 빠져나가는 범죄자들뿐이었다. 역시 그중 한 명이었던 제인 리는 동양풍 커버를 씌운 소파에 누워 코를 바짝 갖다 대고 《뉴요커》 잡지의 냄새를 맡곤 했다. 하지만 딘의 빛나는 지성은 모든 면에서 격식을 갖추고 있었고 완전하면서도 지식인스럽지가 않았다. 게다가 그의 '범죄 행각'은 뭔가 마음에 안 드는 것을 비웃기 위한 행위가 아니었다. 그것은 미국식 기쁨을 거칠게 분출하는 방법이었다. 그것은 지극히 서부적인 것, 서쪽에서 부는 바람, 대평원의 송가, 무언가 새로운 것, 오랫동안 예언돼 온 것, 오래 전부터 다가오고 있었던 어떤 것이었다.(딘은 드라이브를 하고 싶다는 이유만으로 차를 훔쳤다.) 게다가 나의 뉴욕 친구들이 사회를 헐뜯는 부정적이고 불쾌한 입장을 취하면서 현학적이고 정치적이고 정신분석학적인 이유만을 지루하게 늘어놓았던 반면, 딘은 그저 세상사에 열심이었고 빵과 사랑을 갈망할 뿐이었다. 그는 "다리 사이에 그게 있는 여자면 돼." 그리고 "입에 풀칠하면 돼."라며 그 무엇에도 신경 쓰지 않았다. "이봐, 내 말 듣고 있어? 난 배가 고파, 배고파 죽겠어, 지금 당장 먹으러 가자고!" 그리고 우린 '그것이 해 아래에서 얻은 네 몫이다.'라는 전도서 구절처럼 '먹기' 위해 달려 나갔다.

딘은 서쪽에서 온 태양의 자손이었다. 이모는 그와 어울리면 말썽에 휘말릴 거라고 경고했지만, 나는 새로운 부름을 받았고 새로운 지평선을 봤으며 젊은 나이에도 그것을 믿을 수 있었다. 다소 문제가 있긴 했고, 심지어 딘이 (나중에 실제로 그랬듯이) 길거리나 병석에서 쫄쫄 굶는 나를 내버리고 결국 친구로 여기지도 않게 되더라도 무슨 상관이겠는가? 나는 젊은 작가였고 날아오르고 싶었다.

따라가다 보면 어딘가에 여자, 미래, 그 모든 것이 있으리라는 사실을 난 알고 있었다. 따라가다 보면 어딘가에서 내게 진주가 건네질 것이다.

2

1947년 7월, 재향군인 연금으로 50달러 정도를 모은 나는 서부 해안을 향해 떠날 준비를 마쳤다. 친구 레미 봉쾨르가 샌 프란시스코에서 세계 일주 유람선을 타고 함께 떠나자는 편지를 보내왔다. 그는 내가 기관실에서 일할 수 있게 해 주겠다고 장담했다. 나는 태평양으로 떠나는 장기 항해를 몇 번 할 수 있다면 낡은 화물선이라도 좋다, 책을 마칠 때까지 이모 집에서 지낼 수 있을 만큼의 돈을 갖고 돌아올 수 있다면 만족한다고 답장을 보냈다. 그는 밀시티에 자신의 오두막이 있으니 우리가 배를 타기 위한 갖가지 일처리를 하는 동안 거기에서 글을 쓸 시간이 충분할 거라고 말했다. 그는 리 앤이란 여자와 같이 살고 있었다. 그녀가 요리를 어찌나 잘하는지 모두가 깜짝 놀랄 정도라고 했다. 레미는 옛 사립학교 동창이었는데, 파리에서 자란 프랑스인이었고 진짜 미치광이여서 이번에는 또 얼마나 미친 짓을 할지 알 수 없었다. 그는 내게 열흘 안에 오라고 했다. 이모는 서부 여행에 전적으로 동의했다. 내가 겨우 내 지나치게 일만 하고 집 안에만 처박혀 있었으니 이 여행이 큰 도움이 될 거라고 말이다. 히치하이크를 해야 할지도 모른다고 말했는데도 이모는 타박 한마디 않고 그저 내가 몸성히 돌아오기만을 바랐다. 그렇게 나는 반쯤 끝낸 커다란 원고 뭉치를 책상 위에 놓아두고, 어느 날 아침 마지막으로 포근한 이불을 개 놓고 기본적인 물품 몇 개만 캔버스 가방 안에 챙겨 넣은 뒤 주머니에 50달러를 넣은 채 태평양을 향해 출발했다.

나는 몇 달 동안 패터슨에서 전국 지도를 연구하고, 서부 개척자들에 관한 책을 읽거나 플랫 앤 시머론 같은 지명을 음미하기도 했다. 도로 지도를 보니 6번 도로라는 빨간 선 하나가 코드 곶의 끝에서 네바다 주 엘리로 쭉 이어졌다가 아래로 꺾여 로스앤젤레스에 이르렀다. 나는 엘리까지 계속 6번 도로를 따라가야겠다고 다짐하곤 자신 있게 출발했다. 6번 도로로 가기 위해선 베어 마운튼까지 올라가야 했다. 시카고, 덴버, 마지막으로 샌프란시스코에서 무슨 일을 할까 꿈꾸면서 7번가에서 지하철을 타고 242번가의 종점까지 간 다음, 그곳에서 용커스로 들어가는 전차를 탔다. 그리고 용커스 시의 중심가에서 시외로 나가는 전차로 갈아타고 허드슨 강 동쪽 제방의 시 경계선까지 갔다. 애디론댁 산맥 어딘가에 있는 신비로운 허드슨 강의 수원에 장미 한 송이를 떨어뜨리면 그것이 영원히 바다 밖으로 나가기까지 어떤 곳을 여행할지 상상해 보라. 저 멋진 허드슨 계곡을 말이다. 나는 히치하이크를 시작했다. 그럭저럭 다섯 번을 얻어 탄 끝에 바라던 베어 마운튼 다리에 도착했다. 뉴잉글랜드에서 내려온 6번 도로가 여기서 활처럼 휘어지게 된다. 내가 그곳에 도착했을 때 갑자기 비가 억수같이 퍼붓기 시작했다. 주위에는 산밖에 없었다. 6번 도로는 강 건너 로터리를 한 바퀴 돌아 황야 속으로 사라졌다. 지나다니는 차도 없고, 비는 퍼붓는데 몸을 피할 곳이 없었다. 소나무 밑으로 달려 들어갔지만 아무 소용없었다. 나는 더럽게도 멍청한 나 자신을 욕하고 울면서 머리를 마구 쥐어박았다. 나는 뉴욕으로부터 북쪽으로 65킬로미터 떨어진 지점에 있었다. 이 중요한 여행의 첫날에, 이곳까지 올라오는 내내 나는 그리도 바라던 서쪽 대신 그저 북쪽으로 올라가는 데만 신경을 썼던 것이다. 이제 이 북쪽 끝에서 나는 완전히 발이 묶였다. 400미터쯤 달려가니 폐건물인 듯한 영국풍의 귀여운 주유소가 있어서 빗방울 떨어지는 처마 밑에 가서 섰다. 저 위에서는 거대하고 울창한 베어 마운튼이 천둥소리를 울려 대며 내 마음속에 신에 대한 두려움을 불러일으켰다. 내 눈에 보이는 건 희부연 나무들과 하늘까지 솟아오른 듯한 음산한 황야뿐이었다. "도대체 여기서 뭘 하고 있는 거지?" 나는 욕을 하고, 소리쳐 시카고를 불렀다. "지금 다들 아주 신이 났을 텐데, 나만 이런 데 있어. 대체 언제 거기에 가느냔 말이야!" 마침내 차 한 대가 텅 빈 주유소에 멈춰 섰다. 차 안에서 남자 한 명과 여자 두 명이 지도를 보려 하고 있었다. 나는 차로 다가가 빗속에서 그들을 향해 손짓 발짓을 해 보였다. 그들은 서로 의논을 했다. 머리도 다 젖고 철벅거리는 신발을 신고 있는 나는 당연히 미친 놈처럼 보였을 것이다. 나란 놈이 얼마나 멍청한가 하면 미국의 비 오는 밤이나 밤의 비포장도로에는 전혀 맞지 않는, 체처럼 구멍이 숭숭 뚫린 멕시코산 가죽 샌들을 신고 있었던 것이다. 하지만 그 사람들은 나를 북쪽의 뉴버그까지 데려다 줬다. 밤새도록 베어 마운튼의 황야에 갇혀 있는 것보다는 나으리라는 생각에 나는 그 제안을 받아들였다. 남자가 말했다. "게다가 6번 도로에는 지나다니는 차가 없어요. 시카고로 가고 싶다면 뉴욕에서 홀란드 터널을 지나 피츠버그로 가는 게 나아요." 나는 그의 말이 옳다는 것을 알았다. 내 꿈은 완전히 산산조각이 났다. 다양한 길과 수단을 시도하는 대신 미국을 가로지르는 거대한 빨간 선 하나만 따라가면 된다는 발상은 뜨뜻한 방구석에서나 가능한 바보 같은 생각이었다.

뉴버그는 이미 비가 그친 상태였다. 나는 강까지 걸어 내려가서, 산에서 주말을 보내고 시끄럽게 떠들면서 돌아가는 교사 단체 승객과 함께 버스를 타고 뉴욕으로 되돌아가야 했다. 나는 시간과 돈을 허비해 버린 것에 대해 욕을 해 댔다. 서쪽에 가고 싶다더니 여기서 하루 종일 밤이 될 때까지 위아래로만 왔다 갔다 했으니 아예 출발하지 않은 것이나 다름이 없었다. 나는 맹세했다. 내일은 반드시 시카고에 가리라. 내일 시카고에 도착할 수만 있다면, 돈을 다 써 버려도 상관없으니 꼭 시카고행 버스를 타리라.

3

　오하이오의 평원에 도착할 때까지는 우는 아이, 뜨거운 태양, 펜실베이니아 주의 마을마다 버스에 올라타는 시골 사람들과 함께하는 평범한 버스 여행이었다. 버스는 그 후로 애슈터뷸라까지 올라갔다가 밤새 인디애나 주를 횡단했다. 나는 꼭두새벽에 시카고에 도착해 YMCA에 방을 얻었다. 침대에 들어갈 때는 주머니에 몇 달러밖에 없었다. 나는 한숨 잘 잔 다음 시카고 탐험에 나섰다.

　미시간 호에서 불어오는 바람과 시카고 번화가에서 들리는 비밥 재즈 그리고 사우스홀스테드와 노스클라크를 한 바퀴 도는 긴 산책, 그리고 자정 이후에 우범 지대로 들어가는 긴 산책 — 거기에서는 순찰차가 의심스러운 인물이라도 발견한 양 내 뒤를 따라오기도 했다. 이 시절, 1947년에는 비밥이 전국적으로 엄청난 인기를 얻고 있었다. 시카고 중심 지구 루프의 밴드들이 하는 연주는 다소 지친 기색을 띠었는데, 비밥이 찰리 파커*의 「조류학」 시기와 마일스 데이비스**로 시작되는 새로운 시기 사이에 머물러 있었기 때문이다. 앉아서 비밥이 내는 저 밤의 소리를 듣고 있자니 이 나라 곳곳에 흩어져 있는 모든 친구들이 떠오르고, 그렇게 다들 전국을 돌아다니며 뭔가 미친 짓거리를 하고 있지만 사실은 하나의 거대한 뒷마당에 살고 있을 뿐이라는 생각이 들었다. 그리고 다음 날 오후 나는 난생 처음 서부로 들어갔다. 따뜻해서 히치하이크하기에 좋은 날이었다. 복잡하지 그지없는 시카고의 교통을 벗어나기 위해 일리노이 주 졸리엣까지 버스를 탔다. 졸리엣 교도소를 지나 잎이 우거진 황폐한 거리를 걸어간 다음 시 바로 외곽에 자리 잡고 서서 가고 싶은 방향으로 손짓했다. 뉴욕에서 졸리엣까지 계속 버스로 오느라 가진 돈의 반 이상을 써 버렸던 것이다.

첫 번째로 탄 차는 빨간 깃발을 단 다이너마이트 트럭이었다. 거대하고 푸른 일리노이를 향해 48킬로쯤 들어갔는데, 트럭 운전사가 우리가 달리고 있는 6번 도로와 66번 도로***의 교차점을 가리켰다. 두 도로 모두 끝없이 서쪽으로 뻗어 있었다. 노점에서 애플파이와 아이스크림을 먹고 난 후 오후 3시쯤 소형 쿠페****를 탄 여인이 나를 보고 멈춰 섰다. 가슴 벅찬 기쁨을 안은 채 차를 쫓아 달려갔다. 하지만 그녀는 내 또래의 아들이 있을 법한 중년 여인이었고 아이오와까지 운전을 도와줄 사람

---

* 1920~1955. 미국의 알토 색소폰 연주자, 작곡가.
** 1926~1991. 미국의 트럼펫 연주자, 작곡가.
*** 시카고에서 LA(정확히는 산타모니카)에 이르는 고속도로로, '미국을 횡단하는 도로'라는 상징적 의미가 강하다.
**** 문이 두 개 달린 2인승 승용차.

을 원했다. 나야 물론 오케이였다. 아이오와라니! 아이오와는 덴버에서 그리 멀지 않았고 일단 덴버에 도착하면 휴식을 취할 수 있을 것이다. 처음 몇 시간 동안은 그녀가 운전했는데, 그녀는 갑자기 우리가 관광객이라도 된 것처럼 어딘가의 오래된 교회에 들르자고 우겨 댔다. 그다음부터는 내가 운전대를 잡았고, 운전을 그리 잘하진 못했지만 록아일랜드를 지나 아이오와 주 대븐포트까지 일리노이의 나머지 지역을 쉼 없이 쭉 통과했다. 거기서 난생처음으로, 오랫동안 동경해 왔던 미시시피 강을 보았다. 여름 안개 속의 미시시피 강은 가물어서 수위가 낮았고 지독한 냄새가 났다. 미시시피 강은 미국의 몸을 씻어 내리는 강이니, 이건 아마도 미국의 벗은 몸 냄새가 아닐까라는 생각이 들었다. 록아일랜드에는 철로, 오두막집, 작은 중심가가 있었다. 다리 건너 대븐포트도 비슷한 도시였는데 따뜻한 중서부의 햇볕 속에 있는 톱밥 냄새가 풍겼다. 거기서 그녀는 다른 길을 타고 아이오와의 자기 고향까지 가야 했기에 나는 차에서 내렸다.

해가 지고 있었다. 시원한 맥주를 몇 잔 마시고 마을 변두리까지 걸었다. 꽤 먼 거리였다. 퇴근 시간에는 어느 마을에서나 그러하듯 철도 모자, 야구 모자, 온갖 종류의 모자를 쓴 남자들이 일터에서 집으로 돌아가고 있었다. 그중 한 명이 나를 태우고 언덕 위까지 올라가 대초원 가장자리의 인적 드문 교차로에 내려 줬다. 아름다운 곳이었다. 지나다니는 차라곤 농부들의 차뿐이었다. 그들은 나를 의심스러운 눈초리로 쳐다보며 덜컹거리고 지나갔다. 소들도 집으로 갔다. 트럭은 한 대도 없었다. 자동차 몇 대가 쌩 지나갔다. 개조한 중고차를 탄 녀석이 스카프를 휘날리며 지나갔다. 해가 완전히 져서 나는 자 줏빛 어둠 속에 서 있게 되었다. 겁이 나기 시작했다. 아이오와 시골에는 불빛조차 없었다. 일 분 후면 아무도 나를 볼 수 없 게 될 것이다. 다행히 대븐포트로 돌아가는 남자가 있어서 나 를 중심가까지 태워다 줬다. 그래서 나는 또다시 출발했던 장 소로 돌아왔다.

나는 터미널에 앉아 오늘 일을 곰곰이 생각했다. 애플파이 와 아이스크림도 한 번 더 먹었다. 시골을 가로지르는 동안 내 가 먹은 것이라곤 그게 전부였지만 맛도 좋고 영양가도 있다 는 걸 알 수 있었다. 나는 도박을 하기로 했다. 버스 터미널 카 페의 여종업원을 쳐다보며 삼십 분을 보낸 뒤 대븐포트의 중 심가에서 버스를 타고 도시의 경계선까지 갔다. 하지만 이번 에는 주유소 근처에서 내렸다. 그곳에서는 대형 트럭들이 우 르릉 쾅 하는 굉음을 내고 있었다. 이 분도 채 지나지 않아 그 중 한 대가 나를 보고 핸들을 돌려 멈춰 섰다. 나는 속으로 환 호성을 지르며 달려갔다. 대단한 운전사였다. 크고 억센 몸집 에 금붕어처럼 튀어나온 눈과 쉿소리 나는 쉰 목소리를 지녔 는데 뭐든 쾅쾅 닫고 발로 차곤 했다. 그는 차를 출발시킨 이 후로는 내게 거의 신경을 쓰지 않았다. 덕분에 내 지친 영혼은 잠시 쉴 수 있었다. 왜냐하면 히치하이크에서 가장 성가신 점 중 하나가 수많은 사람들과 얘기를 함으로써 나를 태운 게 실 수가 아니었음을 느끼게 하고, 심지어 그들의 기분을 좋게 해 주기까지 해야 하는 것이기 때문이다. 특히 목적지까지 가면서 호텔에 묵을 계획이 없다면 이 모든 것은 굉장한 부담이 된다. 하지만 이 사나이는 그가 트럭의 굉음보다 더 우렁차게 소리칠 때 나도 같이 소리치며 대답하기만 하면 됐고, 그다음엔 우리 둘 다 편안히 있으면 됐다. 차는 아이오와시티까지 잘도 굴러 갔다. 그는 부당한 속도 제한이 있는 모든 도시에서 자기가 어떻게 법망을 피했는지에 관한 재미있는 이야기를 해 주면서 계속 이렇게 외쳐 댔다. "그 망할 놈의 짭새들은 절대 내 몸에 딱지를 못 붙이거든!" 우리가 아이오와시티로 들어가려는 순간 뒤에 다른 트럭이 따라오는 것이 보였다. 이 사내는 아이오와시티에서 다른 길로 빠져야 했기 때문에, 뒤따라오는 트럭에게 미등을 깜빡이고는 내가 뛰어내릴 수 있도록 속력을 늦췄다. 나는 가방을 가지고 뛰어내렸다. 이 교환 방식을 알아차린 뒤의 트럭이 멈춰 섰고, 나는 다시 한 번 눈 깜짝할 사이에 크고 높은 트럭 운전석에 앉아 밤새 수백 킬로미터를 이동할 준비를 모두 마쳤다. 난 정말 행복했다! 이번 운전사 역시 아까 녀석만큼 미치광이에다 소리를 질러 댔기 때문에 나는 그저 뒤로 기대앉아 차가 계속 굴러가도록 놔두기만 하면 됐다. 그사이 덴버가 약속의 땅처럼 저 멀리 별빛 아래, 아이오와의 대초원과 네브래스카의 평원 너머로 어렴풋이 모습을 드러냈다. 그리고 그 뒤로 밤의 보석처럼 빛나는 샌프란시스코의 환영이 보이는 듯했다. 운전사가 속력을 내더니 두 시간 동안 이런저런 얘기를 떠들어 댔다. 그런 다음, 몇 년 뒤 딘과 내가 훔친 캐딜락에 타고 있다는 혐의로 검문을 당하게 되는 아이오와의 한 마을에 차를 대고 좌석에 앉은 채로 잠을 잤다. 나도 잠시 눈을 붙였다가 일어나서 가로등 하나가 외로이 비추고 있는 벽돌담을 따라 산책을 했다. 작은 거리들 각각의 끝은 모두 초원에 덮여 있었고, 밤이슬 같은 옥수수 냄새가 풍겨 왔다.

운전사가 새벽에 움찔하며 깨어났다. 우리는 부르릉거리며 출발했고, 한 시간이 지나자 푸른 옥수수 밭 너머로 디모인에서 나는 연기가 보였다. 그는 아침을 먹어야 하니 이제 알아서 하라고 했고, 나는 아이오와 대학교 학생 두 명이 탄 차를 히치하이크해서 디모인 시내로 6킬로미터 정도를 더 들어갔다. 부드럽게 달려 시내로 들어가는 동안 안락한 새 차에 앉아 학생들이 시험 얘기 하는 것을 듣고 있자니 기분이 묘했다. 하루 종일 푹 자고 싶어졌다. 방을 구하러 YMCA에 갔지만 방이 없었다. 나는 본능적으로 철로를 따라 내려갔고 — 디모인에는 철로가 많다. — 기관차 차고 옆에 있는 음침하고 낡은 플레인스 여관에 다다랐다. 널찍하고 깨끗하고 딱딱한 하얀 침대에서 늘어지게 낮잠을 잤는데, 베개 바로 옆 벽에는 음탕한 말들이 새겨져 있고 창문에 걸린 누렇게 닳은 롤 블라인드가 조차장의 연기 나는 풍경 위로 내려져 있었다. 노을이 붉게 물들 무렵 나는 잠에서 깨어났다. 그 순간은 내 평생 단 한 번밖에 없었던, 아주 독특하고도 묘한 순간이었다. 나 자신이 누군지 알 수 없었다. 나는 집에서 아주 멀리 떨어져 있었고 여독에 지쳐 뭔가에 홀린 듯한 상태였는데, 한 번도 본 적 없는 싸구려 호텔 방 안에서, 밖에서 들려오는 증기기관의 씩씩거리는 소리, 호텔의 오래된 나무 바닥이 삐걱거리는 소리, 위층의 발소리, 그리고 온갖 종류의 슬픈 소리들을 들으며 금이 간 높은 천장을 바라보고 있노라니, 이상하게도 한 십오 초 동안 내가 누군지 정말로 알 수가 없었던 것이다. 겁이 나진 않았다. 나는 그저 다른 누군가, 어떤 낯선 사람이 되었고, 나의 삶 전체는 뭔가에 홀린 유령의 삶이 되었다. 내가 미국을 반쯤 가로질러 와서 과거의 공간인 동부와 미래의 공간인 서부 사이의 경계선 위에 있었다는 사실, 아마도 그 때문에 바로 그 자리에서 이상한 붉은 오후의 그 순간에 그런 일이 벌어진 것이리라.

하지만 이제 그만 미적대고 출발해야 했다. 나는 가방을 들고, 타구(唾具) 옆에 앉은 늙은 호텔 관리인에게 작별 인사를 한 다음 밥을 먹으러 나갔다. 이번에도 애플파이와 아이스크림을 먹었는데, 아이오와 안으로 들어갈수록 맛이 점점 더 좋아졌다. 파이는 점점 더 커졌고 아이스크림은 점점 더 진해졌다. 그날 오후에는 디모인 어딜 가나 온통 예쁘장한 여자애들 — 수업을 마치고 집으로 돌아가는 고등학생들이었다. — 무리가 보였다. 하지만 지금은 그런 생각을 할 틈이 없었기에 덴버에 가면 신나게 한판 놀리라 다짐했다. 카를로 막스는 이미 덴버에 있고 딘도 거기 있었다. 채드 킹과 팀 그레이도 거기에 있었는데, 그들은 원래 그곳 출신이었다. 메릴루도 거기 있었고, 레이 롤린스와 아름다운 금발 여동생 베이브 롤린스, 딘이 알고 지내는 두 명의 웨이트리스 베튼코트 자매, 그리고 함께 글을 썼던 옛 대학 친구 롤랑 메이저 등 막강한 일당에 관한 소식도 있었다. 나는 기쁨과 기대에 가득 차서 그들과의 만남을 고대했다. 그래서 예쁜 여자애들 옆을 서둘러 지나쳤다. 세상에서 가장 예쁜 여자애는 모두 디모인에 살고 있었다.

공구 상자를 그대로 바퀴 위에 올린 듯한 모양의 트럭을 현대판 우유 배달부처럼 선 채로 운전하는 사나이가 나를 긴 언덕 꼭대기까지 태워다 줬다. 거기서 곧바로 아이오와 주 애들(Adel)로 향하는 농부 부자(父子)의 차를 얻어 탔다. 나는 이 마을 주유소 근처의 커다란 느릅나무 밑에서 다른 히치하이커 한 사람을 알게 됐다. 전형적인 뉴욕 사람이었다. 그는 줄곧 우체국에서 트럭을 운전해 온 아일랜드인으로, 지금은 덴버에서 여자 친구와 새로운 삶을 시작하기 위해 가는 중이라고 했다. 내 생각엔 뉴욕의 무언가로부터, 아마도 법망을 피해 도망치는 중인 듯했다. 그는 딸기코를 한 서른 살의 젊은 술꾼으로 평소 같았으면 틀림없이 내가 지루해했을 타입이었지만, 그때 나는 너무도 인간관계에 목말라 있었다. 그는 낡아 빠진 스웨터와 헐렁한 바지를 입었고 가방이라고 할 만한 것은 없었다. 달랑 칫솔과 손수건뿐이었다. 그는 내게 같이 히치하이크를 하자고 말했다. 선뜻 차에 태우기 싫은 험한 인상이었으니 거절했어야 했지만 우리는 결국 같이 어울려서 한 과묵한 남자의 차를 얻어 타고 아이오와 주 스튜어트까지 갔다. 그런데 그 마을에서 우리는 정말로 오도 가도 못하는 신세가 되어 그곳의 허름한 철도 매표소 앞에 서서 해가 질 때까지 족히 다섯 시간 동안 서쪽 방면으로 가는 차를 기다리며 빈둥거렸다. 처음에는 서로 자기 얘길 하다가 그가 음란한 얘기를 시작했고, 그다음엔 발로 자갈이나 차면서 이런저런 시답지 않은 소리를 했다. 우린 심심했다. 맥주 마시는 데 1달러를 쓰기로 결심하고 함께 스튜어트의 낡은 술집에 가서 몇 잔을 마셨다. 그는 고향 9번가에 있는 양술에 취해서는 내 귀에 대고 자기의 온갖 지저분한 꿈 얘기를 즐거운 듯 외쳐 댔다. 나는 그가 약간 좋아졌다. 선량한 사람이란 건 알았지만 그뿐만이 아니라 또한 열정적인 사람이었기 때문이다. 우리는 어둠 속에서 다시 길 위에 섰는데, 당연히 아무도 멈추지 않았고 지나가는 차도 거의 없었다. 그 상태가 새벽 3시까지 계속됐다. 매표소 벤치에서 잠을 청해 보려 했지만 밤새도록 전신기가 딸각거리고 밖에서는 대형 화물열차들이 쿵 쾅거리며 지나가는 바람에 잘 수가 없었다. 우리는 지나가는 열차에 뛰어올라 타는 법을 알지 못했다. 한 번도 해 보지 않았기 때문이다. 어떤 열차가 동쪽으로 가는지 혹은 서쪽으로 가는지도 몰랐고, 어떻게 가려내는지, 어느 것이 유개화차고 무개화차고 냉동 장치를 끈 냉동차인지 등등도 전혀 몰랐다. 그래서 새벽 직전에 오마하행 버스가 지나갈 때 거기에 올라타서 잠든 승객들과 합류했다. 그의 차비까지 내가 냈다. 그의 이름은 에디였는데 그를 보면 브롱크스에 사는 처남이 떠올랐다. 그게 내가 그와 계속 붙어 다녔던 이유다. 항상 웃음 짓는, 마음씨 좋은 옛 친구와 함께하는 듯한 기분이 들었기 때문이다.

우리는 새벽녘에 카운실블러프스에 도착했고, 밖을 내다봤다. 지난겨울 내내 나는 오리건과 샌타페이 통로*에 들어서기 전에 그곳에서 회합을 가졌던 대형 짐마차 집단에 관한 글을 읽었었다. 물론 지금은 쓸쓸한 잿빛 여명 속에 서로 비슷비슷하게 생긴 귀여운 전원주택들이 늘어서 있을 뿐이었다. 그리고 오마하에 도착해서, 맙소사, 처음으로 카우보이를 봤다. 그는 텐 갤런 모자**에 텍사스 부츠를 신고 거대한 정육 창고의 삭막한 벽을 따라 걷고 있었는데, 차림새만 아니었다면 새벽 동

---

* 19세기부터 철도가 건설되기 전까지 상인이나 이주민이 많이 이용했던 길.
** 높은 춤과 넓은 챙, 방수 재질이 특징인 카우보이모자. '텐 갤런(ten-gallon)'의 어원에는 끈목 장식을 뜻하는 스페인어 '갈론(galon)'을 미국인들이 '갤런(gallon)'으로 잘못 이해했다는 설과 멋지다는 의미의 스페인어 '탄 갈란(tan galan)'을 '텐 갤런(ten gallon)'으로 잘못 이해했다는 설이 있다. 이 모자가 멕시코 카우보이들에 의해 텍사스에 처음 전파되었기 때문에 생긴 설이다.

부의 어느 벽돌담 앞에 서 있는 전형적인 비트족*으로 보였을 것이다. 우리는 버스에서 내려서 언덕을 쭉 걸어 올라갔다. 그 긴 언덕은 거대한 미주리 강에 의해 수천 년에 걸쳐 형성된 것으로, 그 옆에 건설된 도시가 바로 오마하다. 우린 시골로 빠져나가 엄지를 세우고 섰다. 텐 갤런 모자를 쓴 부유한 농장주가 차를 잠깐 태워 주었는데, 그는 플랫 강의 계곡이 이집트의 나일 계곡만큼이나 대단하다고 말했다. 나는 저 멀리 구불거리며 뻗어 가는 강바닥을 따라 늘어서 있는 키 큰 나무들과 그 주위의 광대한 신록의 들판을 보면서 그의 말이 맞다고 생각했다. 그런 다음 우리는 또 다른 교차로에 섰는데, 날이 흐려지기 시작할 무렵 키 180센티미터에 소박한 하프 갤런 모자를 쓴 카우보이 하나가 우리를 부르더니 우리 둘 중에 운전할 줄 아는 사람이 있냐고 물었다. 당연히 에디는 운전도 할 줄 알았고, 나에겐 없는 면허증도 가지고 있었다. 카우보이에게는 몬태나까지 몰고 돌아가야 하는 차 두 대가 있었다. 그의 아내가 그랜드아일랜드에 있었기 때문에, 그는 아내가 차를 넘겨받을 그곳까지 우리가 차 한 대를 운전해 주길 바랐다. 그곳에서 그는 북쪽으로 방향을 돌릴 것이었으므로, 거기까지가 그와 우리가 동행할 수 있는 한계였다. 하지만 네브래스카 안으로 160킬로미터는 족히 들어간 곳이었으므로 우리는 당연히 대찬성이었다. 에디가 혼자 운전하고 카우보이와 내가 그 뒤를 따랐다. 마을을 벗어나자마자 마냥 신이 난 에디는 시속 150킬로미터

---

* 현대의 산업 사회를 부정하고 기성 도덕을 거부하며 광란적인 재즈 음악을 선호한, 1950~1960년대 미국의 방랑자적인 젊은 세대를 이르는 말.

로 달리기 시작했다. "제길, 저 녀석 무슨 짓을 하는 거야!" 카우보이가 소리를 지르더니 에디를 쫓아가려고 속력을 냈다. 마치 무슨 경주 같았다. 잠깐 동안 나는 에디가 차를 갖고 도망치려 한다고 생각했는데, 아마 실제로도 그랬을 것이다. 하지만 카우보이는 끈질기게 쫓아가서 에디를 따라잡았고, 그에게 경적을 울려 댔다. 에디가 속력을 늦췄다. 카우보이가 정지하라고 다시 경적을 울렸다. "미친 녀석, 그런 속도로 가다간 펑크 나기 십상이야. 좀 천천히 운전할 수 없어?"

"글쎄, 정신이 나갔었나. 그런데 내가 정말 150킬로로 갔어?" 에디가 말했다. "길이 좋아서 전혀 몰랐어."

"좀 느긋하게 가자고. 그래야 우리 모두 그랜드아일랜드까지 몸성히 갈 수 있을 거야."

"물론이지." 우리는 다시 여행을 시작했다. 에디도 흥분을 가라앉혔고, 심지어는 졸았는지도 모른다. 그렇게 우리는 신록의 들판 속에서 굽이치는 플랫 강을 따라 네브래스카를 가로지르며 160킬로미터를 운전했다.

"대공황 시절에 말이야." 하고 카우보이가 내게 말했다. "난 적어도 한 달에 한 번은 화물열차에 올라타곤 했어. 그 시절엔 무개화차나 유개화차에 올라타는 사람이 수백 명쯤 됐는데, 부랑자들이 아니라 일자리를 찾아 이곳에서 저곳으로 이동하는 별의별 부류의 사람이 다 모였었지. 그중에 몇몇은 그냥 떠돌아다니는 놈들이었지만 말이야. 서부 지역 전체가 다 그랬어. 그때는 제동수(制動手)도 뭐라고 하지 않았지. 요즘은 어떤지 잘 모르지만. 네브래스카는 쓸모없는 동네였어. 왜, 1930년대 중반까지만 해도 여기엔 거대한 먼지구름밖에 없었다니까. 숨도 못 쉴 정도였지. 땅도 온통 새까맸어. 내가 그때 여기 살았었거든. 네브래스카 따윈 인디언들에게 다 돌려준대도 상관없을 것 같아. 세상 어느 곳보다도 난 이 망할 놈의 네브래스카가 싫어. 지금은 몬태나 주 미줄라가 내 집이야. 언제 한번 와 보면 하느님의 땅이란 걸 알게 될 거야." 나는 오후 늦게 그가 지쳐서 얘기를 멈춘 후에야 잠이 들었다. 그는 꽤 괜찮은 재담꾼이었다.

우리는 요기를 하려고 길가에 차를 세웠다. 카우보이는 스페어타이어를 갈러 가고, 에디와 나는 가정 요리를 내오는 식당에 들어가 앉았다. 갑자기 커다란 웃음소리, 세상에서 가장 커다란 웃음소리가 들리더니, 고참으로 보이는 나이 많은 네브래스카 농부 한 사람이 한 무리의 사내들과 함께 식당에 들어왔다. 그날은 평원 저쪽에서도, 평원의 잿빛 세계 저 너머에서조차 그의 쉿소리 나는 고함 소리를 똑똑히 들을 수 있었으리라. 모두가 그를 따라 웃었다. 그는 세상만사 아무 걱정도 없는 듯했고 모든 사람을 일일이 다 챙기고 있었다. 나는 생각했다. 와, 저 남자 웃음소리 좀 들어 봐. 이게 서부야. 내가 드디어 서부에 온 거라고. 그는 여주인을 불러 대며 소란스럽게 안으로 들어왔다. 그녀는 네브래스카에서 가장 맛있는 체리 파이를 만들었는데, 나도 위에 아이스크림을 산처럼 수북이 얹은 체리 파이를 먹었다. "여기, 내가 산 채로 내 몸을 먹어 버리거나 뭐 그런 말 같지도 않은 생각을 행동으로 옮기기 전에 얼른 먹을 것 좀 갖다 줘." 그러고는 등받이 없는 의자에 쿵 하고 앉더니 와하하 하고 큰 소리로 웃어 대며 덧붙였다. "그리고 콩도 좀 넣으라고." 내 옆에 앉아 있는 것은 바로 서부의 정신이었던 것이다. 나는 날것 같은 그의 거친 삶 전체를, 웃고 소리치는 일 말고 그가 일평생 도대체 뭘 하며 살아왔는지를 알고 싶었다. 야호, 나는 내 영혼의 떨림을 느꼈다. 이윽고 카우보이가 돌아왔고, 우리는 그랜드아일랜드를 향해 출발했다.

우리는 얼마 안 있어 그곳에 도착했다. 카우보이는 아내를 데리고 자신을 기다리는 알 수 없는 운명을 향해 떠났다. 그리고 에디와 나는 또다시 길 위에 남았다. 우리는 두 젊은 녀석 — 조립해서 만든 고물 차를 타고 다니며 목장에서 일하는 십 대 시골 소년들 — 의 차를 얻어 탔는데, 그들은 부슬부슬 내리는 빗속 어딘가에서 우리를 내려 줬다. 그다음엔 아무 말 없는 어떤 노인이 — 그가 왜 우리를 태워 줬는지는 신만이 아실 거다. — 셸턴까지 데려다 줬다. 에디는 갈 곳도 없고 할 일도 없는 키 작은 오마하 인디언 여럿이 쪼그리고 앉아서 쳐다보는 가운데 길 위에 쓸쓸히 서 있었다. 길 건너에는 철로와 '셸턴'이라고 쓰인 물탱크가 있었다. "어라." 에디가 깜짝 놀라며 말했다. "예전에 이 마을에 온 적이 있어. 몇 년 전, 전쟁 때였는데 아주 늦은 밤이어서 모두 잠들어 있었지. 난 담배를 피우려고 플랫폼으로 나왔어. 어찌나 지옥같이 캄캄하던지 우리가 있는 곳이 어딘지도 알 수가 없었는데, 문득 위를 쳐다보니 물탱크에 쓰여 있는 셸턴이란 이름이 보이는 거야. 우린 태평양으로 가는 중이었지. 모두가 코를 골고 있었어, 하나같이 등신 머저리 같은 놈들. 기관차에서 불을 때느라 잠깐 정차했다가 곧바로 떠났지. 제기랄, 그게 바로 이 셸턴이야! 그때 이후로 이 마을이라면 치를 떨었는데!" 그런데 우리는 셸턴에 발이 묶여 있었다. 아이오와 대븐포트에서처럼 이상하게도 차란 차는 전부 농부들 차였다. 어쩌다 관광객의 차일 경우에는 더 상황이 안 좋았는데, 늙은 남편은 운전하고 아내는 바깥 풍경을 손가락으로 가리키거나 지도를 보고 있다가 우리를 발견하고는 한층 의심에 찬 얼굴로 바라보았다.

이슬비가 굵어지면서 에디가 추위에 떨었다. 걸친 옷이 거의 없었기 때문이다. 내 캔버스 가방에서 격자무늬 스웨터를 찾아내서 그에게 입혔다. 그러자 그의 상태는 좀 나아졌고 대신 내가 감기에 걸렸다. 나는 곧 무너질 듯한 어느 인디언 가게에서 목캔디를 샀다. 그리고 게딱지만 한 우체국에 가서 이모에게 1센트짜리 엽서를 써 보냈다. 우리는 다시 잿빛 길로 돌아왔다. 셸턴. 물탱크에 쓰인 그 글자가 우리 앞에 있었다. 록아일랜드행 기차가 속력을 내며 지나갔다. 물에 번진 듯 뭉그러진 침대차 승객들의 얼굴이 지나가는 것도 보였다. 기차는 기적을 울리며 우리가 가고 싶은 쪽을 향해 평원을 가로질러 멀어져 갔다. 비가 더 심하게 내리기 시작했다.

텐 갤런 모자를 쓴, 키 크고 마른 남자가 길 반대편에 차를 세우고 우리에게 건너왔다. 보안관인 듯했다. 우리는 은밀히 말을 맞출 준비를 했다. 그는 느긋하게 다가왔다. "어이, 자네들 어디로 가는 중인가? 아니면 그냥 돌아다니는 거야?" 그의 질문을 이해할 순 없었지만 더럽게 좋은 질문인 건 확실했다.

"왜요?" 우리가 되물었다.

"그게, 여기서 몇 킬로 내려간 곳에서 작은 축제를 하고 있는데, 일하면서 돈도 좀 벌려는 젊은 친구들을 찾고 있거든. 룰렛이랑 나무 고리 게임 허가도 받았다고. 거 왜, 인형에다 고리 던져서 상품 타는 게임 알지? 자네들이 날 위해 일해 준다면

매상의 30퍼센트를 주겠네."

"숙식은요?"

"잠자리는 제공하지만 식사는 제외야. 읍내에 가서 먹어야 해. 이동도 좀 해야 할 거고." 우리는 그의 제안을 생각해 봤다. 그는 "좋은 기회야."라고 덧붙이곤 우리가 마음을 정할 때까지 끈기 있게 기다렸다. 우리는 어리둥절했고 무슨 말을 해야 할지 몰랐다. 어쨌든 나는 축제 때문에 걸음을 지체하고 싶진 않았다. 하루 빨리 덴버의 일당에게 가고 싶은 마음뿐이었다.

내가 말했다. "잘은 모르겠지만, 갈 길도 바쁘고 시간이 날 것 같지 않네요." 에디도 그렇게 말했다. 녀석은 손을 흔들고 어슬렁어슬렁 자기 차로 돌아가더니 떠나 버렸다. 그뿐이었다. 우리는 한참 동안 웃으며 그의 말대로 했으면 어땠을지 상상해 봤다. 바람 부는 어두운 평원의 밤, 뭐든 신기하게 바라보는 장밋빛 뺨의 어린아이들을 데리고 여기저기를 돌아다니는 네브래스카 가족의 얼굴을 그려 보았다. 그러면 나는 마치 축제의 온갖 싸구려 속임수로 그들을 등쳐 먹는 악마의 화신 같겠지. 평원의 어둠 속에서 회전하는 유원지 관람차, 게다가 하느님 맙소사, 회전목마에서 흘러나오는 청승맞은 음악에, 목표액에 도달하길 바라면서 금박 입힌 짐마차의 조악한 삼베 침대에 잠들어 있는 내 모습까지.

에디는 알고 보니 꽤 얼빠진 길동무였다. 어떤 노인이 운전하는 괴상한 구닥다리 기계 장치가 굴러가고 있었는데, 상자처럼 네모나고 알루미늄 같은 재질로 만든 것이었다. 의심할 여지 없이 트레일러긴 했지만 네브래스카 가정집에서 만든 별나고 괴상한 트레일러였다. 노인은 아주 천천히 가다가 멈췄다.

우리가 달려갔더니, 그는 한 사람만 태울 수 있다고 말했다. 에디는 한마디 말도 없이 훌쩍 올라타더니 천천히 덜덜거리며 내 눈앞에서 사라져 갔다. 내 격자무늬 스웨터를 입은 채로 말이다. 뭐, 어쩌겠는가. 난 내 스웨터에게 작별의 키스를 보냈다. 어차피 그 스웨터에는 처음부터 감상적인 가치밖에 없었다. 나는 에디와 나에게 끔찍한 장소가 된 셸턴에서 아주 오래, 몇 시간 동안 기다렸다. 계속 밤이 오고 있다고 생각했지만 사실은 어두워서 그렇지 이른 오후였다. 덴버, 덴버, 도대체 어떻게 해야 덴버에 갈 수 있을까? 포기하고 앉아서 커피나 한잔 마실까 하는 순간, 젊은 사내가 운전하는, 방금 뽑은 듯한 새 차가 멈춰 섰다. 나는 미친 듯이 달려갔다.

"어디로 가쇼?"

"덴버요."

"흠, 160킬로 정도는 그쪽 방향으로 데려다 줄 수 있겠군."

"고마워요, 고마워. 내 생명의 은인이에요."

"나도 한때 히치하이크를 했소. 그래서 항상 사람을 태워 주지."

"나도 차가 생기면 그렇게 하죠." 그리고 우리는 얘기를 나눴다. 그가 자기 인생 얘기를 들려줬는데, 그렇게 흥미롭진 않았다. 나는 졸기 시작했고 고센버그라는 마을 경계에 다다라서야 깨어났다. 그는 그곳에서 나를 내려 줬다.

4

내 인생에서 가장 대단한 히치하이크 얘기가 이제 시작된다. 트럭 뒤쪽의 평평한 짐칸 바닥에 예닐곱 명의 사내가 큰 대 자로 드러누워 있었다. 운전사는 미네소타에서 온 금발의 청년 농부 둘이었는데, 그들은 길에 서 있는 사람은 모조리 다 태웠다. 그들은 늘 미소 띤 얼굴에 누구라도 한 번쯤 보고 싶어 할 만큼 잘생기고 명랑한 시골 촌놈들로, 둘 다 달랑 면 셔츠와 멜빵바지 차림에 성실하고 손목이 굵었으며 지나가다 마주치는 모든 사람과 사물에게 반갑다는 듯 크게 미소를 지어 보였다. 나는 그 차를 쫓아가서 물었다. "자리 있어요?" 그들이 말했다. "물론이죠. 올라타요. 자리는 누구에게나 있어요."

내가 짐칸에 채 다 오르기도 전에 트럭은 부르릉거리며 출발했다. 내가 비틀거리자 먼저 타고 있던 누군가가 붙잡아 주었고 나는 자리를 잡고 앉았다. 어디선가 먹다 남은 싸구려 술병이 전달돼 왔다. 나는 가랑비 흩날리는 네브래스카 평원의 서정적인 대기 속에서 병나발을 불었다. "야호, 우리가 간다!" 야구 모자를 쓴 녀석이 소리 질렀다. 트럭이 110킬로미터까지 속력을 올리며 길가의 사람들을 지나쳤다. "디모인에서부터 이걸 잡아 탔죠. 이놈들은 절대 멈추질 않아요. 가다가 한 번씩 오줌 마렵다고 소릴 질러야 해요. 안 그러면 공중에다 싸야 하거든요. 잘 버텨요, 형씨, 잘 버티라고."

나는 주위를 둘러봤다. 노스다코타 주에서 온 젊은 농부 둘은 그 지방에서 곧잘 쓰는 빨간 야구 모자를 쓰고서 추수하는 곳을 향하고 있었다. 그들의 아버지가 여름 여행을 다녀오라고 휴가를 준 것이다. 오하이오 주 콜럼버스 출신의 도시 청년 둘은 고등학교 미식축구 선수였는데 쉴 새 없이 껌을 씹고, 윙크를 하고, 산들바람을 맞으며 노래를 불렀다. 그들은 여름 방학 동안 히치하이크로 미국 전역을 돌아다니는 중이라고 했다. "LA에 갈 거예요!" 그들이 소리쳤다.

"거기서 뭘 할 건데?"

"몰라요. 아무렴 어때요?"

그리고 비열해 보이는 키 크고 마른 녀석이 있었다. "어디 출신이쇼?" 내가 물었다. 막아 줄 난간이 없는 탓에 앉아 있다가는 튀어 오르기 십상이어서 나는 그의 바로 옆에 누워 있었다. 그가 천천히 내게로 고개를 돌리더니 입을 열고 말했다. "모-온태-애나."

마지막으로 미시시피 진이라는 녀석과 그의 동행이 있었다. 미시시피 진은 작고 까무잡잡한 남자로 화물열차를 타고 전국을 떠도는 서른 살의 부랑자였지만 워낙 어려 보여서 겉보기로는 정확한 나이를 짐작할 수 없었다. 그는 다리를 꼬고 바닥에 앉아 수백 킬로미터를 가는 동안 아무 말도 없이 저 멀리 들판만 쳐다보고 있다가 문득 내게 고개를 돌리고 물었다. "댁은 어디로 가쇼?"

난 덴버라고 대답했다. "거기 누이가 하나 있는데 몇 해째 못 봤지." 천천히 읊조리는 말투였다. 그는 참을성이 좋았다. 그의 동행은 키가 큰 열여섯 살짜리 금발 소년으로, 미시시피 진처럼 부랑자 누더기, 즉 철로의 그을음과 유개화차의 먼지, 노숙으로 인해 새까매진 낡은 옷을 걸치고 있었다. 금발 소년 또한 말이 없고 뭔가로부터 도망치는 중인 듯한 분위기였는데, 똑바로 앞만 쳐다보면서 걱정스럽게 마른 입술을 적시는 품이 법망을 피해 도망 중인 것 같았다. 몬태나 말라깽이가 비꼬면서도 아첨하는 듯한 미소를 지으며 가끔 말을 걸었지만, 그들은 관심도 주지 않았다. 말라깽이는 계속 알랑댔다. 덜떨어진 녀석처럼 상대방의 얼굴에 그렇게 계속 멍청하게 씨익 웃는 얼굴을 들이대고 있는 그가 무서워졌다.

"돈 가진 거 좀 있소?" 그가 내게 물었다.

"젠장할, 없어요. 덴버에 도착하기 전에 위스키 500밀리 살 정도라면 모를까. 그쪽은?"

"난 어디서 얻을 수 있는지 알지."

"어디서?"

"아무 데나. 골목길로 사람 하나 끌고 가면 되지 뭐. 안 그래요?"

"그래, 그쪽이라면 그럴 수도 있겠네요."

"정말로 돈이 필요할 때밖에 안 해. 난 지금 아버지를 만나러 몬태나로 가는 길이오. 샤이엔에서 내려서 다른 길을 타야 하지. 저 미친 자식들은 로스앤젤레스로 가고 있거든."

"곧바로?"

"그래. 만약 형씨가 LA에 가고 싶다면 제대로 탄 거요."

나는 곰곰이 생각해 봤다. 밤사이에 네브래스카와 와이오밍을 쭉 가로질러 아침에는 유타 사막, 그런 다음 오후에는 네바다 사막을 지나 예측 가능한 시간 안에 실제로 로스앤젤레스에 도착할 수 있다는 생각에 거의 계획을 바꿀 뻔했다. 하지만 나는 덴버에 가야 했다. 그러려면 나도 샤이엔에서 내려서 덴버까지 남쪽으로 150킬로미터를 히치하이크로 가야 했다.

트럭 주인인 미네소타 촌뜨기들이 노스플랫에 차를 멈추고 뭔가 먹기로 결정했을 때 나는 기뻤다. 그들을 한번 찬찬히 살펴보고 싶었기 때문이다. 그들은 운전석 밖으로 나와 우리 모두에게 미소를 지어 보였다. "오줌도 싸고!" 촌뜨기 중 한 명이 말했다. "밥도 먹읍시다!" 다른 한 명이 말했다. 하지만 일행 중에 음식 살 돈을 가진 사람은 그들뿐이었다. 모두 그들을 따라 여자들끼리만 운영하는 식당에 건들거리며 들어가서 햄버거와 커피를 시켰는데, 그 둘은 마치 자기네 집 부엌에라도 온 것처럼 엄청난 양의 음식을 포장했다. 그들은 형제였고 로스앤젤레스에서 미네소타까지 농장 기계를 운반하며 돈을 벌었다. 그래서 빈 차로 서해안까지 가는 동안 길 위의 사람들을 모두 태웠던 것이다. 지금까지 다섯 번 정도 해 봤는데, 아주 재미있었다고 했다. 그들은 뭐든지 마음에 들어 했다. 결코 미소를 잃는 법도 없었다. 나는 그들에게 말을 걸려고 했지만 — 내 딴에는 배의 선장과 친구가 되려는 어리석은 시도였는데 — 내게 돌아온 유일한 반응은 태양처럼 빛나는 미소와 튼튼해 보이는 크고 하얀 치아뿐이었다.

두 부랑자, 즉 진과 소년을 제외하곤 모두 식당에 있었다. 돌아왔을 때도 그들은 여전히 외롭고 쓸쓸하게 트럭에 앉아 있었다. 슬슬 어둠이 내렸다. 운전사들은 담배를 피웠다. 나는 이 기회에 몰아치는 추운 밤공기 속에서 몸을 따뜻하게 해 줄 위스키 한 병을 사고 싶었다. 내가 그렇게 말하자 그들은 또 미소 지었다. "그렇게 해요. 서둘러요."

"한두 잔 드리죠." 난 그들에게 장담했다.

"아니에요. 우린 술 안 마십니다. 갔다 오세요."

몬태나 말라깽이와 고등학생 둘이 나와 함께 노스플랫의 거리를 헤매다가 마침내 위스키 가게를 발견했다. 고등학생들이 조금 보태고 말라깽이도 좀 보태고 해서 800밀리리터짜리 한 병을 샀다. 위장 건물들 쪽에서 어떤 뚱한 얼굴의 키 큰 남자가 지나가는 우리를 쳐다봤다. 중심가에는 상자처럼 생긴 네모난 집들이 줄지어 서 있었다. 슬픔에 잠긴 모든 거리 너머로 거대한 평원의 전경이 보였다. 무엇 때문인지는 알 수 없었지만 갑자기 노스플랫의 공기가 달라진 것처럼 느껴졌다. 나는 오 분 후에 그 까닭을 알게 됐다. 우린 트럭으로 돌아와서 다시 출발했다. 날이 금방 어두워졌다. 모두 돌아가면서 위스키를 한 모금씩 마셨다. 문득 바라보니, 플랫의 푸르른 농지가 사라지기 시작하면서 그 대신 모래와 산쑥만 가득한 평평한 황무지가 끝이 보이지 않을 정도로 계속됐다. 나는 깜짝 놀랐다.

"도대체 이게 뭐야?" 내가 말라깽이에게 소리치듯 말했다.

"방목 구역이 시작되는 거야. 한잔 더 줘."

"야호!" 고등학생들이 소리쳤다. "콜럼버스여, 안녕! 스파키 일당이 여기 있었다면 뭐라고 했을까? 와!"

형제가 운전을 교대했다. 새로 핸들을 잡은 형인지 동생인지는 제한속도까지 속력을 높였다. 도로 상태도 바뀌었다. 혹처럼 솟아 나온 도로 중앙에서 가장자리로 갈수록 완만하게 낮아지는데 양쪽 가에는 아예 1.2미터 깊이의 도랑이 있었다. 그 때문에 트럭이 자꾸 퉁 하고 튀어 올랐다가 도로 반대쪽에 떨어지곤 했다. 신기하게도 반대편에서 오는 차가 없을 때에만 그랬지만, 나는 우리 모두 공중제비를 돌게 되겠구나 생각했다. 하지만 형제는 대단한 운전사였다. 트럭은 네브래스카의 울퉁불퉁한 길을 솜씨 좋게 빠져나갔다. 이 앞이 콜로라도다! 조금 더 가면 콜로라도가 보인다. 정식으로 가려면 멀었지만, 남서쪽으로 불과 몇백 킬로미터 앞에 덴버가 있는 것이다. 나는 기뻐서 소리를 질렀다. 우리는 술병을 돌렸다. 별들이 근사하게 번쩍이며 떠올랐고, 모래 언덕은 점점 뒤로 물러나면서 희미해졌다. 나는 끝없이 날아갈 수 있는 화살이 된 것만 같았다.

다리를 꼰 채 계속 공상에 잠겨 있던 미시시피 진이 갑자기 내 쪽으로 돌아앉으면서 몸을 가까이 기울이더니 입을 열었다. "이 평원을 보니 텍사스가 생각나는군."

"텍사스 출신인가요?"

"천만에. 그리 — 인벨 무 — 우즈시피* 출신이외다." 그는 항상 이런 식으로 말했다.

"저 애는?"

"예전에 녀석이 미시시피에서 말썽에 휘말렸을 때, 내가 거

---

* 미시시피 주의 그린빌.

기서 빠져나오도록 도와주겠다고 했었지. 혼자서 다니긴 아직 어리니까 힘닿는 데까지 돌봐 줄 생각이오."

진은 백인이었지만 어딘가 지치고 현명한 늙은 흑인 같은 면이 있었고, 엘머 해슬과 아주 닮았는데 그가 뉴욕의 마약 중독자 해슬이라면 진은 한곳에 오래 머물지 못하고 겨울에는 남부, 여름에는 북부 하는 식으로 매년 미 대륙을 가로지르며 끊임없이 별 아래, 대개 서부의 별 아래를 여행하는 철로의 해슬, 여행의 대서사시 해슬이라 할 수 있었다.

"한두 번 오―그던에 가 본 적이 있지. 형씨가 오―그던까지 갈 거라면 며칠 신세를 질 친구가 있는데."

"난 샤이엔에서 덴버로 갈 거예요."

"흠, 그냥 쭉 가지 그래요. 이런 차는 매일 얻어 탈 수 있는 게 아니오."

이 또한 구미가 당기는 제안이었다. 오그던에 뭐가 있지? "오그던은 어떤 곳이죠?" 내가 물었다.

"누구나 거쳐 가는 곳, 항상 누군가를 만나게 되는 장소지. 거기서라면 누구라도 만날 수 있을 거요."

예전에 나는 빅 슬림 해저드라고 불리던, 루이지애나 출신의 키 크고 빼빼 마른 윌리엄 홈스 해저드와 함께 바다에 가곤 했는데, 그는 스스로 선택해서 부랑자가 되었다. 어렸을 때 그는 어떤 부랑자가 어머니에게 다가와서 파이 한 조각을 구걸해 얻어 가는 모습을 봤다. 부랑자가 길 저쪽으로 사라진 후 어린 그가 물었다. "엄마, 저 사람 누구야?" "응, 부랑자란다." "엄마, 나도 나중에 부랑자가 되고 싶어." "쓸데없는 소리, 해저드 가문에 그런 사람은 없어." 하지만 그는 결코 그날을 잊은 적이 없었고, 어른이 되자 루이지애나 주립 대학교에서의 짧은 미식축구 선수 생활 후 정말로 부랑자가 됐다. 빅 슬림과 나는 씹는담배 즙을 종이 그릇에 뱉어 가며 많은 밤을 얘기로 지새 웠다. 미시시피 진의 행동거지가 어쩐지 빅 슬림 해저드를 연 상시킨다는 사실에는 의심의 여지가 없었다. 내가 물었다. "혹 시 어디선가 빅 슬림 해저드라는 사람 만난 적 있어요?"

그가 대답했다. "큰 소리로 웃는 키 큰 친구 말이오?"

"글쎄, 비슷한데. 루이지애나 주 러스턴 출신이에요."

"맞아. 루이지애나 슬림이라고 불리던 친구가 있었지. 그래, 빅 슬림을 만난 적이 있는 게 확실해."

"텍사스 동쪽 유전에서 일했던 적도 있는데요."

"텍사스 동쪽 맞아요. 지금은 소를 몰고 다니지."

확실했다. 하지만 나는 아직도 진이 정말로, 내가 몇 년 동 안이나 찾아다녔던 빅 슬림과 아는 사이라는 걸 믿을 수 없었 다. "그리고 뉴욕에서 예인선을 탔던 적도 있죠?"

"글쎄, 그건 잘 모르겠구려."

"서쪽에서만 그를 알고 지내셨군요."

"그럴 거요. 난 뉴욕에 가 본 적이 없으니까."

"이런, 당신이 그를 안다니 놀랍군요. 이렇게 큰 땅덩어리에 서 말이에요. 하지만 틀림없는 것 같군요."

"그래요, 난 빅 슬림을 아주 잘 안다오. 돈이 있을 때 언제 나 관대한 친구였지. 성깔 있고 거친 친구이기도 했고. 샤이엔 조차장에서 경찰을 한 방에 때려눕히는 것도 봤다니까."

빅 슬림다운 얘기였다. 그는 항상 허공에다 그 한 방을 연습 하곤 했었다. 겉모습은 잭 뎀프시* 같아 보였지만, 그는 술 취한 젊은 잭 뎀프시였다.

"제기랄!" 나는 바람 속으로 소리를 지르고 위스키를 한 모금 더 마셨다. 그러자 기분이 아주 좋아졌다. 지붕 없는 트럭의 몰아치는 바람이 술기운을 완전히 씻어 가 버렸다. 나쁜 기운은 씻겨 가고 좋은 기운만 내 위 속으로 가라앉았다. "샤이엔아, 내가 간다!" 나는 노래 불렀다. "덴버여, 여기 그대의 남자가 가노니, 기다려라."

몬태나 말라깽이가 내 쪽으로 돌아앉았더니 내 신발을 가리키면서 웃지도 않고 말했다. "그것들을 땅에다 심으면 뭐가 나나?" 다른 사람들이 그 말을 듣고 웃어 댔다. 그건 미국에서 가장 바보 같은 신발이었다. 뜨거운 길을 걸을 때 발에 땀이 차지 말라고 가져온 것이었는데, 베어 마운튼에서 비 맞았을 때를 제외하면 내 여행에 최적의 신발이란 걸 증명했다. 그래서 나도 같이 웃었다. 신발은 이제 완전히 너덜너덜해져서 염색한 가죽이 신선한 파인애플 조각처럼 삐죽삐죽 솟아오르고 발가락도 들여다보였다. 우린 또 한 모금 마시고 웃어 댔다. 마치 꿈을 꾸는 것처럼 느닷없이 어둠 속에서 작은 교차로가 있는 마을들이 나타났다 뒤로 사라지고, 일렬로 서서 추수를 하다 말고 빈둥거리는 일꾼들과 카우보이들이 지나쳐 갔다. 그들은 일제히 똑같은 고갯짓으로 우리가 지나가는 모습을 쳐다보았고, 점점 더 어두워지는 마을의 반대편에서 그들이 무릎을 치며 웃는 모습이 보였다. 우리는 그들 눈에 꽤 우스꽝스러운

---

* 1895~1983. 미국의 프로 권투 선수. 1919년부터 1926년까지 세계 헤비급 챔피언이었으며 가장 이상적인 권투 선수로 평가된다.

무리였을 것이다.

매년 이 무렵이면 이 지역에는 남자들이 많았다. 추수기였던 것이다. 다코타에서 온 녀석들이 안달하기 시작했다. "다음번 오줌 쌀 때 내려야겠다. 이 부근에 일거리가 많아 보여."

"너희들은 이곳 일이 끝나면 북쪽으로 가." 몬태나 말라쌩이가 충고했다. "캐나다 국경까지 추수지만 쭉 따라가는 거야." 소년들은 고개를 끄덕이는 둥 마는 둥 했다. 말라깽이의 충고에 그리 무게를 두지 않았던 것이다.

그 와중에도 금발의 어린 도망자는 같은 자세로 앉아 있었다. 가끔씩 불교식 명상에서 빠져나온 진이 몸을 구부려 빠르게 지나가는 어두운 평원을 굽어보거나 소년의 귀에다 뭔가를 부드럽게 속삭이곤 했다. 소년은 고개를 끄덕였다. 진은 소년을, 그의 기분과 두려움을 보살피고 있었다. 나는 그들이 도대체 어디로 갈 것이며 무엇을 할 것인지 궁금했다. 그들에겐 담배가 없었다. 나는 담뱃갑째로 그들에게 주었다. 그만큼 그들을 좋아했다. 그들은 정중하게 고마움을 표시했다. 그들이 달라고 한 적은 한 번도 없었지만 나는 계속 담배를 주었다. 몬태나 말라깽이한테도 담배가 있었지만 담뱃갑을 돌리는 법은 없었다. 우리는 교차로가 있는 마을을 또 한 번 지나고 희미한 불빛 속에 사막의 나방들처럼 모여 있는, 청바지 차림의 키 크고 호리호리한 남자들을 지나쳐서 완전한 어둠 속으로 돌아왔다. 사람들 말처럼 서부 고원의 높은 언덕을 올라가면 1킬로미터에 20센티미터씩 고도가 높아지면서 공기가 점점 더 희박해지기 때문인지, 아니면 낮게 뜬 별을 가릴 만한 나무가 어디에도 없기 때문인지, 머리 위의 별들이 더 투명하고 밝게 빛나고 있었다. 한번은 우리가 휙 지나칠 때 길 옆의 산쑥 속으로 우울한 흰 얼굴의 소가 보이기도 했다. 마치 달리는 열차에 타고 있는 것처럼 우리는 흔들림 없이 똑바로 달렸다.

마을에 가까워지면서 트럭이 속력을 줄였다. 몬태나 말라깽이가 말했다. "아, 오줌 싸는 시간이군." 하지만 미네소타 녀석들은 멈추지 않고 그냥 통과해 버렸다. "제길, 싸야 하는데." 말라깽이가 말했다.

"옆으로 가서 해." 누군가 말했다.

"음, 그럴 거야." 말라깽이가 대답했다. 그러곤 천천히, 모두가 지켜보는 가운데, 바닥에 앉은 채로 조금씩 엉덩이를 밀며 최대한 몸의 균형을 잡고 짐칸 뒤쪽까지 가서 다리를 대롱거리게 내놓았다. 누군가가 운전석의 유리창을 톡톡 두드려서 형제들을 불렀다. 뒤돌아본 그들의 얼굴에 함박웃음이 떠올랐다. 이미 위태로운 상태로 말라깽이가 막 볼일을 보려는데, 트럭이 110킬로미터까지 속력을 내며 지그재그로 달리기 시작했다. 순간 말라깽이가 뒤로 넘어졌고, 고래가 뿜어 올리는 듯한 물기둥이 보였고, 말라깽이는 고쳐 앉으려고 분투했다. 트럭이 휙 하고 방향을 틀었다. 쾅당, 말라깽이가 옆으로 넘어지면서 소변을 온통 다 뒤집어썼다. 사람들의 웃음소리 뒤로 언덕 너머에서 들리는 남자의 신음처럼 희미하게 말라깽이가 욕하는 소리가 들렸다. "빌어먹을…… 빌어먹을……." 말라깽이는 우리가 일부러 그랬다는 사실을 전혀 알아차리지 못했다. 그저 욥*처럼 불

---

* 구약성서 욥기의 중심인물. 욥기는 욥이 자신에게 고통이 가해지는 이유를 고민하고 그 고통을 이겨 내려 분투하는 내용으로 이루어져 있다.

굴의 의지로 분투할 뿐이었다. 그렇게 해서 겨우 일을 끝마쳤을 때 말라깽이는 쥐어짤 수 있을 정도로 흠뻑 젖어 있었다. 그리고 흔들리는 차 속에서 조심조심 제자리로 돌아왔다. 말라깽이는 수심에 잠겨 있었고, 우울한 금발 소년을 제외하곤 모두가 웃고 있었고, 운전석의 미네소타 녀석들도 폭소를 터뜨렸다. 나는 그를 달래기 위해 술병을 건넸다.

"우라질, 일부러 그런 거야?" 그가 물었다.

"물론이지."

"이런 염병할, 나만 몰랐잖아. 저번에 네브래스카에서 했을 때는 별 말썽 없었거든."

우리는 갑자기 오갈라라 마을에 들어섰고, 이때 운전석의 친구들이 아주 기쁜 목소리로 외쳤다. "오줌 싸는 시간!" 말라깽이는 잔뜩 골이 난 채로 트럭 옆에 서서 좋은 기회를 놓친 걸 아쉬워했다. 다코타 청년 두 명이 모두에게 작별 인사를 했다. 그들은 여기서부터 추수를 시작할 생각인 듯했다. 우리는 청바지를 입은 야경꾼들이 고용주가 있을 거라고 말해 준, 불빛이 타오르고 있는 마을 끝의 오두막집을 향해 어둠 속으로 그들이 사라지는 모습을 지켜봤다. 담배를 더 사야 했다. 다리 운동을 하기 위해 진과 금발 소년이 나를 따라왔다. 우리는 이 세상에 절대 존재하지 않을 법한 곳으로 걸어 들어갔다. 동네 아이들을 위한 인적 드문 평원의 음료수 가게 같은 곳이었다. 주크박스의 음악에 맞춰 몇 명이 춤을 추고 있었는데, 우리가 들어가자 일순간 주위가 고요해졌다. 진과 금발은 아무도 쳐다보지 않은 채 우두커니 서 있었다. 그들은 오직 담배를 원할 뿐이었다. 예쁜 소녀도 몇 명 있었다. 그중 한 명이 금발에게 눈길을 보냈지만 그는 보지 못했고, 봤더라도 신경 쓰지 않았을 것이다. 그만큼 그는 우울하고 멍한 상태였다.

나는 그들 각자에게 담배 한 갑씩을 사 줬고, 그들은 고마워했다. 트럭은 떠날 준비가 되어 있었다. 시간은 자정에 가까웠고 날씨는 추웠다. 손가락과 발가락을 다 합쳐도 셀 수 없을 만큼 많이 이 나라를 돌아다닌 진이 말하길, 지금 다 함께 방수포 밑으로 들어가 몸을 따듯하게 하지 않으면 얼어 죽을 거라고 했다. 진의 말대로 하고 남은 위스키까지 보태니 공기가 얼음장처럼 차가워지고 귀에서 쌩쌩 소리가 나도 몸은 따듯하게 유지할 수 있었다. 점점 더 고원 지대로 올라갈수록 별이 더 밝게 빛나는 듯했다. 이제 우리는 와이오밍에 있었다. 나는 바닥에 누워 웅대한 창공을 똑바로 바라보았다. 내가 살아온 시간과 애수에 잠긴 베어 마운튼으로부터 결국 얼마나 멀리까지 왔는가에 뿌듯해 하면서. 무엇이든, 그것이 무엇이든 앞으로 덴버에서 나를 기다리고 있을 일에 대한 기대감에 안절부절못하면서. 그때 미시시피 진이 노래를 부르기 시작했다. 그는 나지막하게 미시시피 강 유역의 사투리로 아름다운 멜로디의 노래를 불렀는데 노래는 간단했다. 그저 "예쁜 소녀를 얻었다네. 달콤한 열여섯이었지. 누가 봐도 세상에서 제일 예쁜 여자였다네."를 반복하며 자기가 얼마나 멀리 있었는지, 그리고 그녀에게 돌아가기를 얼마나 바랐는지, 하지만 결국 그녀를 잃고 말았다는 등의 다른 가사를 사이에 계속 끼워 넣는 것이었다.

내가 말했다. "진, 정말 예쁜 노래네요."

"내가 아는 가장 달콤한 노래라오." 그가 씩 웃으며 말했다.

"목적지에 꼭 도착하길 바라요. 그리고 무얼 하든 행복하길."

"그냥 여기저기 돌아다니는 게 다인 걸요, 뭐."

자고 있던 몬태나 말라깽이가 깨어나더니 내게 말했다. "이봐, 깜둥이 씨. 덴버로 가기 전에 오늘 밤 나랑 같이 샤이엔을 탐험해 보는 게 어때?"

"좋아." 난 뭐는 다 좋다고 할 정도로 취해 있었다.

트럭이 샤이엔 외곽에 가까워지자 지역 라디오 방송국의 빨간 불빛이 저 높이 보였고, 우리는 갑자기 인도 양쪽에서 쏟아져 나온 엄청난 군중들 사이를 비집고 지나가게 되었다. "축제인가 보군, '서부 주간'." 말라깽이가 말했다. 엄청난 수의 사업가들, 부츠를 신고 카우보이모자를 쓴 뚱뚱한 사업가들이 카우걸 복장을 한 육중한 아내들과 함께 샤이엔 구시가의 목조 인도에서 북적거리며 야단법석을 떨고 있었다. 저 아래쪽 신시가지에 대로를 따라 길게 끈처럼 늘어선 불빛들이 보였지만, 축하 행사는 구시가에 집중됐다. 예포가 발사됐다. 술집은 인도 밖까지 사람이 넘쳐났다. 나는 한편으로는 놀라면서도 또 한편으로는 우스꽝스럽다고 생각했다. 나의 첫 번째 서부 여행에서, 나는 자랑스러운 전통을 고수하기 위해 준비한 갖가지 괴상한 장치들을 눈으로 확인했다. 우리는 트럭에서 뛰어내려 작별을 고해야 했다. 미네소타 친구들은 어슬렁거리며 노는 데 관심이 없었다. 그들과 헤어지는 건 슬픈 일이었다. 나는 그들 중 어느 누구와도 다시는 만날 수 없으리라는 사실을 깨달았다. 하지만 산다는 게 다 그런 것 아닌가. "오늘 밤에는 꽁꽁 얼겠어요." 내가 경고했다. "내일 오후에는 사막에서 푹푹 찔테고."

"이렇게 추운 밤만 벗어날 수 있다면 뭐든 상관없다오." 진이 말했다. 그리고 군중을 헤치며 트럭이 떠났다. 이불 속의 아기처럼 방수포를 뒤집어쓴 채 마을을 응시하는 이상한 젊은이들에게 관심을 기울이는 이는 아무도 없었다. 나는 트럭이 어둠 속으로 사라지는 것을 지켜봤다.

5

나는 몬태나 말라깽이와 함께 술집을 전전하기 시작했다. 어리석게도 수중에 갖고 있던 7달러 중 5달러를 그날 밤 탕진해 버렸다. 처음에 우리는 카우보이 차림의 관광객들, 석유 사업가들, 목장주들과 떼 지어 몰려다니며 술집, 출입구, 인도를 마구 돌아다녔다. 그런 뒤 잠시 동안 따로 행동했는데, 그가 위스키와 맥주에 취해 비틀거리면서 거리를 어슬렁거렸기 때문이다. 그는 그런 종류의 술꾼이었다, 눈빛이 흐리멍덩해지고 생면부지의 사람에게 시시콜콜 얘기를 늘어놓곤 하는. 한 칠리* 식당에 들어갔더니 몹시 아름다운 멕시코인 웨이트리스가 있었다. 나는 식사를 마친 뒤 계산서 뒷면에 그녀에게 보내는 짧은 연애편지를 썼다. 다들 어디 다른 곳에서 술이나 마시고

---

* '칠리 콘 카르네'의 준말. 다진 쇠고기와 강낭콩에 칠레 고추와 각종 양념을 넣고 조린 멕시코 요리.

있는지 그 식당엔 사람이 하나도 없었다. 나는 그녀에게 계산서를 뒤집어 보라고 말했다. 그녀가 편지를 읽더니 웃었다. 그것은 그녀와 함께 밤을 보내고 싶다는 내용의 짧은 시였다.

"나도 그러고 싶지만, 남자 친구와 데이트가 있어요."

"바람맞혀 버려요."

"으음, 그건 안 돼요." 그녀는 슬픈 듯이 말했는데, 그 모습이 마음에 들었다.

"다음에 언제 다시 올게요." 하고 내가 말하자, 그녀도 "언제든 좋아요." 라고 대답했다. 그러고 나서도 나는 그녀를 쳐다보기 위해 계속 그곳에서 빈둥거리며 커피를 한 잔 더 마셨다. 뿌루퉁한 표정의 남자 친구가 들어와 그녀에게 언제 끝나냐고 물었다. 그녀는 부산을 떨며 서둘러 가게 문을 닫았고 나는 나올 수밖에 없었다. 나는 떠나면서 그녀에게 미소를 보냈다. 밖은 한층 요란하고 뚱뚱한 트림쟁이들이 아까보다 더 술에 취해 더 시끄럽게 떠들어 댔다. 우스꽝스러운 광경이었다. 인디언 추장들이 커다란 머리 장식을 쓰고 몹시 엄숙한 모습으로 벌겋게 술 취한 얼굴들 사이를 왔다 갔다 하고 있었다. 말라깽이가 비틀거리며 가는 모습을 보고 나는 그를 쫓아갔다.

그가 말했다. "내가 방금 몬태나의 아버지한테 엽서를 한 장 썼는데, 자네가 우체통을 찾아서 넣어 줄 수 있겠나?" 이상한 부탁이었다. 그는 엽서를 내게 주더니 흐느적거리면서 술집 문을 밀고 들어갔다. 나는 엽서를 받아 우체통으로 가면서 재빨리 내용을 훑어봤다. '사랑하는 아버지, 수요일에 집에 가요. 전 잘 있어요. 아버지도 잘 계시길 바라요. 리처드 올림.' 그를 보는 눈이 좀 달라졌다. 그도 아버지에게는 온화하고 예의 바른 청년이었던 것이다. 나는 술집으로 들어가 그와 합석했다. 우리는 여자 두 명을 찍었는데, 금발 미녀와 갈색 머리 뚱보였다. 그들은 둔하고 무뚝뚝했지만 한번 꼬드겨 보고 싶었다. 벌써 문을 닫으려고 하는 헐어 빠진 나이트클럽에 그녀들을 데려가 스카치위스키를 사 주고 우리가 마실 맥주도 사느라 가진 돈을 전부 다 써 버려 2달러밖에 남지 않았다. 하지만 술에 취해 있었기 때문에 개의치 않았다. 모든 게 다 좋았다. 나의 자아와 목적의식이 전부 귀여운 금발 머리에게 집중돼 있었다. 온 힘을 다해 부딪치고 싶었다. 그녀를 끌어안고 얘기하고 싶었다. 나이트클럽이 문을 닫는 바람에 우리는 다시 먼지 날리는 지저분한 거리를 배회하게 됐다. 나는 하늘을 올려다봤다. 순결하고 경이로운 별들이 여전히 거기에서 불타고 있었다. 여자애들이 버스 터미널에 가자기에 따라갔는데, 선원과 약속이 되어 있는 듯했다. 뚱보의 사촌인 선원은 친구들과 같이 있었다. 내가 금발 머리에게 말했다. "어떻게 된 거야?" 그녀는 샤이엔 남쪽의 주 경계선만 넘으면 되는 콜로라도의 집에 가고 싶다고 말했다. "버스로 데려다 줄게." 내가 말했다.

"아니야. 정류장이 고속도로에 있는데, 혼자 저 망할 놈의 초원을 가로질러서 걸어가야 해. 매일 오후 저 초원을 쳐다보는데 정말 지겨워. 오늘 밤엔 건너가고 싶지 않아."

"들어봐, 초원의 꽃들 사이로 걸어가면 멋진 산책을 할 수 있을 거야."

"저기엔 꽃이 없어." 그녀가 말했다. "뉴욕에 가고 싶어. 이곳은 지긋지긋해. 샤이엔 말곤 갈 데도 없고 샤이엔에는 아무것도 없어."

"뉴욕에도 별 거 없어."

"흥, 그래." 그녀가 입을 삐죽거리며 말했다.

버스 터미널은 입구까지 사람들로 붐볐다. 가지각색의 사람들이 버스를 기다리거나 아무 이유 없이 서 있었다. 인디언들이 많았는데, 그들은 모든 것을 무표정한 눈빛으로 쳐다보고 있었다. 금발 머리는 슬그머니 나와의 대화를 중단하고 선원 일행에게로 옮겨갔다. 말라깽이는 벤치에서 졸고 있었다. 나도 벤치에 앉았다. 버스 터미널의 바닥은 이 나라 어딜 가나 다 똑같다. 하나같이 담배꽁초와 침으로 뒤덮여 있고, 버스 터미널만이 갖는 처량한 느낌을 자아낸다. 아주 잠깐 동안이었지만 그곳은 뉴어크와 완전히 똑같았다. 내가 정말로 사랑하는 바깥의 저 광활한 자연을 제외한다면 말이다. 나는 지금껏 순수했던 내 여행을 망쳐 버린 걸 후회했다. 돈도 아끼지 않고, 빈둥거리며 시간을 낭비하고, 이 뾰로통해 있는 계집애랑 시시덕거리느라 돈을 다 써 버린 것이다. 구역질이 났다. 너무 오랫동안 잠을 자지 않아서 욕을 하거나 소란을 피울 수도 없을 만큼 피곤했기에 나는 곧 잠들어 버렸다. 캔버스 가방을 베개 삼아 의자에 웅크리고 누워, 지나가는 수백 명의 사람들과 버스 터미널이 내는 꿈결 같은 웅얼거림과 소음 속에서 아침 8시까지 잠을 잤다.

아침에 일어나니 머리가 지독하게 아팠다. 말라깽이는 없었다. 짐작건대 아마 몬태나로 갔으리라. 나는 밖으로 나갔고 파란 대기 속에서 처음으로 보았다. 저 멀리, 거대한 로키 산맥의 눈 덮인 봉우리를. 숨을 깊이 들이마셨다. 지금 당장 덴버로 가야 했다. 우선 토스트와 커피, 달걀 한 개로 조촐한 아침 식사를 하고 마을을 빠져나와 고속도로로 갔다. '서부 축제'는 아직도 진행 중이었다. 로데오 경기도 있었고, 온갖 시끌벅적한 일들이 또다시 시작되려 하고 있었다. 나는 그것들을 뒤로하고 떠났다. 덴버에 있는 일당들이 보고 싶었다. 철로 위의 육교를 건너자 오두막이 모여 있는 곳이 나왔는데, 서기에서 덴버로 향하는 두 개의 고속도로가 갈라졌다. 로키 산맥을 볼 수 있도록 산맥에서 가까운 쪽 고속도로를 골라 그쪽 방향을 엄지로 가리키고 섰다. 고물 차로 전국을 여행하며 그림을 그리고 있는 코네티컷 출신의 청년이 모는 차를 금세 얻어 탔다. 동부 어느 편집자의 아들인 그 청년은 쉬지 않고 계속 떠들어 댔다. 나는 전날 마신 술과 고도 때문에 속이 울렁거렸다. 한번은 거의 창밖으로 머리를 내밀어야 했을 정도였다. 하지만 그가 콜로라도 롱몬트에 내려 줄 때쯤에는 속도 괜찮아졌고 내 여행의 현재 진행 상황에 대해 얘기할 정도까지 회복되었다. 그가 내게 행운을 빌어 주었다.

롱몬트는 아름다웠다. 근사한 고목나무 아래 주유소 소유의 푸른 잔디밭이 있었다. 종업원에게 거기서 자도 되냐고 묻자, 그는 얼마든지라고 대답했다. 스웨터를 잔디밭에 깔고 그 위에 얼굴을 대고 누운 다음 팔꿈치를 밖으로 향한 채 뜨거운 태양 아래 눈 덮인 로키 산맥을 잠시 한쪽 눈으로 슬쩍 쳐다봤다. 두 시간 동안 단잠을 자는데, 유일한 불편함은 가끔씩 성가시게 구는 콜로라도 개미뿐이었다. 내가 드디어 콜로라도에 왔다! 나는 계속 흐뭇해하며 생각했다. 아자! 아자! 아자! 내가 해냈어! 지난날 동부에서의 삶에 대한 혼란스러운 꿈으로 가득했던 잠에서 상쾌하게 깨어난 뒤, 나는 주유소 화장실에서 세수를 하고 당당하고 기운차게 걸어 나왔다. 그리고 뜨겁고 쓰린 속을 시원한 것으로 달래기 위해 여관 식당에서 크림이 듬뿍 든 진한 밀크셰이크 한 잔을 마셨다.

우연하게도 아주 예쁜 콜로라도 아가씨가 내 밀크셰이크를 만들어 줬는데, 그녀는 얼굴도 예쁜데다 계속 웃는 표정이었다. 너무 고마웠다. 덕분에 어젯밤의 아쉬움이 다 날아가 버렸다. 와! 덴버는 대체 어떤 곳일까! 나는 이렇게 혼잣말하며 뜨거운 길에 올라섰고, 서른다섯 살쯤 된 덴버의 사업가가 모는 새 차를 얻어 타고 떠났다. 그는 시속 110킬로미터로 달렸다. 온몸이 근질근질했다. 나는 시간을 계산하고 남은 거리를 헤아려 나갔다. 바로 저 앞, 저 멀리 눈 덮인 에스티스파크 아래 펼쳐진 황금빛 밀밭 너머로 나는 마침내 그리운 덴버를 보게 될 것이다. 나는 그날 밤 덴버의 술집에서 친구들과 함께 있는 내 모습을 그려 봤다. 그들 눈에 나는 어둠의 말씀을 전하기 위해 구보로 이 나라를 횡단한 예언자처럼 낯설고 기진맥진해 보일 텐데, 내가 가진 유일한 말씀은 "우와!"뿐이었다. 운전자와 나는 각자의 인생 계획에 관해 오랫동안 다정한 대화를 나눴다. 나도 모르는 새 우리는 덴버 외곽의 청과물 도매시장을 지나쳤다. 굴뚝, 연기, 조차장, 빨간 벽돌 건물과 멀리 도심의 회색 건물이 보였다. 내가 이곳 덴버에 도착한 것이다. 그는 나를 래리머 가에 내려 줬다. 나는 기쁨에 겨워 세상에서 가장 사악한 웃음을 흘리며 래리머 가의 늙은 부랑자들과 지친 카우보이들 속을 건들거리며 걸어갔다.

6

그 당시 나는 지금만큼 딘을 잘 알지 못했다. 그래서 우선
채드 킹을 찾아보기로 했다. 채드네 집으로 전화를 걸자 그의
어머니가 받았다. "어머, 샐, 덴버엔 웬일이니?" 채드는 인류학
과 선사시대 인디언에 대한 그의 관심과 어울리는, 주술사 같
은 괴상한 얼굴을 가진 날씬한 금발 머리 사내다. 그의 매부리
코는 너울거리는 불꽃 같은 금발 아래 부드럽고 완만한 곡선
을 이루었다. 그리고 여관 식당에서 춤을 추고 미식축구도 할
줄 아는 서부의 수완가 같은 아름다움과 우아함을 갖추고 있
었다. 그의 목소리에는 언제나 떨리는 비음이 섞여 있었다. "샐,
내가 대평원의 인디언을 좋아하는 건 말이야, 자기가 가지고
있는 머리 가죽의 개수를 자랑한 다음에 언제나 쑥스러워하
는 그들의 모습 때문이야. 럭스턴의 『서쪽 끝에서의 삶』을 보면
머리 가죽이 너무 많은 나머지 온몸이 새빨개져서는 자신의
공적을 숨겨 놓고 혼자 기뻐하기 위해 평원으로 미친 듯이 달

려 나가는 인디언 얘기가 나와. 아, 정말 멋져!"

채드의 어머니가 그가 있는 곳을 알려 주었다. 무료한 덴버의 오후, 채드는 지역 박물관에서 인디언의 바구니 제작 방식을 연구하고 있었다. 나는 박물관으로 전화를 했다. 그는 예전에 인디언 유물을 발굴하러 산악 지방으로 여행 갈 때 사용한 오래된 포드 쿠페를 몰고 나를 데리러 왔다. 그는 청바지를 입고 함박웃음을 머금은 채 버스 터미널에 들어섰다. 나는 맨바닥에 가방을 깔고 앉아 샤이엔 버스 터미널에서 만났던 바로 그 선원에게 금발 아가씨는 어떻게 됐는지 물어보는 중이었다. 선원은 지겹다는 듯 대답도 하지 않았다. 채드와 내가 소형 쿠페에 올라탄 후 제일 먼저 해야 했던 일은 주 청사에 가서 지도를 받아 오는 것이었다. 그런 다음 옛 은사님을 만나 뵙는 등 자기 볼일을 보았는데, 난 그저 맥주를 마시고 싶을 따름이었다. 게다가 마음 한구석에는 엉뚱한 생각이 있었다. 딘은 지금 대체 어디서 뭘 하고 있지? 채드는 뭔가 말도 안 되는 이유로 더 이상 딘과 친구하지 않겠다고 결심한 이후로는 심지어 그가 어디 살고 있는지조차도 몰랐다.

"카를로 막스는 이 동네에 있어?"

"그래." 하지만 그는 카를로와도 더 이상 말을 하지 않는 듯했다. 채드 킹은 슬슬 우리 패거리로부터 발을 빼기 시작한 것이다. 나는 원래 그날 오후 채드네 집에서 낮잠을 잘 생각이었다. 그런데 말인즉, 팀 그레이가 나를 위해 콜팩스 가에 아파트를 마련해 두었고 롤랑 메이저가 이미 거기 들어가 살면서 내가 오기를 기다리고 있다는 것이었다. 나는 무슨 음모 같은 걸 감지했다. 이 음모는 패거리를 두 그룹으로 나누고 있었다. 채드 킹과 팀 그레이와 롤랑 메이저가 롤린스네와 한패를 이루어 딘 모리아티와 카를로 막스를 무시하기로 합의를 본 것이었다. 나는 이 흥미로운 전쟁의 한복판에 놓여 있었다.

이것은 사회적 함의를 지닌 전쟁이었다. 딘은 래리머 가에서도 가장 휘청거리며 돌아나니던 술주정뱅이 부랑자의 아들이었으므로, 사실상 래리머 가와 그 부근에서 자랐다고 할 수 있었다. 여섯 살 때 그는 아버지를 방면해 달라고 법정에서 탄원을 하곤 했다. 또 래리머의 골목길 앞에서 구걸한 돈을 오랜 친구들과 함께 깨진 술병들 사이에 앉아 기다리는 아버지에게 몰래 가져다 주기도 했다. 자라서는 글레남 가 주변의 당구장을 드나들더니 자동차 절도로 덴버 신기록을 세우고 소년원에 보내졌다. 열한 살부터 열일곱 살까지는 거의 소년원에 있었다. 차를 훔친 다음 오후에 하교하는 여고생을 꾀어 산속으로 드라이브를 가서 재미를 보고 돌아와서는 동네 아무 호텔에나 들어가 욕조에서 잠드는 게 그의 전공이었다. 한때는 열심히 일하는 훌륭한 양철공이었던 딘의 아버지는 위스키 중독자보다 더 심각한 포도주 중독자가 돼서, 화물열차를 타고 겨울에는 텍사스로 갔다가 여름에 다시 덴버로 돌아오는 신세로 전락해 버렸다. 딘에게는 어렸을 때 죽은 엄마 쪽으로 형제들이 있었지만 그들은 딘을 싫어했다. 딘의 친구라곤 당구장 패거리뿐이었다. 새로운 미국의 성자다운 엄청난 에너지를 가진 딘과 카를로는 당구장 패거리와 어울려 다니며 덴버의 지하 세계 괴물이 되었다. 이것의 아름다운 상징이 그랜드 가에 있는 카를로의 지하 아파트였다. 우리 — 카를로, 딘, 나, 토미 스나크, 에드 던컬과 로이 존슨은 새벽이 올 때까지 수많은 밤을 거기서 보냈다. 다른 친구들은 나중에 등장할 것이다.

덴버에 도착한 첫째 날 오후, 채드의 어머니가 아래층에서 집안일을 하고 채드가 도서관에서 일하는 동안 나는 채드 킹의 방에서 잠을 잤다. 그날 오후는 7월의 고원 기후답게 무척 뜨거웠다. 채드 킹네 아버지의 발명품이 없었다면 나는 잠을 잘 수 없었을 것이다. 사람 좋고 친절한 채드 킹의 아버지는 늙고 기운 없는 일흔 살 먹은 노인으로, 마르고 길쭉한 몸매를 갖고 있었다. 그는 심심풀이로 조랑말의 맨등에 올라타 몽둥이를 들고 코요테를 쫓던 1880년대 노스다코타 평원에서의 어린 시절에 관한 재미있는 얘기를 천천히, 아주 천천히 들려주곤 했다. 그는 처음엔 오클라호마 주의 서쪽 끝에서 시골 학교 선생 노릇을 했었지만 나중엔 덴버에서 여러 가지 장비를 파는 사업가가 됐다. 아랫동네에는 아직도 차고 딸린 낡은 사무실이 그대로 있었는데, 과거의 성공과 영화가 담긴 먼지투성이 서류 더미와 접는 뚜껑이 달린 책상도 여전히 거기 있었다. 그는 특수 에어컨도 하나 발명했다. 일반 선풍기를 창틀에 고정시킨 다음, 어떻게 했는진 모르지만 윙 하고 돌아가는 선풍기 날개 앞에 냉수가 지나가는 코일을 달았다. 결과는 완벽했다. 1미터 내에서만 효과가 있고, 날씨가 더워서 물이 바로 수증기로 바뀌어 버리는 바람에 아래층은 여전히 찜통 같았지만 말이다. 하지만 나는 선풍기 바로 밑에 놓인 채드의 침대에서 커다란 괴테의 흉상이 나를 바라보는 가운데 자고 있었다. 나는 편안하게 잠들었지만 너무 추워서 이십 분 만에 잠에서 깼다. 담요를 가져다 덮었지만 여전히 추웠다. 결국 너무 추워서 잠을 잘 수 없게 된 나는 아래층으로 내려갔다. 자신의 발명품이 잘

작동되느냐고 노인이 물었다. 난 더럽게 잘 돌아간다고 대답했는데, 거짓말은 아니었다. 나는 노인이 마음에 들었다. 그는 기억력이 시원찮았다. "내가 일전에 얼룩 제거기를 하나 만들었는데 동부의 큰 회사들이 그걸 똑같이 베껴먹은 거야. 벌써 몇 닌째 돈을 받으려고 애쓰고 있는데, 나한테 괜찮은 변호사를 살 돈만 있었다면……." 하지만 괜찮은 변호사를 사기엔 이미 너무 늦었기에 그는 낙담해서 방구석에 들어앉아 있는 것이다. 저녁엔 채드의 어머니가 만든 요리로 멋진 식사를 했다. 채드의 삼촌이 산에서 잡아 온 사슴 스테이크였다. 그런데 딘은 도대체 어디 있는 걸까?

7

그다음 열흘은 W. C. 필즈*의 말처럼 "특별한 위험으로 가득하고" 광기가 넘치는 나날이었다. 나는 팀 그레이 부모님 소유의 무척 호화로운 아파트에서 롤랑 메이저와 함께 지내게 되었다. 각자 침실도 따로 있었고, 음식이 든 아이스박스가 있는 간이 부엌에, 메이저가 실크 가운 차림으로 앉아 헤밍웨이 스타일의 단편을 집필 중이던 커다란 거실도 있었다. 메이저는 붉은 얼굴에 성마르고 모든 것을 증오하는 땅딸막한 사내였지만, 좋은 일이 있었던 날 밤에는 세상에서 가장 따뜻하고 매력적인 미소를 지을 수 있는 사람이었다. 메이저가 책상에 앉아 글을 쓰는 동안, 나는 푹신한 양탄자 위를 이리저리 뛰어다녔는데, 카키색 면바지만 입고 있었다. 메이저는 난생처음 덴버에

---

* 1880~1946. 미국의 코미디언. 어린아이를 싫어하며 수다쟁이 아내로부터 괴롭힘을 당하고 거드름을 피우면서도 마음은 따뜻한 허풍선이 같은 인물을 주로 연기했다.

온 사내에 관한 이야기를 방금 끝낸 참이었다. 그의 이름은 필이었다. 필의 길동무는 샘이라는, 비밀에 싸인 조용한 사내다. 필은 덴버를 탐험하러 나갔다가 예술가 무리들과 얽히게 된다. 호텔 방에 돌아온 필이 우울하게 말한다. "샘, 여기에도 저런 것들이 있어." 샘은 쓸쓸히 창밖을 내다보며 대답한다. "그래, 나도 알아." 요점은 굳이 나가서 볼 필요도 없이 이 사실을 알았다는 것이다. 예술가 타입은 전국에 흩어져 있으며, 이 나라의 피를 빨아 먹고 있다. 메이저와 나는 마음이 잘 맞는 친구였다. 그는 내가 예술가 타입과는 거리가 먼 녀석이라고 생각했다. 메이저는 헤밍웨이처럼 고급 포도주를 좋아했다. 그는 최근에 다녀온 프랑스 여행의 추억에 잠겼다. "샐, 시원한 19년산 푸아뇽 포도주 병을 가지고 바스크 지방의 고지대에 한번 앉아 봐. 그럼 세상엔 유개화차 말고 다른 것들도 있다는 걸 알게 될 거야."

"나도 알아. 난 단지 유개화차를 사랑하고, 그 위에 쓰여 있는 미주리 퍼시픽, 그레이트 노던, 록아일랜드 라인 같은 이름들을 읽는 게 좋아. 아, 내가 여기까지 히치하이크하면서 일어났던 일들을 너한테 전부 다 말해 주고 싶네."

롤린스 가족은 서너 블록 떨어진 곳에 살고 있었다. 이들은 유쾌한 가족이었고, 다섯 아들과 두 딸을 둔 젊은 어머니는 유령이 나올 것 같은 낡아 빠진 호텔을 누군가와 공동으로 소유하고 있었다. 망나니 아들인 레이 롤린스는 팀 그레이의 어렸을 적 친구였다. 레이가 나를 잡으려고 요란스럽게 들이닥쳤고 우리는 곧바로 의기투합해 밖으로 나가 콜팩스 술집에서 술을 마셨다. 레이의 누이 중 하나는 베이브라는 이름의 금발 미녀였는데, 테니스와 서핑을 즐기는 전형적인 서부 아가씨였다. 그녀는 팀 그레이의 애인이었다. 그리고 유일하게 덴버를 지나 아파트에서 그렇게 세련된 생활을 하고 있는 메이저는 팀 그레이의 여동생 베티와 사귀고 있었다. 여자가 없는 놈은 나밖에 없었다. 나는 모두에게 물었다. "딘은 어디 있어?" 그들은 모른다며 의미심장한 미소를 지었다.

그리고 마침내 일이 벌어졌다. 전화가 울렸는데, 카를로 막스였다. 그는 자신의 지하 아파트 주소를 가르쳐 줬다. 내가 물었다. "대체 덴버에서 뭐 해? 뭐가 어떻게 돌아가는 거야?"

"일단 만나서 얘기하자."

나는 그를 만나러 달려갔다. 카를로는 매일 밤 메이스 백화점에서 일하고 있었다. 미치광이 레이 롤린스가 술집에서 거기로 전화를 했고, 백화점 수위가 쫓아와서 카를로에게 누가 죽었다더라고 말해 줬다. 카를로는 그 말을 듣자마자 내가 죽었다고 생각했다. 그런데 롤린스가 전화로 "샐이 덴버에 있어."라고 말하곤 내 주소와 전화번호를 알려 줬던 것이다.

"그런데 딘은 어디 있어?"

"딘은 덴버에 있어. 내 말 좀 들어봐." 카를로는 딘이 두 명의 여자와 동시에 섹스를 하고 있다고 말했다. 첫 번째 아내인 메릴루가 호텔 방에서 그를 기다리고, 새로운 애인인 커밀도 다른 호텔 방에서 그를 기다린다는 것이었다. "그런 두 여자를 내버려 두고 우리의 끝나지 않은 사업을 하러 이리로 오는 거야."

"무슨 사업인데?"

"딘과 나는 대단한 사업에 착수했어. 우리는 절대적인 정직

함과 절대적인 완전함으로 마음속의 모든 생각을 나누려고 노력해. 일단 벤제드린을 복용해야 해. 그리고 침대 위에 책상다리를 하고 마주 앉는 거야. 나는 마침내 딘이 원하는 건 뭐든지, 덴버의 시장이 된다든가 백만장자와 결혼한다든가 혹은 랭보 이래 최고의 시인이 될 수도 있다는 걸 그에게 가르쳤어. 하지만 그는 그저 소형 자동차 경주를 구경하려고 밖으로 달려 나가기만 해. 나도 그를 따라가지. 그는 흥분해서 길길이 날뛰고 소리 질러. 너도 알지, 샐. 딘은 정말 그런 거에 잘 빠진다니까." 막스는 영혼 깊은 곳으로부터 흠, 하는 한숨을 쉬고 이 문제에 대한 생각에 잠겼다.

"스케줄이 어떻게 돼?" 내가 물었다. 딘의 인생은 언제나 스케줄이 짜여 있었다.

"스케줄은 이래. 난 반시간 전에 일을 끝냈어. 그동안 딘은 호텔에서 메릴루랑 그 짓을 하면서 내가 옷을 갈아입을 시간을 벌어 줘. 1시 정각에 딘은 메릴루에게서 커밀에게로 쏜살같이 달려가지. 물론 그들은 둘 다 무슨 일이 벌어지는지 몰라. 그리고 커밀과 한판 하면서 내가 도착하는 1시 30분까지 시간을 벌어주지. 그리고 나와 함께 나와서 — 그러기 전에 우선 커밀한테 빌어야 해. 이미 나를 미워하기 시작했거든. — 이곳으로 온 다음 아침 6시까지 얘기를 하는 거야. 대개는 그보다 더 많은 시간을 보내지만 그러면 사태가 끔찍하게 복잡해지고 딘은 시간에 쫓기게 되지. 6시가 되면 그는 메릴루에게 돌아가. 내일은 하루 종일 이혼에 필요한 서류 때문에 돌아다녀야 할 거야. 메릴루도 이혼엔 대찬성이지만 수속이 끝날 때까지는 섹스를 해야 한다고 고집해. 딘을 사랑한데. 하긴 그건 커밀도 마찬가지야."

그러곤 딘이 어떻게 커밀을 만났는지 이야기해 주었다. 당구장 패거리 중 한 명인 로이 존슨이 술집에서 그녀를 만나 호텔로 데려갔다. 그는 너무나 자랑스러웠던 나머지 분별력을 잃고 그녀를 보러 오라고 일당을 전부 불렀다. 그들은 주위에 둘러앉아 커밀과 얘기했다. 딘은 아무것도 하지 않고 창밖만 내다봤다. 그리고 모두가 나올 때, 커밀을 슬쩍 쳐다보고는 손목을 가리키면서 '4'라는 신호를 하고(자기가 4시에 돌아오겠다는 뜻으로) 밖으로 나갔다. 3시에 온 로이 존슨에게는 잠겨 있던 문이 4시에 온 딘에게는 열렸다. 나는 지금 당장 그를 만나고 싶었다. 카를로는 여자라면 자기한테 맡기라고 했다. 그는 덴버의 모든 여자들을 다 알고 있었다.

카를로와 나는 덴버의 황량한 밤거리를 걸었다. 공기는 포근하고 별들은 아름답고 자갈길에 무슨 엄청난 게 숨겨진 듯한 기분이 들어서, 마치 꿈속에 있는 것만 같았다. 우리는 딘이 커밀과 옥신각신하고 있을 하숙집으로 갔다. 그곳은 목조 차고들과 담장 뒤로부터 삐죽 솟아 나온 오래된 나무들로 둘러싸인 낡은 빨간 벽돌 건물이었다. 우린 카펫 깔린 계단을 올라갔다. 카를로가 노크를 하더니 총알같이 뒤로 숨었다. 커밀에게 들키는 게 싫은 것이다. 나는 문 앞에 서 있었다. 딘이 벌거벗은 채로 문을 열었다. 침대 위에 갈색 머리 여자가 보였는데, 그녀는 아름다운 우윳빛 허벅지를 검은 레이스로 가리고 살짝 놀란 듯 우리를 올려다보고 있었다.

"아니, 새애앨!" 딘이 외쳤다. "아, 그게 지금, 에, 으흠, 그래, 도착했구나. 이 자식, 결국 왔군. 그럼, 우선, 음, 그래, 그렇지!

있잖아, 커밀……." 그는 커밀을 향해 몸을 홱 돌렸다. "샐이 왔어. 내 옛날 뉴욕 친군데, 오늘이 덴버에서의 첫날 밤이거든? 그러니까 내가 꼭 이 친구를 데리고 나가서 여자를 구해 줘야 해."

"몇 시에 돌아올 건데?"

"지금이…… (시계를 보면서) 정확히 1시 14분이거든. 그러니까 3시 14분 정각에 돌아올게. 그러면 우리 둘이 꿈같은 시간을 보내는 거야. 정말로 달콤한 시간을 말이야, 자기야. 그다음엔 자기도 알지, 내가 얘기했고 우리가 합의했다시피, 서류 때문에 외다리 변호사를 만나러 가야 해. 한밤중이라 좀 그렇지만, 내가 완벽하게 설명했잖아."(이 말은 아직도 숨어 있는 카를로와의 랑데부를 위한 핑계였다.) "그러니까 난 지금 당장 옷을 입어야 해. 바지를 입고, 생활로, 그러니까 바깥 생활로 돌아가야 해. 말한 대로 말이야. 1시 15분이네. 벌써……."

"알았어, 딘. 하지만 3시엔 꼭 돌아와야 해."

"말했잖아, 자기야. 3시가 아니라 3시 14분이야. 그리고 서로의 영혼 저 깊숙이까지 들어가 보자." 그러더니 그녀에게 다가가서 몇 번이나 키스를 했다. 벽에는 커밀이 그린 딘의 누드 드로잉이 걸려 있었는데, 딘의 거대한 물건과 기타 등등까지 다 그려져 있었다. 나는 깜짝 놀랐다. 사방에 미친 짓거리들뿐이다.

우리는 밤 속으로 달려 나왔다. 카를로가 골목길에서 우리와 합류했다. 우리는 내가 본 중에서 가장 좁고 괴상하고 구불구불한 도시의 샛길을 따라 덴버 멕시코인 마을의 중심부까지 내려갔다. 모두가 잠든 고요 속에서 우리는 큰 소리로 떠들었다. "샐." 딘이 말했다. "지금 이 순간 너를 기다리는 여자가 하

나 있어. 근무가 끝났다면 말이야. (시계를 보더니) 웨이트리스
거든. 리타 베튼코트라는 괜찮은 여자야. 섹스를 싫어하는 게
문제인데 내가 많이 고쳐 놨고, 너라면 괜찮을 거 같아. 넌 멋
진 곤대니까 말이야. 바로 가 보자. 맥주를 좀 갖고 가야 하나?
아냐, 거기 있을 거야. 젠장!" 그가 주먹으로 자기 손바닥을 쳤
다. "오늘 밤에 걔네 언니 메리를 따먹어야겠다."

"뭐?" 카를로가 말했다. "난 우리가 얘기를 할 거라고 생각
했는데."

"그래, 할 거야, 나중에."

"오, 이 덴버의 우울이여!" 카를로가 하늘에 대고 소리쳤다.

"카를로는 세상에서 가장 멋지고 사랑스러운 녀석이야." 딘
이 내 옆구리를 찌르며 말했다. "봐, 저것 좀 봐!" 뉴욕에서 늘
그랬던 것처럼, 이 생명의 거리에서 카를로가 원숭이 춤을 추
기 시작했다.

내가 한 말이라곤 "그런데 우리 이제 덴버에서 도대체 뭘
하는 거야?"가 다였다.

"내가 내일 네 일자리를 구해 줄게." 딘이 사무적인 말투로
돌아가서 말했다. "메릴루한테서 한 시간 외출 허락을 받자마
자 곧바로 너한테 가겠어. 너희 아파트로 곧장 들어가서 메이
저에게 인사를 하고, 전차를 타고, 제길, 차가 없어서 말이야,
카마르고 시장에 가면 즉시 일을 시작할 수 있을 거고 오는 금
요일엔 급료를 받을 수 있을 거야. 우린 정말로 완전히 파산
지경이거든. 몇 주째 일할 틈이 없었어. 금요일 밤에는 꼭 우리
셋이, 카를로, 딘, 샐, 이렇게 삼총사가 함께 소형 자동차 경주
를 보러 가자. 시내에 사는 내 친구한테 차를 태워 달라고 하

면 되니까 말이야……." 그런 식으로 이야기는 밤늦도록 계속
됐다.

우리는 웨이트리스 자매가 사는 집에 도착했다. 내 여자는
아직 근무 중이었고 딘이 노리는 언니는 집에 있었다. 우리는
소파에 앉았다. 레이 롤린스에게 전화할 시간이 되어 나는 전
화를 걸었다. 그는 바로 찾아왔다. 문으로 들어서면서 그는 셔
츠를 훌러덩 벗어젖히더니 난생처음 보는 메리 베튼코트를 끌
어안기 시작했다. 술병이 바닥을 굴러다녔다. 3시가 됐다. 딘은
커밀과의 꿈같은 시간을 위해 달려 나갔다가 시간 맞춰 돌아
왔다. 동생 쪽이 나타났다. 차가 필요하다며 다들 시끄럽게 떠
들어 댔다. 레이 롤린스가 차 있는 친구에게 전화를 했다. 친
구가 왔다. 우린 모두 그 차에 끼어 탔다. 카를로는 뒷좌석에
서 딘과 대화를 해 보려고 했지만 너무 복잡했다. "모두 우리
아파트로 가자!" 내가 외쳤다. 우리는 그렇게 했다. 차가 멈추
자마자 나는 밖으로 뛰어나와 잔디에서 물구나무서기를 했다.
열쇠들이 전부 다 바닥에 떨어졌는데 찾을 수가 없었다. 우리
는 소리를 지르며 건물 안으로 뛰어 들어갔다. 실크 가운을 입
은 롤랑 메이저가 앞길을 막아섰다.

"팀 그레이의 아파트에서 이런 꼴은 못 봐!"

"뭐라고?" 모두가 소리쳤다. 뒤죽박죽이었다. 롤린스는 웨이
트리스 하나와 잔디 위에서 뒹굴었다. 메이저는 우리를 들여보
내 주지 않았다. 우리는 팀 그레이에게 전화해서 파티를 허락
받고 팀도 초대하겠다고 맹세했다. 그 대신 우리 모두는 덴버
중심가의 아지트로 돌아왔다. 나는 갑자기 돈 한 푼 없이 길거
리에 홀로 서 있는 나 자신을 발견했다. 마지막 남은 1달러도

사라지고 없었다.

　나는 아파트에 있는 편안한 침대를 향해 콜팩스까지 8킬로 미터를 걸어 올라갔다. 메이저는 나를 들여 주었다. 나는 딘과 카를로가 마음의 교감을 하고 있는지 궁금했다. 나중에 물어 봐야지. 덴버의 밤은 시원했고, 나는 통나무처럼 꼼짝 않고 정 신없이 잠들었다.

8

　모두가 산으로 신나는 여행을 떠날 계획을 세우기 시작했다. 이 소동은 사태를 복잡하게 만든 아침의 전화 한 통에서 비롯되었다. 예전 길동무였던 에디가 전화를 했던 것이다. 그는 내가 얘기했던 몇몇 이름을 기억하고 있었다. 셔츠를 돌려받을 기회였다. 에디는 콜팩스 가 부근의 한 집에 여자와 같이 머물고 있었다. 그는 일자리를 찾을 수 있는 곳을 알고 싶어 했고, 나는 딘이 알 거라는 생각에 그에게 이쪽으로 오라고 말했다. 메이저와 내가 아침을 먹으려는데 딘이 허둥거리며 도착했다. 딘은 앉으려고도 하지 않았다. "할 일이 산더미 같아서 사실 너를 카마르고에 데려다 줄 시간도 없지만, 어쨌든 가자고."

　"길에서 만난 에디라는 친구가 올 건데, 기다려 줘."

　메이저는 우리가 서두르고 쩔쩔매는 모습을 재미있게 보고 있었다. 한가로이 글을 쓰려고 덴버에 온 그는 극도의 경의를 표하며 딘을 대했지만 딘은 그에게 관심이 없었다. 메이저는 딘에게 이런 식으로 말했다. "모리아티, 내가 듣기로 당신은 동시에 세 명의 여자와 자고 다닌다면서요?" 딘이 깔개에 발을 비비며 말했다. "아, 네. 다 그런 거죠, 뭐." 그러면서 딘은 시계를 들여다봤고 메이저는 코를 실룩거렸다. 나는 굉장히 부끄러워하면서 딘과 함께 밖으로 달려 나갔다. 메이저는 딘이 바보 얼간이라고 주장했다. 물론 딘은 바보가 아니었고, 나는 그걸 어떻게 해서든 모두에게 증명해 보이고 싶었다.

우리는 에디를 만났다. 딘은 에디에게도 관심을 보이지 않았다. 우리는 전차를 타고 뜨거운 덴버의 정오를 가로질러 일자리를 구하러 갔다. 나는 일자리에 대해 생각하기도 싫었다. 에디는 늘 하던 식으로 가는 내내 계속 떠들어 댔다. 시장에서 우리를 둘 다 써 주겠다는 사람을 찾아냈다. 일은 새벽 4시부터 오후 6시까지였다. 그 남자가 말했다. "나는 일하기 좋아하는 녀석들을 좋아해."

"바로 찾으셨네요."라고 에디가 말했지만 나는 자신이 없었다. "졸진 않을게요."라고만 결심했다. 그것 말고도 다른 재밌는 일이 많았으니까.

다음 날 아침 에디는 출근했지만 나는 하지 않았다. 내게는 침대가 있었고, 메이저가 아이스박스에 넣어 둔 음식도 있었다. 그 대신 나는 요리와 설거지만 해 주면 되었다. 나는 온갖 일에 끼어들었다. 어느 날 밤 롤린스네 집에서 큰 파티가 열렸다. 롤린스의 어머니가 여행을 갔던 것이다. 레이 롤린스는 아는 사람 전부에게 전화를 해서 위스키를 갖고 오라고 말했다. 그런 다음 여자애들을 찾아 주소록을 훑었다. 연락은 거의 내가 했다. 엄청나게 많은 여자애들이 왔다. 나는 딘이 지금 뭘 하고 있는지 물어보려고 카를로에게 전화를 했다. 딘은 새벽 3시에 카를로의 집에 올 거라고 했다. 파티가 끝난 후 나는 그곳으로 갔다.

카를로의 지하 아파트는 그랜트 가의 교회 근처 붉은 벽돌로 된 낡은 하숙집이었다. 골목길을 따라가다 돌계단을 내려가 칠이 벗겨진 낡은 문을 연 다음 포도주 저장고 같은 곳을 통과하면 아파트의 판자문이 나온다. 그곳은 마치 러시아 성자의 방 같았다. 침대 하나, 타고 있는 초 하나, 습기가 스며 나오는 돌벽, 그가 임시방편으로 만든 듯한 괴상한 성상 같은 것이 있었다. 카를로는 자신의 시를 읽어 줬다. 제목은 '덴버의 우울'이었다. 카를로는 아침에 일어나 바깥 거리에서 재잘거리는 '천박한 비둘기' 소리를 들었다. 그는 나뭇가지 위에서 고개를 끄덕이고 있는 '슬픈 나이팅게일'을 보고 어머니를 생각했다. 회색빛 수의가 도시 위를 내리덮었다. 저 산, 이 도시 어디에서나 서쪽으로 보이는 멋진 로키 산맥은 꼭 파피에마셰* 같았다. 우주 전체가 미쳐 돌아갔고 모든 것이 아주 이상했다. 카를로는 딘을 가리켜 고뇌하는 남근 속에서 고통을 견디는 '무지개의 아이'라고 썼다. 그는 또 딘을 '유리창에서 풍선껌을 긁어내야' 하는 '오이디푸스 에디'라고 불렀다. 그는 자신의 지하 방에서 매일 벌어지는 모든 일, 딘의 모든 말과 행동을 기록하는 방대한 일기를 쓰고 있었다.

딘은 약속한 시간에 왔다. "모든 게 잘 되어 가고 있어." 그

---

* 종이에 풀을 섞어 반죽 상태로 만든 것. 모양을 만들어서 말리면 단단해지기 때문에 쟁반, 인형, 가구 등을 만드는 데 사용되었다.

가 선언했다. "난 메릴루와 이혼하고 커밀과 결혼한 다음 샌프 란시스코에 가서 살 거야. 하지만 카를로, 그 전에 너랑 나랑 텍사스에 가서, 너희 둘이 엄청나게 얘긴 많이 해 줬지만 실제 로 만난 적은 없는 죽은 고양이, 올드 불 리를 만나 봐야지. 그 러고 나서 샌프란시스코에 갈 거야."

그리고 그들은 사업에 들어갔다. 책상다리를 하고 침대 위 에 앉아서 서로를 똑바로 쳐다보는 것이다. 나는 가까운 의자 에 구부정하게 앉아 이 모든 것을 지켜보았다. 그들은 추상적 인 문제에서부터 토론을 시작했다. 그리고 정신없이 몰아닥쳤 던 여러 사건들 때문에 잊혔던 다른 추상적인 주제들을 서로 에게 상기시켰다. 딘은 사과했고, 꼭 잘 생각해서 설명할 것을 약속했다.

카를로가 말했다. "우리가 와지를 지나가고 있을 때, 네가 소형 자동차 경주에 너무 열광하는 것에 대해 내가 어떻게 생 각하는지 말하고 싶었는데, 바로 그때, 기억나? 네가 헐렁한 바 지를 입은 늙은 부랑자를 가리키면서 꼭 네 아버지처럼 생겼 다고 말했던 거."

"그래, 물론 기억나지. 그것 말고도 그것 때문에 생각났던 일련의 생각들이, 네게 말해야 했던 정말로 엉뚱한 생각들이 있었는데, 잊어버리고 말았어. 그런데 지금 네가 그걸 생각나 게 했어……." 그래서 새로운 주제가 두 개 생겨났다. 그들은 그것들을 계속해서 복습했다. 그러고 나서 카를로는 딘에게 그 가 정직한지, 특히 영혼의 바닥에서부터 카를로 자신에게 정직 한지를 물었다.

"왜 또 그 문제를 끄집어내는 거야?"

"내가 마지막으로 알고 싶은 건 말이야……."

"샐, 너 듣고 있지? 한번 물어 보자. 이 녀석 무슨 말을 하고 싶은 거야?"

그래서 내가 말했다. "그 마지막 문제는 네가 얻을 수 없는 기야, 카를로. 누구도 그 마지막 문제에는 도달할 수 없어. 그저 언젠간 붙잡을 수 있으리라는 희망 속에서 살아갈 뿐이지."

"아니, 아니, 완전히 망발 같은 소리야. 그런 건 울프* 식의 낭만적인 거짓말일 뿐이야!" 카를로가 말했다.

그러자 딘이 대꾸했다. "전혀 그런 뜻이 아니었어. 하지만 샐이 어떻게 생각하든 자유야. 저기 저렇게 앉아서 가만히 듣고 있는 것만 해도 대단한 거야. 과연 이 나라를 가로질러 온 미친 고양이다워. 계속 이러면 그런 그가 말을 안 하게 될 걸, 말을 안 하게 된다고."

"말을 안 하는 게 아니야." 내가 항의했다. "난 너희 둘이 무엇에 다다르려고 하는 건지를 모를 뿐이라고. 이런 건 누구에게든 부담스러울 거야."

"넌 부정적인 말만 하는구나."

"그럼 네가 하려는 게 뭔데?"

"말해 줘."

"아니, 네가 말해."

"말할 게 없겠지." 나는 그렇게 말하곤 웃었다. 난 카를로의 모자를 눈 밑까지 눌러썼다. "자고 싶어." 내가 말했다.

---

* 토머스 울프(1900~1938). 미국의 소설가. 가장 유명한 작품인 첫 장편소설 『천사여, 고향을 보라』(1929)는 미국 남부에 사는 소년이 실연의 아픔과 형의 죽음을 겪은 후 자아를 찾기 위한 여행을 떠나는 이야기다.

"불쌍하긴, 샐은 언제나 자고 싶어 한다니까." 나는 입을 다물었다. 그들은 다시 시작했다. "네가 치킨프라이드 스테이크를 살 돈이 모자라서 5센트를 빌렸을 때……"

"아니야, 그건 칠리였어! 텍사스 스타, 기억 안 나?"

"화요일이랑 헷갈렸어. 그 5센트를 빌리면서 네가 말했지. 자, 들어봐. 네가 말했어. '카를로, 이번이 마지막이야.' 마치 정말로 내가 이제 그러지 말라고 한 것 같은 의미였다고."

"아냐, 아냐, 그런 뜻이 아니었어. 잘 들어봐, 친구. 메릴루가 방에서 울던 밤에 네게로 돌아가면서, 우리 둘 다 꾸며냈다는 걸 알고 있었지만 나름대로 의도가 있었던, 평소보다 더욱더 진지한 어조로 내가 말했을 때 그러니까, 나의 연기로써 보여주려고 했던 것은 말이야……. 그런데 잠깐, 그게 아닌데."

"당연히 그게 아니지! 네가 잊어버렸기 때문이야. 하지만 더 이상 너를 탓하지는 않겠어. 그래, 내가 말했던 건……." 그들은 밤새도록 이런 식으로 계속 대화를 이어나갔다. 새벽에 문득 올려다보니, 그들은 아침 문제의 마지막을 매듭짓고 있었다. "내가 메릴루 때문에 자야 한다고 말했을 때, 그건 오늘 아침 10시에 그녀를 만나야 한다는 뜻인데, 잠의 불필요성에 대해 네가 방금 한 말에 일부러 무시하는 어조를 취했던 건 아니고 단지, 단지, 잘 들어. 내가 절대적으로, 단순히, 순수하게, 다른 어떤 이유 때문도 아니고 지금 자야 하기 때문이야. 내 말은, 친구, 내 눈이 감기고 있어. 눈이 빨갛고, 따갑고, 쓰리고, 피곤해……."

"아, 녀석 참." 카를로가 말했다.

"아무튼 좀 자자. 기계를 멈춰."

"기계를 멈출 순 없어!" 카를로가 소리 높여 외쳤다. 첫 새 소리가 들렸다.

"이제 내가 손을 들어 올리면." 하고 딘이 말했다. "말을 멈추는 거야. 순수하게, 싸우지 말고 둘 다 그냥 얘기를 끝내는 걸로 하고 잠을 자자."

"그런 식으로 멈출 순 없어."

"멈춰!" 내가 말했다. 그들이 나를 쳐다봤다.

"그동안 우리 얘기를 들으면서 계속 깨 있었구나. 무슨 생각 했니, 샐?" 나는 그들이 아주 굉장한 미치광이라고 생각한다고, 그리고 버서드 고개 꼭대기까지도 그 소리가 똑똑히 들리는, 세상에서 가장 작고 정밀한 시계의 기계장치를 들여다보는 사람처럼 밤새도록 그들의 얘기를 듣고 있었노라고 말해 주었다. 그들이 미소 지었다. 난 손가락으로 그들을 가리키며 덧붙였다. "계속 이런 식이면 너희 둘 다 미쳐 버릴 거야. 그러는 동안 무슨 일이 벌어지는지 나한테도 알려 줘."

나는 밖으로 걸어 나와 전차를 타고 나의 아파트로 갔다. 동쪽 평원에서 거대한 해가 솟아오르자 카를로 막스의 파피에 마셰 산맥이 붉게 물들었다.

9

저녁에 로키 산맥 여행에 끼어 가느라 딘과 카를로를 닷새 동안 만나지 못했다. 베이브 롤린스가 사장의 차를 주말 동안 빌렸다. 우리는 정장을 가져와서 차창에 걸고는 센트럴시티로 출발했다. 레이 롤린스가 운전하고, 팀 그레이는 뒷좌석에 눕고, 베이브는 앞좌석에 앉았다. 로키 산맥 안쪽은 처음 보는 것이었다. 센트럴시티는 한때는 '세상에서 가장 부유한 동네'로 불렸던 오래된 광산촌으로, 언덕 위를 어슬렁거리던 얼간이들이 진짜 은맥을 발견했던 곳이다. 그들은 하룻밤 새에 부자가 됐고, 급경사면에 위치한 오두막들 사이에 작고 아름다운 오페라극장을 지었다. 미국인 릴리언 러셀뿐 아니라 유럽의 많은 오페라 스타들이 이곳을 다녀갔다. 그러나 그 후로 새로운 서부의 정력적인 상공회의소가 이 지역을 되살리기로 결정할 때까지 센트럴시티는 유령도시였다. 그들은 오페라극장을 깨끗이 단장했고, 그 결과 매년 여름 메트로폴리탄 오페라단의 스타들이 와서 공연을 하는 호화 휴가지가 되었다. 각지에서 관광객들이, 심지어 할리우드 스타들까지도 이곳을 찾아왔다. 우리는 차를 몰고 산을 올라가 멋 부린 관광객들로 빽빽하게 들어찬 좁은 거리에 도착했다. 나는 메이저의 소설에 나오는 샘을 떠올리고 그가 옳았다고 생각했다. 메이저 본인도 거기 있었다. 그는 모든 사람들에게 사교적인 미소를 지어 보이면서 모든 것에 아주 진지하게 "오오." "아아." 하고 감탄을 연발하고 있었다. "샐!" 내 팔을 움켜쥐며 그가 외쳤다. "이 오래된 마을을 한번 봐. 100년, 알게 뭐야, 고작 팔십 년, 육십 년 전만 해도 이곳이 어땠을지 생각해 보라고. 그들에겐 오페라가 있었어!"

"그래." 필의 말투를 흉내 내며 내가 말했다. "하지만 여기에도 그들이 있어."

"개자식들." 그가 욕했다. 그리고 베티 그레이를 옆에 끼고 다른 재미를 찾아 떠났다.

베이브 롤린스는 진취적 성격의 금발 여인이었다. 그녀가 마을 끝에 있는 한 늙은 광부의 집을 알고 있어서 거기에서 주말 동안 머물기로 했다. 청소만 하면 된다고 했고, 성대한 파티도 열 수 있을 정도였다. 그곳은 안에 먼지가 3센티미터쯤 쌓여 있는 낡은 오두막으로, 제대로 된 현관도 있고 뒤편에는 우물도 있었다. 팀 그레이와 레이 롤린스가 소매를 걷어붙이고 청소를 시작했는데, 한나절하고도 초저녁까지 걸리는 대작업이었다. 하지만 양동이 하나 가득 시원한 맥주가 있어 그럭저럭 견딜 만했다.

나로 말할 것 같으면, 그날 오후 오페라에 초대받아 베이브를 에스코트하기로 되어 있었다. 나는 팀의 정장을 입었다. 며칠 전만 해도 부랑자 꼴로 덴버에 들어왔던 내가 지금은 정장을 쫙 빼입고 우아한 금발 미녀를 옆에 낀 채 고관들과 인사를 하고 샹들리에 아래 로비에서 담소를 나누고 있었다. 미시시피 진이 나를 보면 뭐라고 할지 궁금했다.

오페라는 「피델리오」*였다. "슬프도다!" 바리톤이 신음하는 돌 아래 지하 감옥에서 올라오며 울부짖었다. 나는 열광했다. 그게 내 인생 그 자체였기 때문이다. 나는 오페라에 너무 몰입한 나머지 잠시 동안 미치광이 같은 내 삶의 상태를 잊고 베토벤의 저 위대한 비탄의 음악과 렘브란트 스타일의 다채로운 이야기에 푹 빠져 버렸다.

"샐, 올해 공연은 마음에 들어?" 덴버 D. 돌이 극장 밖 길에서 자랑스럽게 물었다. 그는 오페라 협회 관련 인사였다.

"슬프도다, 슬프도다." 내가 말했다. "정말 대단해요."

"그럼 출연진을 만나도록 하지." 그는 사무적인 어조로 얘기를 계속했지만, 다행히 다른 일들이 몰려드는 바람에 나에게 그런 말을 한 사실을 잊고 어디론가 사라져 버렸다.

베이브와 나는 광부의 오두막집으로 돌아왔다. 나는 옷을 벗어 놓고 청소를 하고 있는 친구들에게 동참했다. 엄청난 작업이었다. 롤랑 메이저는 이미 치워 놓은 앞방 가운데에 앉아서 도와 주길 거부했다. 그 앞의 작은 탁자에는 맥주병과 유리잔이 놓여 있었다. 우리가 물 양동이와 빗자루를 들고 분주하게 왔다 갔다 하는 동안 그는 회상에 잠겨 있었다. "아, 자네가

---

* 베토벤이 작곡한 유일한 오페라(1805). 프랑스 대혁명을 배경으로 여주인공 레오노레가 소년으로 변장하여 지하 감옥에 갇힌 남편을 구출하는 내용이다.

언젠가 나와 함께 가서 친차노*를 마시고 방돌** 음악가들의 음악을 들을 수만 있다면, 그때 자넨 진정 살아 있다고 할 수 있을 거야. 그리고 여름철이면 노르망디와 작은 요트와 오래된 칼바도스***가 있겠지. 그렇지? 샘." 그가 보이지 않는 친구에게 말했다. "물속에서 뽀노주를 꺼내 보게. 우리가 낚시하는 동안 충분히 차가워졌는지 보세나." 헤밍웨이 작품에서 그대로 따온 것 같은 말투였다.

우리는 길거리를 지나가는 여자들을 불러 세웠다. "이리 와서 방 청소하는 것 좀 도와줘요. 모두 오늘 밤 파티에 초대할게요." 그들도 동참했다. 곧 엄청난 인원이 우리를 위해 일하게 되었다. 막판에는 어린 친구들이 대부분인 오페라 합창단원들이 와서 도와주었다. 해가 졌다.

청소를 마치고 팀과 롤린스와 나는 중요한 밤을 위해 몸단장을 하기로 했다. 우리는 마을을 가로질러 오페라 스타들이 살고 있는 하숙집으로 갔다. 밤의 저편에서 저녁 공연이 시작되는 소리가 들려왔다. "딱 좋군." 롤린스가 말했다. "이 면도칼이랑 수건 몇 개만 있으면 말쑥해지겠어." 우리는 머리빗, 오드콜로뉴, 면도용 크림까지 챙겨서 욕실로 들어갔고, 함께 목욕을 하면서 노래를 불러 댔다. "정말 멋지지 않아?" 팀 그레이가 계속 나불거렸다. "오페라 스타의 욕실에, 수건에, 면도용 크림이랑 전기면도기까지 써 보다니 말이야."

멋진 밤이었다. 센트럴시티는 해발 3킬로미터 정도의 높이

---

* 이탈리아산 베르무트(알코올성 음료의 하나)의 상표명.
** 프랑스 니스 서쪽의 해안 지역.
*** 프랑스 노르망디 지방의 칼바도스에서 생산되는, 사과로 만든 브랜디.

에 있어서 고도에 취해 이내 피곤해지긴 하지만 영혼에는 열정이 생긴다. 우리는 좁고 어두운 거리를 따라 내려가 오페라극장 주변의 불빛에 가까이 다가갔다. 그러다 갑자기 오른쪽으로 꺾어서, 젖히는 문이 달린 오래된 술집 몇 군데에 들렀다. 관광객은 대부분 오페라에 가고 없었다. 우리는 특대 사이즈의 맥주 몇 잔으로 시작했다. 자동 피아노도 한 대 있었다. 뒷문 너머로는 달빛 아래 산허리가 보였다. 야호, 하고 외쳤다. 밤이 깊어갔다.

우리는 서둘러 광부의 오두막집으로 돌아왔다. 성대한 파티에 필요한 모든 것이 준비돼 있었다. 여자들, 즉 베이브와 베티가 콩과 소시지로 간식을 만들었다. 그런 다음 우리는 춤을 추었고, 본격적으로 맥주를 마시기 시작했다. 오페라가 끝나자 엄청난 무리의 여자애들이 우리 아지트로 몰려들었다. 롤린스와 팀과 나는 입맛을 다셨다. 우린 그들을 붙잡고 춤을 췄다. 음악도 없는 채로 그냥 췄다. 집이 가득 찼다. 사람들이 술병을 갖고 오기 시작했다. 우리는 우르르 술집으로 몰려갔다가 우르르 돌아오곤 했다. 밤은 점점 더 광기가 더해 갔다. 난 딘과 카를로가 있었으면 했지만, 그들이 이런 자리에는 어울리지 못하고 불편해 하리라는 걸 곧 깨달았다. 그들은 슬픔으로 가득 찬 지하 감옥에서 올라오던 오페라 속의 남자와도 같았고 미국의 지저분한 재즈광, 내가 서서히 합류하기 시작하고 있었던 비트 세대였다.

남자 합창단원들이 나타나 「스위트 애덜라인」*을 부르기 시

---

* 1903년에 발표된, 리처드 H. 제러드 작사, 헨리 암스트롱 작곡의 히트곡.

작했다. 또 "맥주를 건네주오."나 "얼굴을 밖에 내밀고 무얼 하나요?" 같은 구절들을 부르기도 하고 긴 바리톤으로 "피 — 이데 — 엘리오!" 하고 울부짖기도 했다. "아, 나는 슬프도다!" 나도 노래했다. 여자애들은 끝내줬다. 그들은 뒤뜰로 나가 우리의 목을 끌어안고 애무했다. 청소하지 않아서 먼지가 쌓인 다른 방들에는 침대가 있었다. 나는 여자애 하나를 침대에 앉혀 놓고 얘기를 하고 있었는데, 갑자기 오페라극장의 안내원 녀석들이 들이닥치더니 제대로 된 유혹 한 번 않은 채 다짜고짜 여자애들을 붙잡고 키스를 퍼붓기 시작했다. 술 취하고 단정치 못하고 흥분한 십 대들이 파티를 망쳐 버렸다. 채 오 분도 못 돼서 여자애들은 한 명도 남김없이 다 사라졌고, 맥주병을 부딪치고 고함을 지르는 사나이들만의 파티가 돼 버렸다.

레이와 팀과 나는 술집 순례를 하기로 했다. 메이저는 가 버렸고, 베이브와 베티도 사라지고 없었다. 우리는 밤 속으로 비틀거리며 걸어 들어갔다. 오페라가 끝나고 빠져나온 군중이 바에서부터 벽에 이르기까지 술집을 가득 메우고 있었다. 메이저가 사람들의 머리 위로 소리치고 있었다. 열성적인 안경잡이 덴버 D. 돌은 모든 사람과 악수하며 인사하고 있었다. "안녕하세요. 잘 지내시죠?" 한밤중이 되자 이렇게 말했다. "안녕하세요. 당신은 잘 지내시나요?" 어느 순간 나는 그가 어떤 고관과 함께 사라지는 것을 보았다. 잠시 후 그가 돌아왔을 땐 중년 여성과 함께였다. 다음 순간 그는 거리에서 안내원 두 명에게 얘길 하고 있었다. 그다음엔 나를 알아보지 못하고 내 손을 흔들면서 말했다. "새해 복 많이 받아라, 애야." 그는 술에 취한 것이 아니라 자기가 좋아하는 것, 즉 정처 없이 우왕좌왕

하는 사람들에게 취해 있었다. 모두가 그를 알았다. 그는 "새해 복 많이 받으세요." 하거나 때때로 "메리 크리스마스."라고 말했다. 그는 일 년 내내 이런 인사를 하고 다녔다. 크리스마스에 "해피 할로윈."이라고 한 적도 있었다.

술집 안에는 모두가 존경하는 테너가 있었다. 덴버 돌은 내가 그를 만나 봐야 한다고 우겼지만 나는 가능한 한 피하려고 했다. 이름은 단눈치오인가 뭐 그런 거였다. 그의 아내도 함께 있었다. 그들은 뾰로통하게 테이블에 앉아 있었다. 술집에는 아르헨티나 관광객 비슷한 사람도 있었다. 롤린스가 자리를 만드느라 그를 조금 밀쳤다. 그러자 그가 돌아서서 으르렁거렸다. 롤린스는 잔을 내게 넘기더니 한 방에 그를 청동 난간 위에 때려눕혔다. 남자는 잠시 정신을 잃었다. 비명 소리가 났다. 팀과 나는 롤린스를 데리고 냅다 뛰었다. 술집 안은 너무도 복잡했기 때문에 보안관도 군중 사이를 뚫고 들어와 피해자를 찾아낼 수 없을 것이었다. 누구도 롤린스를 알아보진 못하리라. 우린 다른 술집으로 갔다. 메이저가 어두운 거리를 비틀거리며 걸어왔다. "도대체 뭐가 문제야? 어디 싸움 났어? 부르기만 해." 커다란 웃음소리가 사방으로 울려 퍼졌다. 문득 산의 정령이 무슨 생각을 하고 있나 궁금해져서 올려다보니, 달속의 계수나무와 늙은 광부들의 유령이 보였고 난 그게 진짜일까 생각했다. 우리가 시끄럽게 떠들고 있는 협곡을 제외하고는 오늘 밤 대분수령의 어두운 동쪽 벽 전체에 고요와 바람의 속삭임만이 가득했다. 대분수령의 반대쪽에는 거대한 서부 경사면 그리고 스팀보트 스프링스까지 쭉 이어지다 갑자기 쑥 내려가서는 서쪽의 콜로라도 사막과 유타 주의 사막으로 이어지는 고원이 있다. 이 거대한 대륙의 술 취한 미치광이 미국인들인 우리가 이 산 구석에서 날뛰고 소리 지르는 동안 만물은 어둠에 잠겨 가고 있었다. 우리는 미국의 지붕 위에 있었고 우리가 할 수 있는 일은, 내 생각엔, 어둠을 가로질러 동쪽의 대평원 위로 소리 지르는 것밖에 없었던 것 같다. 어쩌면 대병원 어딘가에서 복음을 지닌 어떤 백발노인이 우리를 향해 걸어오고 있으며, 어느 순간 갑자기 도착해서 우리를 조용하게 만들지도 모를 일이었다.

롤린스는 싸움이 있었던 술집으로 돌아가겠다고 우겨 댔다. 팀과 나는 내키지 않았지만 그를 따라갔다. 롤린스는 테너 단눈치오에게 다가가더니 그의 얼굴에 하이볼*을 끼얹었다. 우리는 그를 밖으로 끌어냈다. 합창단의 바리톤 한 명이 우리와 합류했고 우리는 센트럴시티의 어느 평범한 술집에 갔다. 그런데 거기서 또 레이가 웨이트리스에게 창녀라고 했다. 무뚝뚝한 사내들이 바에 줄지어 앉아 있었는데, 그들은 관광객을 싫어했다. 그들 중 한 명이 말했다. "네 녀석들 열 셀 때까지 여기서 나가는 게 좋을 거야." 우리는 그렇게 했다. 그리고 휘청거리며 오두막집에 돌아와 잠자리에 들었다.

아침에 잠에서 깨어 돌아눕자 매트리스에서 커다란 먼지구름이 솟아올랐다. 창문을 열려고 했지만 못이 박혀 있었다. 팀 그레이도 침대에 누워 있었다. 우린 둘 다 재채기를 해 댔다. 아침 식사는 김빠진 맥주였다. 베이브가 호텔에서 돌아왔고 우린 짐을 챙겼다.

---

* 위스키에 소다수나 진저에일을 섞어 만든 칵테일.

모든 게 무너져 내리는 것 같았다. 차에 타려고 집에서 나오는데 베이브가 미끄러지면서 바닥에 얼굴을 처박았다. 불쌍하게도 과로했던 것이다. 그녀의 오빠와 팀과 내가 그녀를 일으켜주었다. 우리는 차에 탔다. 메이저와 베티도 함께 탔다. 덴버로 돌아오는 슬픈 여정이 시작됐다.

어느새 우리는 산에서 내려와 거대한 바다 같은 덴버의 평원을 굽어보고 있었다. 오븐에서 나온 듯한 뜨거운 열기가 올라왔다. 우리는 노래를 부르기 시작했다. 나는 샌프란시스코로 떠나고 싶어서 또 좀이 쑤시기 시작했다.

10

그날 밤 카를로를 만났을 때 그는 놀랍게도 딘과 센트럴시티에 갔었다고 말했다.

"뭘 했는데?"

"어, 술집을 돌아다니다가 딘이 차를 훔쳤고, 시속 150킬로로 커브를 돌면서 산을 내려왔지."

"난 못 봤는데."

"네가 거기 있었는지 몰랐어."

"나 샌프란시스코에 가려고 해."

"오늘 밤 딘이 널 위해 리타를 준비해 놨는데."

"그래? 그럼 미루지 뭐." 나에겐 돈이 없었다. 이모에게 항공 우편으로 50달러를 보내 달라는 부탁과 이번이 마지막이라고 쓴 편지를 보냈다. 뱃일을 시작하면 바로 보내겠다고도.

그런 다음 리타 베튼코트를 만나러 가서 그녀를 내 아파트로 데리고 왔다. 어두운 앞방에서 긴 대화를 나눈 뒤 그녀를 침실로 데리고 갔다. 그녀는 단순하고 솔직한 성격의 괜찮은 여자였는데 섹스를 엄청 무서워했다. 나는 섹스가 아름다운 것이라고 말했고, 그 사실을 그녀에게 증명하고 싶었다. 그녀는 내가 증명하도록 내버려 뒀지만, 나는 너무 조급하게 군 나머지 아무것도 증명하지 못했다. 그녀가 어둠 속에서 한숨을 쉬었다. "네가 인생에서 바라는 건 뭐야?" 내가 물었다. 난 여자들에게 언제나 그렇게 물어보곤 했다.

"모르겠어." 그녀가 말했다. "그냥 웨이트리스로 일하면서, 살아가려고 애쓰는 거지, 뭐." 그리고 하품했다. 난 그녀의 입을 손으로 막으면서 하품하지 말라고 했다. 나는 내가 삶에 대해, 우리가 함께 할 수 있는 일들에 대해 얼마나 많은 기대를 가지고 있는지 말해 주려고 애썼다. 그 얘기를 하면서 이틀 후에 덴버를 떠날 계획을 세웠다. 그녀는 지친 듯이 돌아누웠다. 우리는 똑바로 누워 천장을 바라보면서, 삶을 이렇게 슬프게 만들 때 신은 도대체 뭘 하고 있었던 걸까 생각했다. 우리는 샌프란시스코에서 만나기 위한 막연한 계획을 세웠다.

덴버에서의 내 시간이 끝나가고 있다는 것을, 그녀를 집에 데려다 주려고 걸어갈 때 느낄 수 있었다. 돌아오는 길에 한 무리의 부랑자들과 함께 오래된 교회 앞의 풀밭에 몸을 쭉 뻗고 누웠는데, 그들의 얘기를 듣고 있자니 길 위로 돌아가고 싶어졌다. 이따금 한 놈이 일어나 지나가는 사람에게서 한두 푼을 얻어 냈다. 그들은 추수지가 북쪽으로 이동하고 있다는 얘기를 했다. 따뜻하고 포근한 날씨였다. 나는 리타에게 다시 가서 그녀를 붙잡고 많은 얘기를 해 주고 싶었다. 이번에는 정말로 그녀와 사랑을 나누고 남자에 대한 두려움도 가라앉혀 주고 싶었다. 미국의 소년과 소녀 들이 함께 보내는 시간은 참으로 슬프다. 순수함을 잃으면서, 그들은 적절한 사전 대화 없이 즉시 섹스에 돌입하게 되었다. 유혹하기 위한 대화가 아닌, 정말로 진솔한 영혼의 이야기 말이다. 왜냐하면 삶이란 고귀한 것이고 매 순간순간이 귀중하니까. 덴버 앤 리오그란네 웨스턴 철도 회사의 기관차가 로키 산맥을 향해 달려가는 소리가 들렸다. 나는 더 멀리까지 내 별을 쫓아가고 싶었다.

메이저와 나는 밤늦은 시간에 쓸쓸히 앉아 서로 얘기를 나눴다. "『아프리카의 푸른 언덕』 읽어 봤어? 헤밍웨이 작품 중 최고야." 우리는 서로의 행운을 빌었다. 샌프란시스코에서 다시 만나리라. 나는 거리의 어두운 나무 밑에 서 있는 롤린스를 봤다. "잘 있어, 레이. 언제 다시 만나지?" 카를로와 딘을 찾아봤지만 어디에도 없었다. 팀 그레이가 하늘을 향해 한 손을 번쩍 들며 말했다. "여, 가는구나." 우리는 서로 '여'라고 불렀다. "그래." 내가 대답했다. 그 후 며칠 동안 나는 덴버 여기저기를 돌아다녔다. 래리머 가의 부랑자는 모두 딘 모리아티의 아버지같이 보였다. 사람들은 그를 양철공 딘 모리아티 노인이라고 불렀다. 나는 전에 모리아티 부자가 살았던, 그리고 어느 날 밤 바퀴 썰매를 타고 다니는 같은 방의 다리 없는 남자 때문에 딘이 화들짝 놀라며 깼던, 그 윈저 호텔로 들어갔다. 그 남자는 천둥 치는 듯한 소리로 바퀴를 굴리면서 마루를 가로질러 와서는 소년을 건드렸던 것이다. 나는 커티스 가와 15번가의 교차로에서 다리가 아주 짧은 난쟁이 신문팔이 여자를 봤다. 나는 커티스 가의 우울한 싸구려 환락가 주변을 쏘다녔다. 청바지와 빨간 셔츠를 입은 어린애들, 땅콩 껍질, 극장 차양,

사격장이 있었다. 번쩍이는 거리 저편에는 어둠이 있었고, 어둠의 저편에는 서쪽이 있었다. 난 가야 했다.

새벽에 카를로를 찾아냈다. 나는 그의 방대한 일기의 일부를 읽고 거기서 잤다. 이슬비가 내리는 흐린 아침에 육 척 장신인 에드 던컬이 잘생긴 로이 존슨, 내반족 당구 도사 톰 스나크와 함께 들어왔다. 그들은 둘러앉아 겸연쩍은 듯한 미소를 머금은 채 카를로 막스가 읽어 주는 묵시록적이고 광적인 시를 들었다. 나는 의자에 털썩 주저앉았다. "오, 그대, 덴버의 새들아!" 카를로가 외쳤다. 우린 줄지어 밖으로 나와 천천히 연기를 뿜어내고 있는 소각로 사이로 난 덴버의 전형적인 자갈길 골목을 걸어 올라갔다. "이 골목길에서 굴렁쇠를 굴리곤 했었지." 채드 킹이 내게 말했다. 나는 그 모습이 보고 싶었다. 그들이 모두 꼬마였던 십 년 전의 덴버를, 로키 산맥에 벚꽃이 만발했던 어느 화창한 봄날에 녀석들 모두가 희망으로 가득 찬 즐거운 골목길을 굴렁쇠를 굴리며 올라가는 모습을 보고 싶었다. 그때도 꾀죄죄한 누더기를 입은 딘은 홀로 광기에 사로잡혀 배회하고 있었을 것이다.

로이 존슨과 나는 이슬비 속을 걸었다. 나는 에디의 여자친구네 집에 가서 네브래스카 셸턴에서 빌려 줬던 격자무늬 스웨터를 돌려받았다. 셔츠라는 그 거대한 슬픔은 잘 포장된 채 거기에 있었다. 로이 존슨이 샌프란시스코에서 만나자고 했다. 모두가 샌프란시스코로 가고 있었다. 나는 돈이 도착한 것을 확인했다. 해가 나왔고, 팀 그레이가 전차로 나를 버스 터미널까지 데려다 주었다. 50달러의 절반으로 샌프란시스코행 표를 사고, 오후 2시에 버스에 올라탔다. 팀 그레이가 내게 손을 흔들었다. 버스가 사연 많고 활기찬 덴버의 거리를 벗어났다. "다음번에 돌아올 때는 분명 달라져 있겠어!" 난 다짐했다. 마지막 순간에 했던 통화에서 딘은 자신과 카를로가 서부 해안에서 나와 합류할지도 모른다고 말했다. 그 말을 곰곰이 생각하다가, 나는 지금껏 단 한 번도 딘과 오 분 이상 얘기를 나눈 적이 없음을 깨달았다.

11

당초 레미 봉쾨르를 만나려고 했던 때에서 이 주가 지나 있었다. 샌프란시스코에 가까워질수록 내 마음이 그곳을 향해 성큼성큼 뛰어갔던 것을 제외하면 덴버에서 샌프란시스코까지 가는 버스 여행은 매우 평범했다. 또다시 샤이엔에 왔다. 하지만 이번엔 오후였고, 방목 구역을 넘어 서쪽으로 향하는 중이었다. 한밤중에 크레스턴에서 대분수령을 넘고 새벽에 스프링클러의 도시, 딘이 태어난 곳이라고 도저히 생각할 수 없는 솔트레이크시티에 도착했다. 그다음엔 뜨거운 태양 아래 네바다로 빠져나가서 저물녘에 리노의 번쩍이는 차이나타운 거리에 도착했다. 그리고 시에라네바다 산맥을 올라가니 소나무, 별, 샌프란시스코의 낭만을 상징하는 산장들이 나타났다. 뒷자리에 앉은 어린 소녀가 엄마에게 칭얼거렸다. "엄마, 우리 트러키집에 언제 도착해?" 그러자 바로 트러키, 정겨운 트러키가 나왔고 산을 내려가자 새크라멘토의 평지가 나왔다. 불현듯 내가 캘리포니아에 와 있다는 사실을 깨달았다. 따뜻하고 야자수처럼 달콤한, 키스할 수도 있을 것 같은 공기와 야자수들이 있었다. 사연 많은 새크라멘토 강을 따라가다 고속도로를 타서 다시 산속으로 들어갔다. 올라갔다 내려갔다 한 후에 갑자기 탁 트인 만(灣)이 나왔는데(거의 새벽 무렵이었나.) 건너편에 꽃 줄로 장식한 듯한 샌프란시스코의 졸린 불빛이 보였다. 나는 오클랜드 만 다리를 건너는 동안 덴버를 떠난 이래 처음으로 폭 잠들었다. 마켓 가와 4번가의 모퉁이에 있는 버스 터미널에서 버스가 마구 흔들리는 바람에 잠에서 깬 나는 뉴저지주 패터슨의 이모 댁에서 5100킬로미터나 떨어진 곳에 와있다는 사실을 새삼 떠올렸다. 초췌한 유령처럼 두리번거리며 나와보니, 순백의 안개가 전차용 가선을 온통 둘러싸고 있는 길고 삭막한 거리의 샌프란시스코가 있었다. 나는 몇 블록을 어슬렁거리며 걸어다녔다. 미션 가와 3번가에서는 이상한 부랑자들이 새벽인데도 나에게 구걸을 했다. 어디선가 음악 소리가 들렸다. "좋아, 나중에 다 뒤지고 다녀야지! 하지만 우선 레미 봉쾨르를 찾아야겠어."

계곡에 위치한 도시, 레미가 사는 밀시티에는 판잣집들이 모여 있는 곳이 있었다. 그곳은 전쟁 기간 동안 해군 공창(工廠) 근로자들을 위해 건설된 공영주택 단지였다. 밀시티는 경사면마다 나무가 빽빽하게 서 있는 깊은 협곡에 들어앉아 있는데, 그곳에는 주택단지 주민을 위한 특별한 상점들과 이발소, 양복점도 있었다. 사람들 말로는 미국에서 유일하게 백인과 흑인이 자발적으로 함께 사는 곳이라고 했다. 사실이 그러했는데, 그 후로도 그렇게 요란하고 즐거운 장소는 결코 본 적

이 없다. 레미의 판잣집 문에는 그가 삼 주 전에 핀으로 꽂아
둔 쪽지가 있었다.

샐 파라다이스!(커다란 글씨로 인쇄되어 있었다.) 집에 아무
도 없으면 창문으로 들어와 있어.

레미 봉쾨르

쪽지는 비바람에 바래 잿빛이 되어 있었다.

창문을 넘어 들어가니 그가 여자 친구 리 앤과 함께 자고
있었다. 나중에 그가 얘기해 준 바에 의하면, 그가 자고 있던
침대는 상선(商船)에서 훔쳐 온 것이었다. 상상해 보라. 상선의
갑판 기관사가 한밤중에 침대를 들고 뱃전을 몰래 넘어 해변
까지 씩씩거리고 낑낑대며 노를 저어 가는 모습을. 하지만 이
것이 바로 레미 봉쾨르라는 사람이다.

샌프란시스코에서 있었던 온갖 일들을 다 말하고 싶은 이
유는, 한참 거슬러 올라간 옛일들과 관련이 있다. 레미 봉쾨르
와 나는 수년 전 사립학교에서 처음 만났다. 하지만 정말로 단
단히 우리를 엮어 준 것은 내 전처였다. 그녀를 먼저 발견한 건
레미였다. 어느 날 그가 내 기숙사 방에 들어와서 말했다. "파
라다이스, 일어나. 늙은 대가께서 너를 보러 납시었다." 난 일
어나서 바지를 입다가 바닥에 동전 몇 개를 떨어뜨렸다. 그때
가 오후 4시였다. 난 대학 다닐 때 하루 종일 잠만 잤던 것이
다. "어이, 아무 데나 흘리면 안 되지. 세상에서 제일 끝내주는
여자를 발견했어. 오늘 밤 그녀와 '사자 굴'로 직행할 거야." 그

리고 그는 그녀를 만나는 데 억지로 나를 끌고 갔다. 일주일 뒤 그녀는 나와 사귀게 되었다. 레미는 키 크고 검은 머리에 잘생긴 프랑스인이었는데(그는 꼭 스무 살 먹은 마르세유의 암상인처럼 생겼었다.) 프랑스 사람이라 영어로 말하면 재즈 같은 투가 되었다. 하지만 그 사실을 제외하곤 그의 영어는 완벽했고 프랑스어 또한 완벽했다. 그는 살짝 대학생 스타일을 내면서 옷을 맵시 있게 입었고, 멋진 금발들과 데이트하며 돈을 펑펑 써 대는 걸 좋아했다. 녀석이 자기 여자를 빼앗았다고 날 비난한 적은 한 번도 없었다. 오히려 그 일은 우리를 더 단단히 묶어 주는 계기가 되었다. 녀석은 의리가 있었고 나에게 깊은 애정을 갖고 있었는데, 왜인지는 잘 모르겠다.

그날 아침 밀시티에서 만났을 때, 그는 여느 이십 대 중반의 젊은이처럼 지치고 힘든 나날을 보내고 있었다. 그는 승선 날을 기다리며 빈둥거리다가 먹고살기 위해 협곡 저쪽 막사에서 특수 경비원 일을 하고 있었다. 그의 여자인 리 앤은 험한 입으로 매일같이 레미에게 욕을 퍼부어 댔다. 그들은 일주일 내내 동전푼까지 아끼며 지내다가 매주 토요일이면 외출해서 세 시간 만에 50달러를 써 버리곤 했다. 레미는 요상한 군모를 머리에 쓴 채 반바지 바람으로 판잣집 주변을 돌아다녔다. 리 앤은 머리에 세트를 만 채로 동네를 활보했다. 그런 차림으로 그들은 매일같이 서로에게 고함을 질러 댔다. 나는 태어나서 사람들이 서로 그렇게 많이 으르렁대는 모습은 한 번도 본 적이 없었다. 하지만 토요일 밤이면 그들은 서로에게 우아한 미소를 지으며 근사한 할리우드 커플처럼 시내로 나갔다.

레미가 잠에서 깨어 창문으로 들어오는 나를 봤다. 세상에서 가장 큰 웃음소리 중 하나인 그의 엄청난 웃음소리에 내 귀가 멍멍해졌다. "와하하! 파라다이스, 창문으로 들어오다니, 어쩜 그렇게 글자 그대로 따라 하실까. 어디 있었어? 이 주나 늦었잖아!" 그는 내 등을 철썩 때리고 리 앤의 옆구리를 찔렀다. 그는 벽에 기대 웃다가 소리를 지르고 테이블을 두드려 댔는데, 그 소리는 밀시티 어디에서도 들을 수 있었을 것이다. "와하하!" 하는 엄청나게 긴 웃음소리가 협곡 주변으로 왕왕 울려 퍼졌다. "파라다이스!" 그가 소리 질렀다. "둘도 없는 내 소중한 파라다이스."

소살리토라는 작은 어촌을 막 지나온 참이었으므로, 내 입에서 나온 첫마디는 "소살리토에는 이탈리아인이 참 많을 거야."였다.

"소살리토에는 이탈리아인이 많을 거야라니!" 그는 턱에 숨이 차도록 소리쳤다. "와하하, 하하!" 그는 자기 가슴을 쾅쾅 치고 침대에 쓰러지더니 거의 바닥을 구르다시피 했다. "파라다이스가 한 말 들었어? 소살리토에는 이탈리아인이 많을 거야? 아하하, 와하하! 후! 와우! 휘!" 그는 너무 웃어서 홍당무처럼 빨개졌다. "나를 아주 잡는구나, 파라다이스. 너는 세상에서 제일 웃긴 녀석이야. 드디어 왔구나, 마침내 여기에 온 거야. 창문을 타고 넘어서 말이야. 너도 봤지, 리 앤. 내가 시킨 대로 창문을 타고 넘어 들어왔다고. 우후후! 하하!"

이상한 것은 레미의 옆집에, 성경에 대고 맹세컨대, 단연코 이 세상에서 가장 크게 웃는 스노 씨라는 흑인이 살았다는 점이다. 이 스노 씨가 저녁을 먹다가 늙은 아내가 한 별것 아닌 말에 웃기 시작했다. 그는 웃다가, 분명 숨이 막혀서 자리에서 일어나 벽에 기대 하늘을 올려다보다가 다시 움직이기 시작해 비틀거리며 현관을 나와서 이웃집 담에 기댔다. 그는 웃음에 취해서, 그를 자극한 것이 틀림없는 악마에게 승리의 고함을 질러 가면서 그늘진 밀시티를 갈지자로 가로질러 갔다. 그가 저녁 식사를 끝내기는 했었는지 모르겠다. 레미가 자신도 모르게 스노 씨라는 이 놀라운 남자로부터 뭔가를 배웠는지도 모른다. 레미에게 직장 문제나 입 거친 여자와의 애정 문제가 있었는지는 몰라도, 그는 적어도 세상 어느 누구보다도 잘 웃는 방법을 배웠던 것이다. 나는 샌프란시스코에서 우리가 함께하게 될 온갖 재밌는 일들을 그려볼 수 있었다.

계획은 이랬다. 레미는 리 앤과 방 저쪽의 침대에서 자고, 나는 창문 옆 간이침대에서 잔다. 나는 리 앤을 건드리면 안 된다. 레미가 그 문제에 관해 일장 연설을 했다. "내가 없다고 너희 둘이 놀아나는 건 못 참아. 늙은 대가에게 새로운 곡을 가르칠 순 없는 법이야. 이건 내가 생각해 낸 말이라고." 난 리 앤을 쳐다봤다. 섹시한 몸매에 벌꿀 빛깔을 한 매혹적인 존재긴 했지만, 우리 둘을 보는 그녀의 눈에는 증오가 서려 있었다. 그녀의 야망은 부자와 결혼하는 것이었다. 그녀는 오리건의 조그만 마을 출신이었다. 그녀는 레미와 엮이게 된 그날을 두고두고 저주했다. 레미가 돈을 물 쓰듯 하며 자신을 뽐내던 어느 주말에 그는 리 앤에게 100달러를 썼고 그녀는 부잣집 아들을 발견했다고 생각했다. 그러나 그녀는 이런 오두막집에서 옴짝달싹 못하게 됐고, 다른 뾰족한 수가 없어서 그곳에 머물 수밖에 없었다. 직장이 샌프란시스코에 있었기 때문에 그녀는 매일 교차로에서 그레이하운드 버스를 타야 했다. 그 때문에라도 레미를 결코 용서할 수 없었던 것이다.

나는 오두막집에 머물면서 할리우드 스튜디오를 위한 빛나는 원안을 쓸 작정이었다. 그러면 레미가 이 천사의 하프를 팔 밑에 끼고 성층권을 통과하는 정기선을 타고 날아 내려와 우리 모두를 부자로 만들어 줄 것이었다. 리 앤도 그와 같이 갈 것이다. 레미는 그녀를 유명한 영화감독이자 W. C. 필즈와 절친한 사이인 친구 아버지에게 소개할 셈이었다. 그래서 밀시티의 오두막집에 머물던 첫 주에 나는 할리우드 감독을 만족시킬 만한, 다소 우울한 뉴욕 이야기를 맹렬하게 써냈다. 문제는 이야기가 너무 슬프다는 것이었다. 레미는 그것을 거의 읽지 못했고, 몇 주 뒤에야 할리우드로 덜렁덜렁 들고 갔다. 리 앤은 너무 지겨웠던 나머지 그걸 읽으라고 귀찮게 구는 우리를 엄청나게 미워했다. 나는 커피를 마시고 이것저것 끼적거리면서 수없이 많은 비 오는 시간을 보냈다. 마침내 나는 레미에게 잘될 것 같지 않다고 말했다. 일자리가 필요했다. 담배까지도 그들에게 꾸는 지경이었다. 실망의 빛이 레미의 얼굴을 스쳐 갔다. 그는 언제나 가장 웃기는 일에 실망하곤 했다. 마음씨가 너무 고왔기 때문이다.

그는 자기가 하고 있던 막사 경비원 자리를 내게 주선해 주었다. 나는 판에 박힌 시험 과정을 거쳤는데, 놀랍게도 고용이 되었다. 나는 지역 경찰 서장에게 선서를 하고 배지와 곤봉을 받고 특수 경찰이 되었다. 딘과 카를로와 올드 불 리가 이걸 보면 뭐라고 할지 궁금했다. 검정 재킷과 경찰 모자에 어울리는 감색 바지가 필요해서 처음 이 주 동안은 레미의 바지를 입었는데, 레미는 키가 아주 컸고 사는 게 심심해서 하도 먹어 대는 바람에 배가 불룩했다. 덕분에 나는 밤 근무 첫날에 찰리 채플린처럼 바지를 펄럭거리고 돌아다녀야 했다. 레미가 내게 손전등과 32구경 자동 권총을 줬다.

"총은 어디서 났어?" 내가 물었다.

"지난여름 서부 해안으로 오는 길에 네브래스카 노스플랫에서 다리 좀 쭉 펴려고 기차에서 뛰어내렸는데, 쇼윈도 너머로 이 작고 독특한 총이 보이지 않겠어? 그래서 재빨리 사 들고는 겨우 겨우 기차에 올라탔지."

그 말을 듣고 나는 노스플랫에서 소년들과 함께 위스키를 샀던 이야기를 해 주었다. 그는 내 등을 철썩 때리면서, 넌 정말 재미있는 녀석이야, 하고 말했다.

나는 손전등으로 길을 비추며 남쪽 협곡의 가파른 벼랑을 기어올라 이 밤에 샌프란시스코를 향해 달리는 차량 행렬이 줄지어 오는 고속도로 위로 올라갔다가 거의 떨어질 뻔하면서 반대편 절벽을 기어 내려갔다. 골짜기 바닥에 도착하니 시내 근처에 작은 농가가 있었는데 그곳은 축복받은 매일 밤, 똑같은 개가 나를 보고 짖어 대던 곳이었다. 그다음엔 캘리포니아의 새까만 나무들 아래로 난 먼지 날리는 은빛 도로를 따라 빨리 걸었다. 「쾌걸 조로」에 나오는 것 같은, B급 서부영화에 언제나 나오는 그런 길들 중 하나였다. 나는 어둠 속에서 총을 뽑아 들고 카우보이 흉내를 내곤 했었다. 그런 다음 또 하나의 언덕을 오르니 막사가 있었다. 이 막사들은 해외로 가는 건설 노동자들의 임시 숙소였다. 서류가 통과된 사내들이 그곳에 머무르며 배를 기다렸다. 대부분 오키나와행이었다. 그들 중 대부분은 — 대개는 법으로부터겠지만 — 무언가로부터 도망치는 중이었다. 앨라배마에서 온 거친 사내들, 뉴욕에서 온 의뭉스러운 녀석들 등 온갖 곳에서 온 온갖 종류의 사람들이었다. 게다가 오키나와에서 만 일 년을 일한다는 것이 얼마나 끔찍한 일인지 잘 알고 있었기 때문에 그들은 늘 술을 마셨다. 특수 경비원의 임무는 그들이 막사를 무너뜨리지 않나 감시하는 것이었다. 판자벽을 세워 만든 사무실로 이루어진 본관 건물에 우리 본부가 있었다. 이곳에서 우리는 접이식 책상에 둘러앉아 엉덩이에서 총을 풀어 내려놓고 하품을 하면서 나이 든 경찰들이 들려주는 얘기를 들었다.

레미와 나를 빼고는 모두 경찰 정신으로 무장한 끔찍한 사내들이었다. 레미나 나는 그저 먹고살기 위해 이 짓을 하는 거였지만 이 남자들은 사람들을 체포해서 읍내 경찰 서장에게 칭찬받고 싶어 했다. 심지어 한 달에 한 건도 못 올리면 잘릴 거라고까지 말했다. 나는 누군가를 체포하는 장면을 상상만 해도 숨이 막혔다. 그러나 그 끔찍한 일이 벌어졌던 밤에 나는 막사 녀석들 중 어느 누구 못지않게 술에 취해 있었다.

그날 밤은 나 혼자서 여섯 시간 동안 전 구역을 책임지도록 스케줄이 짜인 밤이었다. 그리고 그날 밤에는 막사의 모든 사람이 취한 듯했다. 다음 날 아침에 배가 떠나기 때문이었다. 그들은 닻을 올리기 전날 밤의 뱃사람들처럼 마셔 댔다. 나는 사무실 책상에 발을 올려놓고 오리건과 북부 지방에 관한 『블루 북』 모험담 시리즈를 읽고 있었다. 그러다, 밤에는 대체로 조용한데 그날따라 무슨 일이 있는 듯 밖이 시끄럽다는 걸 깨달았다. 나는 밖으로 나갔다. 망할 놈의 거의 모든 막사에 불이 켜져 있었다. 고함 소리와 병 깨지는 소리도 들렸다. 위기의 순간이었다. 나는 손전등을 들고 가장 시끄러운 곳으로 가서 문을 두드렸다. 누군가 문을 빠끔 열었다.

"뭐야?"

나는 "난 오늘 밤 경비 당번인데, 좀 조용히 해 줬으면 좋겠이."라는 둥 뭐 그런 바보 같은 소리를 했다. 그들은 내 면전에서 문을 쾅 닫았다. 나는 코앞에 있는 문짝의 나뭇결을 바라보며 서 있었다. 마치 서부영화의 한 장면처럼, 나에게도 분연히 떨치고 일어나야 할 때가 온 것이다. 나는 다시 문을 두드렸다. 이번에는 문이 활짝 열렸다. "이봐." 내가 말했다. "나도 자네들을 귀찮게 하고 싶지는 않지만, 자네들이 너무 소란을 떨면 내가 일자릴 잃는다고."

"당신이 누군데?"

"여기 경비원이지."

"처음 보는데."

"글쎄, 여기 배지가 있잖아."

"엉덩이에 권총은 왜 차고 있는 거야?"

"내 게 아냐." 내가 변명했다. "빌린 거야."

"한잔하는 게 어때?" 난 상관없었다. 두 잔을 마셨다.

내가 말했다. "알겠지, 자네들? 조용히 하라고, 응? 안 그럼 난 끝장이야."

"알았어." 그들이 말했다. "가서 순찰이나 돌아. 한잔 더 하고 싶으면 또 오고."

이런 식으로 난 모든 막사에 다 들렀고 곧 다른 사람들만큼 취해 버렸다. 새벽이 오면 1.8미터 높이의 깃대에 미국 국기를 게양하는 게 내 임무였다. 그날 아침 난 국기를 거꾸로 매달아

놓고는 집에 가서 잤다. 저녁에 사무실에 돌아와 보니 정규 경찰들이 심각한 표정으로 둘러앉아 있었다.

"여보게, 자네. 어젯밤 이곳에서 무슨 소란이 있었던 건가? 협곡 건너편 주민들에게서 민원이 들어왔네."

"잘 모르겠는데요." 내가 말했다. "지금은 아주 조용한 것 같네요."

"파견대가 전부 투입됐거든. 어젯밤에 이곳의 질서를 유지하는 게 자네 임무였잖나. 서장님이 자네 때문에 야단이야. 그리고 또 하나, 공공 게양대에다 미국 국기를 거꾸로 매달면 감옥에 갈 수도 있는 거 아냐?"

"거꾸로라고요?" 나는 공포에 질렸다. 물론 나는 모르고 있었다. 매일 아침 기계적으로 하던 일이었으니까.

"그래." 앨커트래즈*에서 이십이 년간 교도관으로 근무했던 뚱뚱한 경찰이 말했다. "그런 짓을 하면 감옥에 갈 수도 있지." 다른 사람들도 심각한 얼굴로 고개를 끄덕였다. 그들은 언제나 엉덩이를 붙이고 둘러앉아 있었고, 자신의 직업을 자랑스러워했다. 그들은 총을 만지작거리면서 그것에 대해 얘기했다. 그들은 누군가를, 즉 레미와 나를 쏘고 싶어서 좀이 쑤실 지경이었다.

앨커트래즈 교도관이었던 경찰은 뚱배가 나온 육십 줄의 은퇴자였지만 평생 동안 자신의 메마른 영혼을 살찌게 해 주었던 환경을 벗어날 수 없었다. 그는 매일 밤 35년형 포드 자동차를 몰고 와서는 출근 카드를 정시에 찍고 접이식 책상에 앉

---

* 샌프란시스코 만의 앨커트래즈 섬에 있었던 연방 교도소. 알 카포네 등 가장 위험한 죄수들을 수감하던 감옥으로 유명했다.

았다. 그는 우리 모두가 매일 밤 순찰 내역, 시간, 발생한 사건 등을 기입하는 간단한 서류 양식에 굉장한 공을 들였다. 그걸 마치고 나면 등을 뒤로 기대고 이야기를 시작했다. "두 달 전에 나랑 슬레지(텍사스 순찰대*가 되고 싶었지만 현재의 몫에 만족해야 했던 젊은 녀석)기 G 막사에서 술 취한 놈을 제포하는 걸 자네들이 봤어야 하는 건데. 피가 튀는 걸 봤어야 해. 오늘 밤 그곳에 데려가서 벽에 있는 핏자국을 보여 주도록 하지. 우린 한쪽 벽에서 다른 쪽 벽까지 녀석을 날려 보냈어. 슬레지가 먼저 한 방 먹이고 그다음에 내가 한 방 먹였더니 녀석이 푹 주저앉아서는 조용해지더라고. 그 녀석은 감옥에서 나오면 우리를 죽이겠다고 다짐하고는 삼십 일을 먹었는데, 지금이 육십 일쨌데도 아직도 안 나타났어." 그러니까 얘기의 요점은 그것이었다. 그들이 그런 식으로 겁을 줬기 때문에 돌아와서 그들을 죽이기에는 녀석이 너무 졸아 버렸다는 것이다.

경찰 영감이 계속해서 앨커트래즈의 공포스러운 분위기를 달콤하게 회상했다. "우린 아침 식사 때마다 수감자들을 육군 소대처럼 행진시키곤 했지. 한 놈도 발을 못 맞추는 놈이 없었어. 모든 게 시계태엽처럼 돌아갔지. 자네들이 그걸 봤어야 하는데. 자그마치 이십이 년 동안이나 그곳에서 교도관을 했지만 말썽 한 번 없었어. 녀석들은 우리가 진심이라는 걸 알았거든. 많은 친구들이 수감자를 감시하다 마음이 누그러지곤 하는데, 대개 말썽에 휘말리는 건 그런 녀석들이야. 자네도 조심해. 내 그동안 관찰한 바에 의하면 자네는 조금 지나치게 느슨한 것

---

* 1830~1935년까지 텍사스의 치안을 담당했던 일종의 군대 조직.

같아." 그는 담배 파이프를 들어 올리면서 날카로운 눈빛으로 나를 쏘아봤다. "녀석들은 그런 점을 이용해 먹는다고."

나도 알고 있었다. 나는 그에게 내가 경찰 자질이 없는 것 같다고 말했다.

"그래, 하지만 자네가 지원한 일이잖나. 이제 어느 쪽으로든 마음을 정하지 않으면 죽도 밥도 안 될 거야. 그게 자네의 의무일세. 자네는 선서를 했어. 이런 일은 타협할 수 없는 거야. 법과 질서는 반드시 지켜져야 하니까 말일세."

할 말이 없었다. 그가 옳았다. 하지만 난 그저 밤 속으로 몰래 빠져나가서 어디론가 사라져 버리고 싶었다. 그리고 이 나라 곳곳에서 사람들이 뭘 하며 살아가고 있는지 알고 싶었다.

또 다른 경찰 슬레지는 키 크고 근육질에 검은 스포츠머리를 한 녀석으로, 항상 권투 선수처럼 주먹을 쥐고 한 손바닥을 때려 대며 긴장된 목을 씰룩거렸다. 그는 예전의 텍사스 순찰대처럼 온갖 장비를 다 갖추고 있었다. 탄띠와 연발총을 허리 낮게 차고, 작은 채찍 같은 것도 가지고 다녔고, 온몸에 가죽 조각이 너덜너덜 달려 있어서 마치 걸어다니는 고문실 같았다. 빛나는 신발, 긴 재킷, 챙이 위로 젖혀진 모자까지 부츠만 빼놓고는 완벽했다. 그는 언제나 내게 팔 힘을 과시했다. 내 가랑이 사이로 손을 넣어 순식간에 나를 들어 올리곤 했던 것이다. 힘이라면 나도 그와 똑같은 힘으로 그를 천장까지 던져 버릴 수 있다는 사실을 난 알고 있었다. 하지만 그가 알면 레슬링 시합을 하자고 할까 봐 결코 내색은 하지 않았다. 그런 녀석과의 레슬링 시합은 대개 총질로 끝나기 때문이었다. 그가 나보다 총을 더 잘 쏘리라는 건 분명했다. 나는 평생 단 한 번도 총을 가져 본 적이 없었으니까. 총알을 장전하는 일조차도 두려웠다. 그는 누구든 체포하고 싶어서 안달이 나 있었다. 어느 날 밤 단둘이 근무를 하고 있는데 그가 화가 나서 벌겋게 달아오른 얼굴로 돌아왔다.

"내가 조용히 하라고 했는데도 여전히 소린을 피우고 있어. 두 번이나 말했다고. 나는 언제나 두 번까지만 기회를 주지. 세 번은 안 돼. 같이 가지. 다시 가서 체포해야겠어."

"음, 그럼 내가 세 번째 기회를 주지." 내가 말했다. "내가 얘길 해 볼게."

"안 돼. 기회는 두 번까지야." 나는 한숨을 쉬었다. 자, 이제 시작이다. 우리는 규정을 위반한 방으로 갔다. 슬레지가 문을 열고는 모두 나와서 일렬로 서라고 했다. 당혹스러웠다. 모두가 하나같이 얼굴을 붉혔다. 여긴 미국이다. 모두 자신이 무얼 하는지 알고 있다. 남자 몇 명이서 밤에 좀 큰 소리로 떠들고 술 좀 마시면 어떤가? 하지만 슬레지는 뭔가를 증명하고 싶어 했다. 그는 그들이 자신에게 덤벼들 때에 대비해서 나를 데리고 간 것이었다. 하긴 그럴 수도 있었다. 그들은 앨라배마에서 온 형제들이었다. 슬레지가 앞장서고 내가 뒤에 서서 천천히 파출소로 돌아왔다.

녀석들 중 하나가 내게 말했다. "저 가랑이 같은 귀를 가진 비열한 자식에게 적당히 좀 하라고 해. 이것 때문에 잘리면 오키나와에 못 갈 수도 있다고."

"내가 말해 볼게."

파출소로 돌아간 나는 슬레지에게 잊어버리라고 말했다. 그는 얼굴이 벌게져서는 모두에게 다 들리게 말했다. "난 누구에게든 두 번 이상의 기회는 주지 않아."

"빌어먹을." 앨라배마 사내가 말했다. "그런 게 무슨 상관이야? 일자리를 잃게 생겼는데." 슬레지는 아무 말 않고 조서를 꾸몄다. 그는 그들 중 한 사람만 체포했다. 그리고 읍내에서 경찰차를 불러서 그를 데리고 가게 했다. 다른 형제들은 불만에 가득 찬 채 흩어졌다. "엄마가 뭐라고 하겠어?" 그들이 말했다. 그들 중 한 명이 내게 돌아왔다. "저 텍사스 개자식에게 전해 줘. 내일 밤까지 우리 형제가 풀려나지 않으면 쓴맛을 보게 될 거라고 말이야." 난 조금 순화시킨 표현으로 슬레지에게 그 말을 전했고, 그는 아무 말도 하지 않았다. 앨라배마 형제는 쉽게 풀려났고 아무 일도 일어나지 않았다. 파견대도 모두 떠났다. 시끄러운 녀석들이 새로 들어왔다. 레미 봉쾨르가 없었다면 나는 그 일을 단 두 시간도 버티지 못했을 것이다.

하지만 레미 봉쾨르와 내가 단둘이 근무하는 밤이 많았고, 그때는 모든 게 활기를 띠었다. 우리는 어느 날 저녁 느긋하게 첫 번째 순찰을 돌고 있었다. 레미는 혹시 잠기지 않은 문이 있을지도 모른다는 희망으로 모든 문을 다 한 번씩 열어 보았다. 그가 말했다. "나는 개를 잘 훈련시켜서, 사람들 방에 몰래 숨어 들어가 옷 주머니에서 돈을 꺼내 오는 슈퍼 도둑으로 만드는 아이디어를 몇 년째 구상해 왔어. 다른 건 말고 지폐만 꺼내 오도록 훈련시킬 거야. 하루 종일 돈 냄새를 맡게 하는 거지. 만약 사람의 힘으로 가능하다면, 20달러짜리만 꺼내도록 훈련시킬 거야." 레미에게는 별의별 미친 계획들이 많았다. 그는 몇 주 동안 그 개 얘기를 했다. 딱 하나 잠기지 않은 문이 있었다. 나는 별로 끼고 싶지 않았기 때문에 복도 아래에서

서성이고 있었다. 레미가 소리 없이 문을 열었다. 순간 그는 막사의 감독관과 정면으로 딱 마주쳤다. 레미는 그 남자의 얼굴을 혐오했다. 레미가 내게 물었다. "네가 항상 얘기하는 그 러시아 작가 이름이 뭐지? 신발 속에 신문을 넣고 쓰레기통에서 주운 실크해트를 쓰고 다녔다는 사람 말이야." 내가 도스토옙스키에 관해 말해 줬던 내용을 과장한 것이었다. "아, 맞아. 바로 그거야, 도스티옙스키. 저런 얼굴에 어울리는 이름은 그것밖에 없어. 도스티옙스키." 레미가 발견한, 유일하게 잠기지 않은 문은 도스티옙스키의 문이었다. 누군가 문고리를 만지작거리는 소리가 들렸을 때 그는 잠들어 있었다. 그는 파자마 바람으로 일어나서 평소보다 두 배나 꼴사나운 모습으로 문에 다가갔다. 레미가 문을 열었을 때 그의 눈앞에는 증오와 우둔한 격분으로 곪아 터진 무시무시한 얼굴이 있었다.

"이게 무슨 짓이야?"

"그냥 한번 열어 본 거예요. 여기가, 음, 청소 도구실이라고 생각했거든요. 대걸레를 찾는 중이었어요."

"대걸레를 찾다니 그게 무슨 뜻이야?"

"그게, 그러니까……."

내가 앞으로 나서며 말했다. "누가 2층 복도에 토했더라고요. 걸레로 닦아 내려고요."

"여긴 청소 도구실이 아니야. 여긴 내 방이라고. 한 번 더 이런 일이 있으면 너희들 뒷조사를 해서 내쫓아 버리겠어! 내 말 알아들었나?"

"어떤 녀석이 위층에 토했다니까요." 내가 다시 말했다.

"청소 도구실은 복도 아래 있어. 저 아래." 그는 손가락으로 가리키고는 우리가 가서 대걸레를 가져올 때까지 기다렸다. 우리는 대걸레를 가져왔고, 멍청하게 2층으로 갖고 올라갔다.

내가 말했다. "젠장할, 레미, 너랑 있으면 꼭 이렇게 말썽이 생겨. 그만 좀 할 수 없어? 넌 왜 항상 뭔가를 훔쳐야만 하는 거야?"

"세상이 내게 빚진 게 있거든, 그뿐이야. 늙은 대가에게 새로운 곡을 가르칠 순 없다니까. 네가 계속 그런 식으로 얘기하면 도스티옙스키라고 부를 거야."

레미는 꼭 어린아이 같았다. 아주 옛날 프랑스에서의 외로운 학창 시절에 그는 모든 것을 빼앗겼다. 양부모는 그를 학교에 집어넣고는 팽개쳐 두었다. 그는 계속해서 이 학교 저 학교에서 협박당하고 쫓겨났고, 밤이면 자기가 아는 순진무구한 어휘들로 새로운 욕을 만들어 가며 프랑스의 길거리를 쏘다녔다. 그는 자신이 잃은 모든 걸 되찾기 위해 나섰지만 끊임없이 잃기만 했다. 이것은 아마도 영원히 지속될 것이다.

막사의 카페테리아가 우리의 먹잇감이었다. 우리는 아무도 없는지, 특히 우릴 감시하려고 잠복하고 있는 경찰 동료가 없는지 확인하기 위해 주위를 둘러봤다. 그런 다음 내가 쪼그려 앉았고, 레미가 내 어깨를 한 발씩 디디고 올라갔다. 그리고 저녁마다 감시하기 시작한 이래로 한 번도 잠긴 적이 없는 창문을 열고 기어 들어가 밀가루 테이블 위에 안착했다. 좀 더 민첩한 나는 혼자 뛰어올라서 기어들어 갔다. 우리는 음료수 판매대로 갔다. 여기서 나는 어린 시절부터 꿈꿔 온 대로, 초콜릿 아이스크림 통 뚜껑을 열고 손목까지 쑤셔 넣은 다음 주걱으로 아이스크림을 한 움큼 퍼서 핥아 먹었다. 그다음엔 아이스크림을 상자에 가득가득 채우고 그 위에 초콜릿 시럽이나 딸기 시럽도 뿌렸다. 그런 다음 주방을 돌아다니고 아이스박스들을 열어 보면서 주머니에 넣어서 집에 가져갈 만한 게 있나 살폈다. 나는 종종 로스트비프 몇 점을 뜯어서 냅킨에 싸곤 했다. "트루먼 대통령이 뭐라고 헸는지 알아?" 레미가 말하곤 했다. "우리는 생활비를 줄여야 합니다."

어느 날 밤 나는 레미가 거대한 상자에 식료품을 가득 채우는 동안 한참을 기다렸다. 그런데 창문으로 상자를 통과시킬 수가 없었다. 레미는 쌌던 것을 다 다시 풀어서 제자리에 갖다 놓아야 했다. 그날 밤 늦게 레미는 퇴근하고 나 홀로 기지에 있을 때 이상한 일이 일어났다. 사슴을 만나길 바라며(이 주변에 아직 야생동물이 많아서 레미는 1947년까지도 사슴을 본 적이 있다고 했다.) 협곡 사이로 난 오래된 오솔길을 걷고 있는데 어둠 속에서 무서운 소리가 들렸다. 헉헉대고 씩씩대는 소리였다. 나는 어둠 속에서 코뿔소가 달려오고 있다고 생각하고 총을 꺼냈다. 협곡의 어스름 속에서 커다란 형상 하나가 나타났다. 거대한 머리통이었다. 순간 나는 그게 어깨에 거대한 식료품 상자를 짊어진 레미라는 사실을 깨달았다. 그는 엄청난 무게 때문에 끙끙대고 있었다. 어디선가 식당 열쇠를 찾아내서 정문으로 식료품 상자를 들고 나왔던 것이다. 내가 물었다. "레미, 집에 간 줄 알았더니 도대체 뭘 하고 있는 거야?"

그가 말했다. "파라다이스, 트루먼 대통령이 한 말을 몇 번이나 들려줬잖아. 우리는 생활비를 줄여야 합니다." 그리고 그는 다시 헉헉대고 씩씩대면서 어둠 속으로 사라졌다. 언덕을 오르고 골짜기를 내려가는, 우리의 오두막집으로 돌아가는 저 끔찍한 오솔길은 이미 앞에서 묘사한 바 있다. 레미는 우거진 풀밭 속에 식료품을 숨겨 두고 내게로 돌아왔다. "샐, 혼자선 도저히 못하겠어. 두 상자로 나눌 테니까 나 좀 도와줘."

"하지만 난 근무 중이잖아."

"네가 없는 동안은 내가 지키고 있을게. 상황이 점점 어려워지고 있어. 하는 데까진 최선을 다해 봐야지. 그럴 수밖에 없잖아." 그는 이마의 땀을 닦았다. "후! 거듭 말하지만 샐, 우리는 친구야. 우린 한 배를 탄 거라고. 거기에 두 가지 길이란 존재하지 않아. 도스티옙스키 같은 놈들, 경찰들, 리 앤 같은 여자들, 이 세상의 모든 사악한 골통들이 우리 목숨을 노리고 있어. 누구의 수에도 걸려들지 않으려면 정신 똑바로 차려야 해. 그들의 더러운 수법을 갖고 있어. 기억해 둬. 늙은 대가에게 새로운 곡을 가르칠 순 없는 거야."

결국 내가 물었다. "배를 타고 나가는 건 대체 어떻게 된 거야?" 우린 십 주째 이런 짓을 하고 있었다. 나는 매주 55달러를 벌어서 평균 40달러 정도를 이모에게 보냈다. 그동안 샌프란시스코에서는 겨우 하룻저녁을 보냈을 뿐이었다. 내 생활은 오두막집, 레미와 리 앤의 다툼, 막사에서의 밤에 묶여 있었다.

레미는 또 다른 상자를 가지러 어둠 속으로 사라졌다. 나는 그와 함께 저 오래된 조로의 길 위에서 낑낑거렸다. 우리는 리 앤의 식탁에 식료품을 산더미처럼 높이 쌓아 올렸다. 리 앤이 잠에서 깨어 눈을 비볐다.

"트루먼 대통령이 뭐라고 했는지 알아?" 그녀는 기뻐했다. 나는 불현듯 미국인은 누구나 타고난 도둑놈이라는 사실을 깨달았다. 나도 빈대가 되어 가고 있었다. 심지어 문이 잠겼나 확인하며 돌아다니게 됐다. 다른 경찰들이 우리를 의심하기 시작했다. 우리의 눈빛을 읽어 냈던 것이다. 그들은 백발백중의 본능으로 우리의 마음속 생각을 알아차렸다. 다년간의 경험이 레미와 나 같은 부류를 알아보게 했던 것이다.

낮 동안 레미와 나는 총을 가지고 나가서 언덕의 메추라기를 맞히려고 애썼다. 레미는 구구거리는 새들로부터 불과 1미터 떨어진 곳까지 살금살금 다가가서 32구경 총을 발사했지만 빗나갔다. 그의 엄청난 웃음소리가 캘리포니아의 숲을 넘어 온 미국 대륙을 왕왕 울렸다. "슬슬 바나나 킹을 만나러 갈 때가 됐어."

토요일이었다. 우리는 말쑥하게 차려입고 교차로의 버스 터미널로 내려갔다. 우리는 샌프란시스코로 가서 거리를 돌아다녔다. 레미의 우렁찬 웃음소리가 가는 곳마다 울려 퍼졌다. "꼭 바나나 킹에 관한 얘기를 써." 그가 내게 경고했다. "늙은 대가에게 장난치지 말고 뭔가 다른 걸 써. 바나나 킹이 네 먹잇감이야. 저기 있군." 바나나 킹은 길모퉁이에서 바나나를 파는 노인이었다. 난 지루했다. 하지만 레미는 계속 내 옆구리를 찌르고 멱살까지 잡아끌었다. "바나나 킹에 관해 쓴다는 것은 인생에 대한 인간적인 흥밋거리에 대해 쓴다는 거야." 난 바나나 킹에게 눈곱만큼도 관심 없다고 대꾸했다. "바나나 킹의 중요성을 깨닫기 전까진 넌 이 세상의 인간적인 관심사에 대해 완전히 아무것도 모른다고 할 수 있어." 레미가 강조했다.

샌프란시스코 만에는 부표로 사용되는 낡고 녹슨 화물선이 하나 있었다. 레미는 노를 저어서 그곳에 가고 싶어 안달이었다. 그래서 어느 날 오후 리 앤이 도시락을 싸고 배를 빌려서 그곳으로 나갔다. 레미는 공구를 가지고 왔다. 리 앤은 옷을 다 벗더니 가교 위에 누워서 선탠을 했다. 나는 선루에서 그녀를 쳐다봤다. 레미는 곧바로 쥐들이 설치고 돌아다니는 보일러실로 내려가더니 있지도 않은 구리 선을 찾으려 뚱땅뚱땅 망치질을 해 대기 시작했다. 나는 다 무너져 가는 장교 식당에 가서 앉았다. 그것은 아주 오래된 배였는데, 소용돌이무늬가 조각된 나무와 붙박이 사물함 등 아름다운 내부 설비가 갖춰져 있었다. 이 배는 잭 런던* 시대 샌프란시스코의 망령이었다. 나는 햇빛이 비치는 탁자를 꿈꿨지만 지금 식료품 저장고에는 쥐들이 뛰어다니고 있다. 옛날 옛적에는 이곳에서 식사하던 파란 눈의 선장이 있었을 것이다.

나는 레미가 있는 아래쪽으로 내려갔다. 그는 느슨한 것은 무엇이든 확확 잡아당기고 있었다. "한 개도 없어. 구리가 있을 줄 알았는데. 적어도 스패너 한두 개쯤은 있을 줄 알았다고. 도둑놈 패거리에게 단단히 털린 게 틀림없어." 그 배는 벌써 수년 전부터 만에 떠 있었다. 구리는 뱃사람이 아닌 누군가의 손에 도둑맞았을 것이다.

내가 레미에게 말했다. "안개가 밀려와 부표 소리가 부 하고 크게 울리는 밤에 삐걱대는 이 배에서 잠자고 싶어."

레미는 경악했다. 나에 대한 찬탄도 두 배가 되었다. "셸, 네게 그런 짓을 할 배짱이 정말로 있다면 내가 5달러를 줄게. 옛

---

* 1876~1916. 미국의 소설가. 어린 나이에 학교를 그만두고 전국을 떠돌아다니며 겪은 모험담을 바탕으로 낭만적이고 박력 넘치는 작품을 썼다. 본문의 인용은 잭 런던이 샌프란시스코 만에서 외돛배를 타고 굴을 훔치는 해적질을 하다이듬해에는 해적을 잡는 해상 순찰대로 일한 것을 가리킨다.

선장들의 유령이 출몰할지도 모른다는 생각이 들지 않아? 5달러뿐 아니라 배로 데리러 오고 점심도 싸다 주고 담요와 양초도 빌려 줄게."

"좋아!" 내가 대답하자, 레미가 리 앤에게 달려가 얘기했다. 돛대에서 뛰어내려 바로 그녀 안으로 들어가고 싶었지만 레미에게 한 약속을 지켰다. 나는 그녀에게서 눈길을 돌렸다.

한편 난 샌프란시스코에 더 자주 가기 시작했다. 책에 나오는, 여자를 꾀는 방법이란 방법은 전부 다 시도해 봤다. 심지어 새벽까지 밤새도록 여자와 공원 벤치에 앉아 있기까지 했는데도 성공은 하지 못했다. 그녀는 미네소타 출신의 금발 여인이었다. 이곳에는 게이들이 많았다. 샌프란시스코에 몇 번 총을 가지고 간 적이 있었는데, 술집 변소에서 게이가 접근하기에 총을 뽑아 들고 말했다. "어? 어? 지금 뭐라 그랬냐?" 그럼 상대방은 줄행랑을 쳤다. 내가 왜 그런 짓을 했는지는 나 스스로도 알 수 없었다. 전국 방방곡곡에 게이들이 있다는 건 나도 알고 있었다. 내가 총을 빼 든 것은 그저 샌프란시스코에서의 외로움, 그리고 총이 있다는 사실 때문이었다. 누군가에게 보여 줘야 했던 것이다. 나는 보석상 앞을 지나갈 때면 쇼윈도에 총을 난사하고 최고급 반지와 팔찌를 가지고 달려 나와 리 앤에게 가져다주고 싶은 갑작스러운 충동을 느꼈다. 그런 다음 우리 둘이 네바다로 도망갈 수도 있으리라. 샌프란시스코를 떠날 때가 다가오고 있었다. 그러지 않으면 난 미쳐 버릴 것이다.

나는 텍사스 습지에 위치한 올드 불 리의 오두막집에 머물고 있는 딘과 카를로에게 장문의 편지를 썼다. 그들은 이런저런 채비를 마치는 대로 샌프란시스코에 와서 나와 합류할 준비가 됐다고 했다. 그러나 그동안에 레미와 리 앤과 나 사이의 모든 것은 무너져 내리기 시작하고 있었다. 9월의 우기가 찾아왔고, 그와 함께 장광설도 시작되었다. 레미는 내가 쓴 슬프고 시시한 영화 원안을 가지고 리 앤과 함께 할리우드로 날아갔지만, 아무 일도 일어나지 않았다. 유명 영화감독은 술에 취해 그들에게 관심도 주지 않았다. 그들은 맬리부 해안의 별장에서 어슬렁대다 급기야 다른 손님들 앞에서 싸움까지 벌이고는 집으로 돌아왔다.

　마지막을 장식한 사건은 경마장에서 벌어졌다. 레미는 탈탈 털어 모은 100달러 정도를 가지고, 자기 옷으로 나를 말끔하게 단장시키고 리 앤을 옆구리에 끼고는 만 건너편의 롱몬트 근처에 있는 골든게이트 경마장으로 떠났다. 그는 자신이 얼마나 마음씨 좋은 녀석인지를 보여 주기 위해 커다란 갈색 종이봉투에 훔친 식료품의 반을 담았다. 그리고 캘리포니아의 햇볕 속에 빨래가 펄럭이는, 우리와 거의 비슷한 처지의 주택단지에 사는 가난한 과부에게 가져다 주었다. 우리도 그를 따라갔다. 헐벗고 불쌍한 아이들이 있었다. 여인이 레미에게 고마워했다. 그녀는 레미가 어렴풋이 알고 지내던 선원의 누이였다. "부담 갖지 마세요, 카터 부인." 레미가 아주 우아하고 예의 바른 어조로 말했다. "아직도 많이 있으니까요."

　우리는 경마장으로 향했다. 레미는 20달러짜리 판에서 놀라운 액수를 몇 번 따더니 일곱 번째 판이 끝나기도 전에 빈털터리가 됐다. 식비인 마지막 2달러까지 걸었다가 그것도 다 잃었다. 우린 샌프란시스코까지 히치하이크를 해서 돌아가야 했다. 그래서 나는 또다시 길 위에 섰다. 멋진 차를 모는 신사가 우리를 태웠다. 나는 그의 옆 조수석에 앉았다. 레미가 경마장의 특별관람석 뒤에서 지갑을 잃어버렸다는 둥 얘기를 꾸며 대려고 했다. "사실은." 하고 내가 끼어들었다. "경마에서 돈을 다 잃었어요. 이제 경마장에서 히치하이크를 선점하려면 마권 업자에게 가야겠지요. 안 그래, 레미?" 레미의 얼굴이 새빨개졌다. 결국 그 신사는 자신이 골든게이트 경마장의 임원이라는 사실을 밝혔다. 그는 우아한 팰리스 호텔에 우리를 내려 줬다. 우리는 그가 주머니에 돈을 가득 넣은 채 고개를 높이 쳐들고 샹들리에 사이로 사라지는 모습을 바라보았다.

"와! 이야!" 샌프란시스코의 밤거리에서 레미가 울부짖었다. "파라다이스는 경마장을 경영하는 사람의 차를 타서는 마권 업자한테 가겠다고 맹세했다네. 리 앤, 리 앤!" 그는 그녀를 때리고 흔들어 댔다. "확실히 세상에서 가장 웃기는 녀석이야! 소살리토에는 틀림없이 이탈리아인이 많을 것 같다니. 아하하! 우후후!" 그는 전봇대를 껴안고 웃어 댔다.

그날 밤 리 앤이 경멸하는 표정으로 우리 둘을 쳐다보고 있을 때 비가 내리기 시작했다. 집에는 돈이 한 푼도 남아 있지 않았다. 비가 지붕을 두드렸다. "일주일은 계속될 거야." 레미가 말했다. 그는 근사한 정장을 벗고 한심해 보이는 반바지와 군용 모자와 티셔츠 차림으로 돌아갔다. 커다랗고 슬픈 그의 갈색 눈이 바닥의 널빤지를 응시하고 있었고 탁자 위에는 총이 놓여 있었다. 비 내리는 밤 어디선가 스노 씨가 자지러지게 웃어 대는 소리가 들려왔다.

"저 개자식 정말 지긋지긋해." 리 앤이 딱딱거렸다. 말썽을 일으키려는 것이었다. 그녀는 레미를 들볶기 시작했다. 레미는 대부분이 선원이었던, 자신에게 빚을 진 사람들의 이름이 쓰여 있는 블랙리스트를 살펴보느라 바빴다. 거기에는 사람들 이름 말고도 레미가 빨간 잉크로 써 놓은 욕도 있었다. 나는 그 장부에 내 이름이 들어가는 날이 올까 봐 두려웠다. 그즈음에는 이모에게 너무 많은 돈을 보낸 탓에 일주일에 4~5달러어치의 식료품밖에 사지 못하고 있었기 때문이다. 트루먼 대통령이 말한 바를 지키기 위해, 나는 거기서 몇 달러 정도만 더 쓰곤 했다. 하지만 레미는 내가 충분한 몫을 지불하지 않고 있다고 생각했다. 그래서 나더러 보라고 품목별 가격이 적혀 있는 긴 리본 모양 영수증을 욕실 벽에 붙여 놓았다. 리 앤은 레미가 돈을 빼돌리고 있고, 나도 마찬가지라고 확신했다. 그녀는 레미를 떠나겠다고 으름장을 놓았다.

레미가 입을 삐죽거렸다. "어디로 갈 건데?"

"지미한테."

"지미? 경마장 출납원? 들었어, 샐? 리 앤이 경마장 출납원한테 가서 들러붙겠대. 잊지 말고 꼭 빗자루 가져가, 자기. 이번 주에는 내 돈 100달러로 말들이 귀리를 잔뜩 먹게 될 테니까 말이야."

사태가 악화되어 갔다. 빗소리가 거세졌다. 리 앤은 원래 이곳에 먼저 살고 있었던 건 자기니까 레미더러 짐을 싸서 나가라고 말했다. 레미가 짐을 싸기 시작했다. 나는 비 내리는 판잣집에 저 길들여지지 않은 드센 여자와 단둘이 있는 내 모습을 그리고 있었다. 나는 둘을 화해시키려고 했다. 레미가 리 앤을 밀었다. 그녀가 총을 향해 몸을 날렸다. 레미는 총을 내게 주면서 숨기라고 했다. 그 안에는 여덟 발짜리 탄창이 들어 있었다. 리 앤이 비명을 지르더니 마침내 비옷을 입고는 경찰을 부르겠다며 진흙탕 속으로 뛰쳐나갔다. 경찰이라니, 이 근처에 경찰이라곤 우리의 오랜 친구 앨커트래즈뿐이었다. 다행히 그는 집에 없었고 그녀는 흠뻑 젖어서 돌아왔다. 나는 무릎 사이에 머리를 치박고 구석에 숨어 있었다. 맙소사, 집에서 5000킬로미터나 떨어진 곳에서 내가 뭘 하고 있는 거지? 대체 여긴 왜 온 거야? 중국으로 가는 느린 보트*는 어디 있지?

"그리고 한 가지 더 있어, 더러운 자식아." 리 앤이 소리쳤다. "더러운 골과 달걀 요리, 더러운 양고기 카레를 만들어 주는 것도 오늘 밤이 마지막이니까, 내 눈앞에서 그 더러운 배를 채워서 더 염치없고 뚱뚱해지라고."

"좋아." 레미가 조용히 대답했다. "잘 알았어. 애초부터 너랑 사귀면서 안락하고 유쾌한 나날을 기대하진 않았으니까 이제 와서 놀랄 것도 없어. 다만 난 너에게 어떤 것들을 해 주려고 했는데, 너희 둘을 위해 최선을 다했는데, 너희들은 나를 실망시켰어. 두 사람 다한테 정말, 정말로 실망했어." 그는 정말로 진심을 담아 말을 계속 이어갔다. "난 우리가 함께한다면 뭔가 멋있고, 변치 않는 일이 일어날 거라고 생각했어. 난 노력했지. 할리우드로 날아갔고, 샐에게 일자리도 구해 줬고, 너에게 아름다운 드레스도 사 줬고, 샌프란시스코에서 가장 멋진 사람들을 소개해 주려고 노력했어. 하지만 너희들은 거부했어. 내가 가졌던 아주 작은 소망마저도 너희 둘은 따르기를 거부했어. 난 그 대가로 아무것도 바라지 않았는데. 이제 마지막으로

* '오랜 시간이 걸리는 일'을 뜻하는 관용구.

한 가지 부탁이 있어. 다신 부탁 같은 건 하지 않을 거야. 우리 의붓아버지가 다음 주 토요일 밤에 샌프란시스코에 와. 내가 부탁하는 건 너희들이 나하고 같이 가서 내가 편지에 쓴 모든 게 사실인 것처럼 보이게 해 달라는 것뿐이야. 자세히 말하면, 너, 리 앤, 너는 내 여자 친구고, 너, 샐, 너는 내 친구인 거야. 그날 밤을 위해 100달러를 빌리기로 해 놨어. 난 아버지가 여기서 즐거운 시간을 보내고 나에 대해 걱정할 게 아무것도 없다고 생각하면서 떠나시게 해 드릴 거야."

나는 놀랐다. 레미의 의붓아버지는 빈, 파리, 런던에 병원을 가지고 있는 저명한 의사였다. 내가 말했다. "의붓아버지를 위해 100달러나 쓰겠다는 거야? 그 사람한텐 네가 평생 만질 수 있는 것보다도 많은 돈이 있잖아! 넌 빚더미에 올라앉게 될 거야!"

"괜찮아." 레미가 패배감 짙은 목소리로 조용히 말했다. "마지막으로 딱 한 번 부탁하는 거야. 그러니까 적어도 모든 게 다 괜찮은 것처럼 보이도록 노력이라도 해 줘. 좋은 인상을 주도록 노력해 달라고. 난 의붓아버지를 사랑하고 존경해. 게다가 젊은 새 아내도 데리고 온댔어. 우린 정말 제대로 예의를 갖춰야 한다고." 때로 레미는 정말로 세상에서 가장 신사다운 사람처럼 보일 때가 있었다. 리 앤은 그의 말에 감동을 받았고, 의붓아버지와의 만남을 고대했다. 아들은 영 아니지만 아버지는 대어일지도 모른다고 생각했던 것이다.

토요일 밤이 됐다. 충분한 체포 실적을 올리지 못했다는 이유로 해고되기 직전에 경찰 일은 이미 그만둔 상태였고, 그날은 샌프란시스코에서의 마지막 토요일 밤이었다. 레미와 리 앤은 호텔 방에 있는 의붓아버지를 먼저 만나러 가고, 나는 여행

자금을 가지고 아래층 바에서 술에 취해 있다가 한참 후에야 방으로 올라가 합류했다. 아버지가 문을 열었는데, 코안경을 쓴, 키 크고 기품 있는 사람이었다. 나는 그를 보자마자 "아." 하고는 "봉쾨르 씨, 안녕하세요? 주 쉬 오!*"라고 소리쳤다. 프랑스어로 "전 기분이 좋아요. 술을 마셨거든요."라고 말하려던 거였는데, 말도 안 되는 소리를 지껄여 버린 것이다. 의사는 당혹스러워했다. 난 이미 레미의 체면을 망쳐 버렸다. 그가 나를 보고 얼굴을 붉혔다.

우리는 다 함께 노스비치에 있는 근사한 식당 앨프리드로 식사를 하러 갔다. 불쌍한 레미는 우리 다섯을 위해 음료 등을 포함해 거의 50달러를 썼다. 그리고 최악의 사태가 벌어졌다. 다른 어느 누구도 아닌, 나의 오랜 친구 롤랑 메이저가 앨프리드의 바에 앉아 있는 것이 아닌가! 그는 덴버에서 방금 도착했으며 샌프란시스코의 신문사에 일자리를 얻었다고 했다. 그는 술에 취했고 면도도 하지 않은 상태였다. 내가 하이볼 잔을 들어서 입술에 대려는 순간, 그가 달려와서 내 등을 철썩 때렸다. 그는 봉쾨르 박사 바로 옆 자리에 털썩 주저앉더니, 그분의 수프 접시 위로 몸을 기울인 채 내게 말을 걸었다. 레미의 얼굴이 홍당무처럼 빨개졌다.

"샐, 네 친구를 우리에게 소개해 주지 않으련?" 그가 희미한 미소를 지으며 말했다.

"샌프란시스코 《아르고스》 신문의 롤랑 메이저입니다." 나는

---

* 프랑스어로 '나는 높다.'라는 뜻. 영어로 '기분 좋다.'인 'I am high.'를 직역한 것이다.

태연한 얼굴을 유지하려고 애썼다. 리 앤은 나 때문에 머리끝까지 화가 났다.

메이저가 노신사의 귀에 대고 주절거리기 시작했다. "고등학교에서 프랑스어 가르치는 건 어떤가요?" 그가 소리 질렀다.

"미안하게 됐소만, 나는 고등학교에서 프랑스어를 가르치지 않소."

"오, 전 고등학교 프랑스어 선생님이신 줄 알았어요." 그는 일부러 무례하게 굴었다. 덴버에서 그가 파티를 못 하게 했던 날이 기억났다. 나는 그러려니 했다.

나는 모두를 용서했고, 포기했고, 취하도록 마셨다. 그리고 의사의 젊은 아내에게 밀어를 속삭이기 시작했다. 술을 너무 많이 마셔서 이 분마다 화장실에 가야 했는데, 그럴 때마다 봉쾨르 박사의 무릎 위를 넘어 다녔다. 모든 것이 무너져 내리고 있었다. 나의 샌프란시스코 체류 기간도 끝나 갔다. 레미는 다시는 내게 말을 걸지 않을 것이다. 나는 레미를 정말로 사랑했고, 레미가 얼마나 진실하고 대단한 녀석인지를 아는 몇 안 되는 사람 중 한 명이었기에, 그건 정말 끔찍한 일이었다. 그가 이번 일을 극복하는 데는 오랜 시간이 걸릴 것이다. 미국을 횡단하는 빨간색 6번 도로 여행을 상상하며 패터슨에서 그에게 편지를 쓰던 때와 비교하면 이 모든 일은 엄청난 재난이었다. 내가 있는 이곳이 미국의 끝이었기 때문에 ― 더 나아갈 땅이 없었기 때문에 ― 이제 되돌아가는 것을 빼면 더 이상 갈 곳이 없었다. 나는 최소한 미국 일주는 해야겠다고 결심했다. 거기에서 할리우드로 갔다가 습지 패거리가 머물고 있는 텍사스를 지나 집으로 돌아가기로 결심한 것이다. 그다음 일이야 알게 뭐람.

메이저는 앨프리드에서 쫓겨났다. 어쨌든 저녁 식사를 마쳤기에 나는 그와 합류했다. 바꿔 말하면, 그렇게 하라고 레미가 제안했고 나는 밖으로 나와서 메이저와 술을 마시러 갔던 것이다. 아이인 팟의 테이블에 가서 앉았는데 메이저가 큰 소리로 말했다. "샘, 난 바에 있는 저 게이 녀석이 싫어."

"뭐라고, 제이크?" 내가 말했다.

"샘." 그가 말했다. "일어나서 한 방 먹일까 봐."

"아니야, 제이크." 나는 계속 헤밍웨이의 어투*를 흉내 내면서 말했다. "그냥 여기 앉아서 무슨 일이 벌어지나 보자고." 하지만 결국 길모퉁이에서 건들거리고 서 있는 게 다였다.

다음 날 아침 레미와 리 앤이 자는 동안, 나는 뒤쪽의 오두막집에서 레미와 내가 벤딕스 세탁기로 빨려고 했던(유색인 여자들 사이에서 이 일은 언제나 아주 즐겁고 명랑한 것이었고, 이 경우에도 스노 씨는 역시 허리가 끊어져라 웃곤 했다.) 엄청난 빨랫감 더미를 우울한 감상에 젖어 바라보다가 떠나기로 결심했다. 나는 현관으로 나갔다. "이런, 제길." 하고 혼잣말을 했다. "저 산에 올라가기 전에는 떠나지 않기로 다짐했잖아." 경사면이 보이는 커다란 산 너머에는 신비로운 태평양이 있을 것이었다.

그래서 나는 하루 더 머물렀다. 일요일이었다. 엄청난 열기가 내리쬤다. 날씨는 화창했고, 3시가 되자 태양은 빨갛게 달아올랐다. 나는 산을 오르기 시작했고 4시에 정상에 도달했

---

* 헤밍웨이의 소설 『태양은 다시 떠오른다』의 주인공 이름이 샘과 제이크다.

다. 사랑스러운 캘리포니아 미루나무와 유칼리나무가 사방에서 자라고 있었다. 봉우리 주변에는 더 이상 나무는 없고 바위와 풀만 있었다. 해안 꼭대기에서는 소들이 풀을 뜯고 있었다. 언덕 몇 개만 넘으면 되는 곳에 자리 잡은 푸르고 광활한 태평양에서는 샌프란시스코의 안개가 태어나는 전설적인 포테이토 패치 숄*로부터 거대한 하얀 벽이 다가오고 있었다. 한 시간 뒤면 그 안개 벽은 골든게이트를 지나 이 낭만의 도시를 하얗게 뒤덮을 것이고, 젊은이는 토코이** 병을 주머니에 꽂은 채 여자 친구의 손을 잡고 길고 하얀 보도블록을 천천히 걸어 올라갈 것이다. 그것이 샌프란시스코다. 하얀 현관문 앞에 서서 남편을 기다리는 아름다운 여인들, 코이트 타워, 부두, 마켓 가, 옹기종기 모여 있는 열한 개의 언덕이 있는 곳.

나는 어지러워질 때까지 제자리에서 빙빙 돌았다. 마치 꿈속에서처럼 절벽 아래로 똑바로 떨어지는 기분이었다. 오, 내가 사랑하는 여인은 어디에 있을까, 하고 나는 생각했다. 그리고 저 아래의 자그마한 세상 속에서 모든 곳을 바라봤던 것처럼 사방을 둘러봤다. 내 앞에는 미 대륙이라는 거칠고 풍만한 덩어리가 놓여 있었다. 그리고 저 멀리 어딘가에서는 우울하고 광기에 찬 뉴욕이 먼지구름과 갈색 연기를 토해 내고 있었다. 동부에는 갈색의 신성한 무언가가 있는 반면, 캘리포니아는 빨랫줄에 걸린 세탁물처럼 하얗고 텅 비었다. 적어도 그때는 그렇게 생각했다.

---

* 수심 약 200미터의 대륙붕을 뱅크라 하고, 그보다 얕은 곳은 숄이라 한다.
** 헝가리 토코이 지방에서 나는 황금빛 고급 백포도주.

12

내가 조용히 짐을 싸서 들어왔을 때와 마찬가지로 창문을 통해 빠져나와 캔버스 가방을 들고 밀시티를 떠나던 아침, 레미와 리 앤은 여전히 잠들어 있었다. 그래서 나는 오래된 유령선 ─ 사람들은 그 배를 '제독의 선물'이라 불렀다. ─ 에서 하룻밤을 지내지도 못했고 레미와도 다시는 만나지 못했다.

오클랜드에서 앞에 마차 바퀴가 있는 술집에 들어가 부랑자들과 함께 맥주를 한잔한 다음 나는 다시 길 위에 섰다. 나는 프레즈노로 가는 도로를 타기 위해 오클랜드를 똑바로 가로질렀다. 두 번을 히치하이크해서 남쪽으로 650킬로미터 떨어진 베이커즈필드에 도착했다. 첫 번째 녀석은 엔진을 개조한 차를 운전하는 우람한 몸집의 금발 미치광이였다. "여기 이 발가락 보이죠?" 녀석은 130킬로로 속력을 올려 도로 위의 모든 차를 추월하며 말했다. "잘 봐요." 그것은 붕대에 싸여 있었다. "오늘 아침에 막 잘라 냈어요. 그 자식들은 내가 병원에 머물길 바랐지만 난 가방을 싸서 나왔죠. 발가락 하나가 뭐 대순가요?" 그래, 그건 그렇지. 나는 창밖을 보며 속으로 중얼거렸고 울렁거림을 견뎌 냈다. 그렇게 운전하는 멍청이는 한 번도 본 적이 없었다. 우리는 눈 깜짝할 사이에 트레이시에 도착했다. 트레이시는 철도 마을이었다. 제동수들이 무뚝뚝한 표정으로 선로 옆 식당에서 식사를 하고, 기차가 기적을 울리며 계곡을 가로지르고, 붉은 태양은 천천히 오랫동안 떨어지며, 만테카, 머데라, 기타 등등 마법 같은 계곡의 이름들이 펼쳐진다. 귤 과수원과 기다란 멜론밭 위로 금방 저녁 어스름이, 보랏빛의 포도색 어스름이 깔린다. 으깨진 포도 색깔의 태양은 자주색 섞인 붉은빛의 강렬한 광선을 내뿜고, 들판은 사랑과 스페인의 신비를 담은 색깔을 띠고 있다. 나는 창밖으로 머리를 내밀고 향기로운 공기를 깊숙이 들이마셨다. 무엇보다도 아름다운 순간이었다. 그 미친 녀석은 서던퍼시픽 철도의 제동수였고 프레즈노에 살았다. 그의 아버지도 제동수였다고 했다. 녀석은 오클랜드 조차장에서 선로를 바꾸다가 발가락을 잃었다는데, 어찌 된 일인지는 잘 이해되지 않았다. 그는 북적이는 프레즈노 시내로 운전해 들어가더니 마을의 남쪽에서 나를 내려 주었다. 나는 콜라를 사러 선로 변 구멍가게로 잽싸게 들어갔는데, 붉은 유개화차 옆을 따라 걸어오는 우울한 아르메니아인 청년이 보였고 그 순간 기관차가 기적을 울렸다. 나는 생각했다. 그래, 여기가 사로얀*의 마을이었지.

---

* 1908~1981. 미국의 소설가. 아르메니아 이주민의 아들로, 자신이 나고 자란 프레즈노를 무대로 가난과 굶주림 속에서도 삶의 기쁨을 노래한 작품을 썼다.

나는 남쪽으로 가야 했다. 그래서 길 위에 섰다. 이번엔 신형 픽업트럭을 모는 사내가 나를 태워 줬다. 그는 텍사스 주러벅 출신의 트레일러 사업자였다. "트레일러 살 생각 없어?" 그가 물었다. "살 거면 아무 때나 좋으니 날 찾아와." 그는 러벅에 있는 자기 아버지 얘기를 했다. "어느 날 밤에 노인네가 그날 매상을 금고 위에 놓아두고는 까맣게 잊어버렸지. 그런데 그날 밤에 도둑이 용접기 등등을 다 갖고 들어와서 금고를 부순 거야. 놈은 서류를 마구 헤집고 의자 몇 개를 발로 차서 넘어뜨려 놓고는 떠나 버렸지. 1000달러가 바로 거기 금고 위에 있었는데 말이야. 믿어지나?"

그는 베이커즈필드 남쪽에서 나를 내려 줬다. 그때부터 나의 모험이 시작되었다. 날씨가 추워졌다. 나는 오클랜드에서 3달러 주고 산 얄팍한 군용 비옷을 입고 길에서 덜덜 떨고 있었다. 내가 서 있는 곳은 빛나는 보석처럼 불이 밝혀진 근사한 스페인풍 모텔 앞이었다. 차들이 LA를 향해 쌩쌩 달려갔다. 난 미친 듯이 손짓 발짓을 했다. 너무 추웠다. 자정까지 두 시간 내내 거기 서서 계속 욕을 퍼부어 댔다. 또 아이오와의 스튜어트 때와 똑같았다. 로스앤젤레스까지 남은 거리는 2달러 남짓 하는 버스를 타고 가는 수밖에 다른 도리가 없었다. 나는 고속도로를 따라 베이커즈필드까지 걸어서 돌아갔고, 터미널에 들어가서 벤치에 앉았다.

표를 사고 LA행 버스를 기다리고 있는데 문득 헐렁한 평상복을 입은 자그맣고 귀여운 멕시코 여자가 내 눈앞을 지나갔다. 쉭 하는 요란한 에어브레이크 소리를 내며 방금 터미널로 들어온 버스에 그녀가 타고 있었다. 버스는 잠시 쉬었다 가기 위해 승객을 내려놓는 중이었다. 톡 튀어나온 가슴은 진짜였고, 쭉 빠진 옆구리도 끝내줬다. 머리칼은 길고 윤기 나는 검은색이었다. 커다랗고 파란 눈 속에는 수줍음이 엿보였다. 나도 그녀가 탄 버스 안에 같이 있고 싶었다. 이 넓디넓은 세상에서 나와 반대 방향으로 가는, 사랑하는 여자를 볼 때마다 매번 그랬듯 고통으로 가슴이 미어지는 듯했다. LA행 손님은 탑승하라는 안내 방송이 나왔다. 가방을 집어 들고 버스에 올랐는데, 버스 안에 다름 아닌 그 멕시코 여자가 혼자 앉아 있는 것이 아닌가! 나는 그녀의 맞은편 자리에 앉아 머리를 굴리기 시작했다. 낯선 여자에게 접근하는 데 필요한 용기를 내 행동에 옮기기엔 나는 너무 외롭고, 너무 슬프고, 너무 지치고, 너무 춥고, 너무 상심하고, 너무 녹초가 되어 있었다. 버스가 도로를 따라 굴러가기 시작한 다음에도 나는 어둠 속에서 무릎을 두드리며 오 분을 보냈다.

해야 해, 해야 해, 아니면 넌 죽고 말 거야! 이 병신 같은 놈아, 그녀에게 말을 걸어! 도대체 뭐가 문제야? 혼자인 게 지겹지도 않아? 그리고 나 자신이 뭘 하고 있는지 깨닫기도 전에 나는 (잠을 청하고 있던) 그녀 쪽으로 몸을 기울이면서 말을 걸고 있었다. "아가씨, 제 비옷을 베개로 쓰시겠어요?"

그녀는 나를 올려다보며 미소를 짓곤 말했다. "괜찮아요. 정말 고맙습니다."

나는 부들부들 떨면서 다시 자리로 돌아왔다. 담배꽁초에 불을 붙였다. 그리고 그녀가 슬픈 사랑의 곁눈질로 나를 쳐다볼 때까지 기다렸다. 나는 몸을 쭉 편 다음 또다시 그녀 쪽으로 기울였다. "옆에 앉아도 될까요?"

"원하신다면요."

그래서 그렇게 했다. "어디로 가세요?"

"LA요." 나는 그녀가 'LA'라고 말하는 게 마음에 들었다. 나는 서부 해안 사람들이 'LA'라고 말하는 것을 좋아한다. 그곳은 뭐든지 말만 하면 이루어지는 그들만의 유일무이한 황금 도시니까.

"나도 거기로 가는데!" 내가 소리쳤다. "옆에 앉게 해 줘서 정말 기뻐요. 여행을 오래 하느라 무척 외로웠거든요." 우리는 본격적으로 각자의 얘기를 하기 시작했다. 그녀의 사연은 이랬다. 그녀에겐 남편과 아이가 있는데, 남편은 그녀를 상습적으로 구타했다. 그래서 그녀는 집을 나왔고, 프레즈노 남쪽의 새비널로 돌아갔다가 당분간 여동생네에 가 있으려고 LA로 향하는 중이었다. 어린 아들은 포도밭 옆 오두막집에 사는 포도 농장 일꾼 가족에게 맡겨 두었다. 고민하다가 미쳐 버리는 것 외엔 그녀가 할 수 있는 일이 아무것도 없었다. 난 당장에라도 팔로 그녀의 어깨를 감싸 주고 싶었다. 우리는 얘기하고 또 얘기했다. 그녀는 나와 얘기하는 게 너무 좋다고 말했다. 조금 후에는 뉴욕에도 가고 싶다고 했다. "같이 가면 되지!" 내가 웃었다. 버스가 그레이프바인 고개를 낑낑대며 올라갔다가 불빛이 눈부시게 흩어져 있는 곳을 향해 내려갔다. 우리는 말로 특별히 동의를 구할 것도 없이 서로 손을 잡았다. 내가 LA에서 호텔 방을 잡았을 때도 그렇게 말없이, 아름답고 순수하게 그녀는 내 곁에 있기로 했다. 나는 그녀를 미친 듯이 갈망했다. 그녀의 아름다운 머리칼에 내 머리를 기댔다. 그녀의 작은 어깨가 나를 미치게 했다. 나는 그녀를 끌어안고 또 끌어안았다.

그녀는 그걸 아주 좋아했다.

"난 사랑을 사랑해." 그녀가 눈을 감으며 말했다. 나는 그녀에게 아름다운 사랑을 약속했다. 난 그녀를 황홀하게 바라보았다. 우리는 이야기를 나누었다. 우리는 침묵과 달콤한 기대에 빠져들었다. 그것만으로도 족했다. 당신이 이 세상의 모든 피치와 베티와 메릴루와 리타와 커밀과 아이네즈를 다 가져도 좋다. 이 사람이 내 여자고 내게 맞는 영혼을 가진 여자니까. 그녀에게 그렇게 말해 주었다. 그녀는 버스 터미널에서 내가 자길 쳐다보는 걸 봤다고 고백했다. "난 당신이 멋진 대학생이라고 생각했어."

"맞아, 난 대학생이야!" 내가 확인해 주었다. 버스가 할리우드에 도착했다. 영화 「설리번의 여행」*에서 조엘 매크레아가 식당에서 베로니카 레이크를 만났던, 그런 흐린 잿빛 새벽에 그녀는 내 무릎에 누워 잠들었다. 난 탐욕스럽게 창밖을 내다봤다. 창밖엔 치장 벽토를 바른 집과 야자수와 드라이브인 식당, 온갖 미친 짓거리, 초라한 약속의 땅, 미국의 환상적인 종말이 있었다. 중심가에서 내려 주위를 둘러보니 붉은 벽돌, 더러움, 부유하는 사람들, 희망 없는 새벽에 삐걱거리며 나아가는 전차, 매춘부 같은 대도시의 냄새 등 캔자스시티나 시카고나 보스턴과 전혀 다르지 않았다.

그런데 여기에서 내 마음은 헝클어져 버렸다. 이유는 나도 모른다. 터리서, 아니 테리였던가, 하여튼 그녀가 버스에 탄 남

---

* 프레스턴 스터지스(1898~1959) 감독의 1942년 작품. 할리우드의 코미디 감독 설리번(조엘 매크레아 분)이 떠돌이 노동자들의 애환을 그린 영화를 찍기 위해 스스로 떠돌이들의 세계에 뛰어들면서 겪게 되는 해프닝을 그렸다.

자 승객의 돈을 노리고 접근해서, 우리가 그랬듯이 LA에서 만나자는 약속을 잡고, 포주가 기다리는 아침 식사 장소로 그 풋내기를 데려갔다가 포주가 총이나 뭐 그런 무기를 손에 넣을 수 있는 특정한 호텔로 끌고 가는, 흔해 빠진 매춘부라는 바보 같고 편집증적인 생각이 들기 시작했다. 이런 생각을 그녀에게 고백하진 않았다. 다만 우리가 아침을 먹는 동안 포주가 우릴 계속 지켜보고, 테리는 그에게 은밀한 눈짓을 보낸다고 상상했다. 나는 피곤했고 기분이 이상했고 집에서 멀리 떨어진 역겨운 곳에서 길을 잃은 듯한 느낌이었다. 바보 같은 공포가 내 머릿속을 온통 뒤덮었고 난 좀스럽고 천박한 행동을 해 버렸다. "저 녀석 알아?" 내가 물었다.

"누구 말이야?" 나는 더이상 말하지 않았다. 그녀는 무슨 일을 하건 행동이 굼떴다. 밥 먹는 데도 시간이 오래 걸렸다. 그녀는 천천히 음식을 씹으면서 허공을 응시하고 담배를 피우고 계속 얘기를 했다. 나는 그녀의 모든 동작을 의심하고 그녀가 교묘하게 시간을 벌고 있다고 생각하면서 초췌한 유령처럼 앉아 있었다. 모든 게 일종의 병적인 발작이었다. 우리가 손을 잡고 거리를 걸어 내려가는 동안에도 나는 진땀을 흘렸다. 첫번째로 들어간 호텔에 빈방이 있었다. 그녀가 침대에 앉아 신발을 벗는 동안 나도 모르게 등 뒤로 문을 잠갔다. 그리고 그녀에게 얌전하게 키스했다. 그녀는 모르는 편이 나으리라. 긴장을 풀기 위해서는 우리에게, 특히 나에게 위스키가 필요하다는 걸 깨달았다. 나는 밖으로 뛰어나가 열두 블록을 허둥거리며 헤매고 다니다 신문 가판대에서 팔고 있는 500밀리짜리 위스키를 발견했다. 난 있는 힘을 다해 뛰어서 돌아왔다. 테리는 욕실에서 화장을 고치고 있었다. 우리는 물컵에 술을 가득 부어서 한 잔씩 했다. 오, 그것은 달콤하고 감미로웠고, 우울한 나의 여행 전체와 맞먹는 가치가 있었다. 나는 거울을 보고 있는 그녀 뒤에 가서 섰고 우리는 그대로 욕실에서 춤을 추었다. 나는 동부의 친구들에 관해 이야기했다.

내가 말했다. "도리라는 대단한 여자를 꼭 한번 만나 봐. 키가 180센티미터나 되는 빨간 머리 여자야. 당신이 뉴욕에 오면 일자리도 알아봐 줄 거야."

"그 180짜리 빨간 머리가 누구야?" 그녀가 의심스러운 듯 물었다. "왜 나한테 그 여자 얘기를 하는 거야?" 그녀의 단순한 영혼으로는 나의 즐거우면서도 신경질적인 얘기를 알아들을 수 없었다. 난 그만뒀다. 그녀는 욕실에서 취하기 시작했다.

"침대로 가자!" 내가 계속해서 말했다.

"180센티미터에 빨간 머리가 뭐? 난 당신이 멋진 대학생이라고 생각했어. 사랑스러운 스웨터를 입고 있는 당신을 보고 괜찮은 남자라고 생각했어. 아냐! 그런데 아냐! 아니었어! 당신은 다른 놈들처럼 빌어먹을 포주인 게 틀림없어!"

"도대체 무슨 소릴 하는 거야?"

"그 180짜리 빨간 머리가 마담이지? 난 얘기만 들어도 단박에 알 수 있어. 그리고 당신, 당신은 내가 만났던 다른 놈들처럼 포주에 불과해. 모두 다 포주일 뿐이라고."

"들어봐, 테리. 나는 포주가 아니야. 성경에 대고 맹세컨대 포주가 아니야. 대체 내가 왜 포주라는 거야? 난 너밖에 없어."

"줄곧 멋진 남자를 만났다고 생각했는데. 난 정말로 기뻤어. 그리고 생각했지. 음, 포주가 아니고 정말로 멋진 남자구나."

"테리." 난 온 영혼을 다 바쳐 항변했다. "제발 내 말 좀 들어 봐. 나는 포주가 아니야." 한 시간 전만 해도 내가 그녀를 매춘부라고 생각하고 있었다. 얼마나 슬픈 일인가. 각자가 간직해 온 광기로 인해 우리의 마음은 이미 어긋나 있었다. 오, 끔찍한 인생이여. 내가 얼마나 한탄하고 간청했던지. 그다음엔 화가 났고, 내가 멍청하고 쪼그만 멕시코 촌년한테 빌고 있다는 사실을 깨달았고, 그녀에게 그렇게 말해 버렸다. 그리고 나도 모르게 그녀의 빨간 구두를 집어 들어 욕실 문짝에 던지면서 그녀에게 나가라고 소리 질렀다. "나가, 꺼져 버려!" 잠이나 한숨 자고 잊고 싶었다. 나에겐 언제나 슬프고 너절한 삶이 있을 테니까. 욕실에 쥐 죽은 듯한 침묵이 흘렀다. 나는 옷을 벗고 침대로 갔다.

테리가 미안함이 담긴 눈물을 가득 머금은 채 욕실에서 나왔다. 단순하고 웃기는 그녀의 작은 머리로도 진짜 포주라면 여자의 신발을 문짝에 던지거나 나가라고 말하지는 않을 거라고 판단했던 것이다. 경건하고 달콤한 침묵 속에서 그녀가 옷을 벗고 내가 있는 시트 속으로 미끄러져 들어왔다. 그녀의 자그마한 몸은 포도 같은 갈색이었다. 제왕 절개 자국이 있는 그녀의 가련한 배를 보았다. 엉덩이가 너무 작아서 배를 가르지 않고는 아기를 낳을 수 없었던 것이다. 다리는 작은 막대기 같았다. 키도 145센티미터밖에 안 됐다. 나는 지친 아침의 달콤함 속에서 그녀와 사랑을 나눴다. 그런 다음 LA의 시렁에 쓸쓸하게 매달린 지친 두 명의 천사처럼 우리는 인생에서 가장 은밀하고도 감미로운 것을 함께 발견했고, 그때부터 오후 늦게까지 폭 잤다.

13

그 뒤 보름 동안 우리는 좋은 일이든 궂은 일이든 함께했다. 잠에서 깼을 때 우리는 히치하이크를 해서 뉴욕까지 함께 가기로 결정했다. 그녀는 그곳에서도 여전히 내 여자일 것이다. 나는 딘과 메릴루를 비롯한 모든 사람들과 얽히고설키는 상황을 마음속에 그려 봤다. 그것은 새로운 계절의 시작이었다. 우선 여행하는 데 필요한 돈을 벌기 위해 일을 해야 했다. 테리는 내게 남은 20달러만 갖고 당장 떠나고 싶어 했다. 하지만 난 그러고 싶지 않았다. 게다가 난 바보처럼 카페테리아나 술집에 가서 난생처음 요란한 LA 신문의 구인란을 읽으면서 이틀 동안 그 문제를 생각했고, 결국 남아 있던 20달러는 10달러 남짓으로 줄어들고 말았다. 우리는 작은 호텔 방에서 아주 행복하게 지냈다. 어느 날 나는 잠이 오지 않아 한밤중에 자리에서 일어났다. 그녀의 벗은 어깨 위에 이불을 덮어 주고 LA의 밤거리를 구경하러 나갔다. 그 밤은 얼마나 거칠고 덥고 사이렌이 윙윙거리던지! 길 바로 건너편에서 말썽이 일어났다. 곧 무너질 듯한 낡은 하숙집이 비극의 현장이었다. 경찰들이 순찰차를 아래쪽에 대놓고 은발 노인을 심문하고 있었다. 안에서 흐느끼는 소리가 들려왔다. 우리 호텔 네온사인의 윙윙거리는 소음과 함께 온갖 소리가 들렸다. 그렇게 슬픈 느낌은 처음이었다. LA는 미국에서 가장 외롭고 잔인한 도시다. 뉴욕의 겨울은 오라지게 춥지만 길거리 어딘가에는 반드시 엉뚱한 동지애가 존재한다. 하지만 LA는 정글이다.

테리와 내가 핫도그를 먹으며 한가로이 거닐던 남쪽의 중심가는 불빛과 야성이 넘치는 환상적인 유원지였다. 부츠를 신은 경찰들이 거의 모든 길모퉁이에 서서 사람들의 소지품을 검사하고 있었다. 이 나라에서 가장 비트족다운 인물들이 인도에 넘쳐흘렀다. 이 모든 것을 내려다보는 남 캘리포니아의 부드러운 별들은 거대한 사막 야영지 같은 갈색의 후광 속으로 모습을 감추었다. 홍차와 담배, 즉 마리화나 냄새가 칠리, 맥주 냄새와 함께 공기 속을 떠돌았다. 맥줏집에서는 비밥의 저장엄하고 야성적인 가락이 흘러나왔다. 깊어가는 미국의 밤에 흘러나온 그 음악은 온갖 종류의 컨트리음악과 부기우기* 메들리를 뒤섞은 것이었다. 모든 이가 엘머 해슬처럼 보였다. 염소수염을 하고 밥 캡을 쓴, 거칠어 보이는 흑인들이 낄낄대고 웃으며 지나갔다. 그리고 지금 막 66번 도로를 타고 뉴욕으로부터 도착한 듯한, 지쳐 빠진 긴 머리의 비트족 녀석 한 명도 지나갔다. 가방을 들고 공원 벤치로 향하는 사막의 늙은 쥐새

---

* 타악기적인 요소가 강조된 블루스 피아노 연주 양식.

끼 같은 녀석들, 소매를 풀어 헤친 감리교 목사들도 지나갔고, 가끔씩 수염을 기르고 샌들을 신은 「네이처 보이」*스러운 사내도 보였다. 그들 모두와 얘기를 나누고 싶었지만, 테리와 나는 돈을 벌어야 한다는 생각에 마음이 급했다.

우리는 선셋 앤 바인 대로의 모퉁이에 있는 약국에서 일해 보려고 할리우드로 갔다. 이런 곳이 있다니! 시골에서 고물 차를 타고 올라온 어떤 대가족이 은막의 스타라도 구경하려고 입을 헤벌린 채 길가에 서 있었는데, 아무리 기다려도 스타는 나타나지 않았다. 그러다 리무진 한 대가 지나가자 그들은 미친 듯이 그 차를 쫓아가서는 거기에 철썩 들러붙었다. 검은 차창 안에는 어떤 사람이 보석으로 치장한 금발 여인과 함께 앉아 있었다. "돈 아미치**다! 돈 아미치!" "아냐, 조지 머피***야! 조지 머피!" 그들은 서로를 쳐다보면서 정신없이 돌아다녔다. 카우보이가 되려고 할리우드에 온 잘생긴 게이들이 손가락 끝으로 도도하게 눈썹을 매만지며 걸어갔고, 세상에서 제일 예쁜 계집애들이 헐렁한 바지를 입고 지나갔다. 그들은 스타가 되기 위해 왔지만 결국엔 드라이브인 식당 종업원밖에 되지 못했다. 테리와 나도 드라이브인에서 일자리를 찾으려 했다. 하지만 어디에서도 일자리를 구할 수 없었다. 할리우드 대로는 자동차

---

* 냇 킹 콜의 히트송 제목. 세상을 방황하는 소년이 사랑하면 사랑받는다는 메시지를 전해 주었다는 내용.

** 1908~1993. 미국의 영화배우. 전화기를 발명한 알렉산더 그레이엄 벨을 연기해 유명해졌다. 이 때문에 한동안 사람들이 전화기를 '아미치'라고 부르기도 했다.

*** 1902~1992. 미국의 영화배우, 정치인. 2차 세계대전 당시 애국심을 고취하는 영화들에 출연했으며 후에는 공화당 상원 의원을 지냈다.

비명 소리로 가득한, 거대한 아수라장이었다. 적어도 일 분에 한 건씩은 접촉 사고가 났다. 그 너머에는 사막 외엔 아무것도 없는데도 모두들 가장 멀리 있는 야자수를 향해 돌진하고 있었다. 화려한 레스토랑 앞에서는 할리우드의 마약 단속관들이 뉴욕의 제이콥스 비치* 앞에서 브로드웨이 마약 단속관들이 그러는 것처럼 논쟁을 벌이고 있었는데, 다만 이들은 시시한 양복을 입었고 얘기도 더 진부했다. 시체처럼 창백한, 키 큰 목사들이 진저리를 치며 지나갔다. 뚱뚱한 여자들은 퀴즈 쇼를 보러 들어가는 줄을 서기 위해 소리를 지르면서 대로를 가로질러 갔다. 나는 제리 콜로나**가 뷰익 대리점에서 자동차를 사는 모습을 봤다. 그는 널찍한 판유리로 된 쇼윈도 안에서 손가락으로 콧수염을 만지작거리고 있었다. 테리와 나는 시내의 한 카페테리아에서 밥을 먹었는데, 그곳은 인테리어가 동굴처럼 되어 있는 곳이었다. 여기저기 튀어나온 금속으로 된 젖꼭지며 사람의 것처럼 생기지 않은, 거대한 돌로 된 신들의 궁둥이, 거품을 뒤집어쓴 넵투누스***도 있었다. 사람들은 바다의 슬픔이 담긴 창백한 얼굴로 폭포 주변에 앉아 변변치 못한 식사를 하고 있었다. LA의 모든 경찰은 다들 잘생긴 기둥서방처럼 생겼다. 분명 영화를 찍기 위해 LA에 온 것이리라. 모두가, 심지어 나조차도 영화를 만들기 위해 LA에 왔으니까. 테리와 나

---

* 맨해튼 8번지와 브로드웨이 사이의 한 구역. 프로 복싱 프로모터 마이크 제이콥스의 고향이다.
** 1904~1986. 미국의 코미디언, 작곡가. 코미디언 밥 호프와 함께 많은 영화에 출연했으며 특유의 팔자수염으로 유명하다.
*** 로마 신화에 나오는 바다의 신. 그리스 신화의 포세이돈에 해당한다.

는 결국 남쪽 중심가에서 일을 구하기로 하고 비트족 같아 보이는 식당 종업원이나 접시 닦는 여자들에게 가 보았지만 역시 허탕이었다. 우리에게는 10달러가 남았다.

"동생한테서 옷을 가지고 올 테니까, 히치하이크해서 뉴욕에 가자." 테리가 말했다. "응? 그러자. '당신이 부기를 출 줄 모른다면 내가 가르쳐 줄게.'" 마지막 부분은 그녀가 늘 읊조리곤 하는 노래의 일부분이었다. 우리는 앨러미더 거리 너머 어딘가, 다 쓰러져 가는 멕시코 판잣집들 사이에 있는 테리의 여동생네 집으로 서둘러 걸음을 옮겼다. 나는 여동생과 마주칠까 봐 멕시코식 부엌 뒤의 어두운 골목길에서 기다렸다. 개들이 달려갔다. 작은 등불 하나가 뒷골목을 밝히고 있었다. 부드럽고 따뜻한 밤공기 속에서 테리와 동생이 말다툼하는 소리가 들렸다. 나는 그 어떤 일도 감당할 준비가 되어 있었다.

테리가 집에서 나오더니 내 손을 잡고 센트럴 가로 데리고 갔다. 그곳은 LA 유색인들의 중심가로 정말 거친 곳이었다. 주크박스 하나가 겨우 들어가는 닭장들이 늘어서 있는데, 주크박스에서는 블루스, 비밥, 점프* 음악만이 계속해서 흘러나왔다. 우리는 공동주택의 더러운 계단을 올라가 테리에게서 치마와 신발을 빌려 간 친구 마가리나의 방으로 갔다. 마가리나는 사랑스러운 물라토였고 그녀의 남편은 칠흑처럼 새까맣고 친절한 흑인이었다. 그는 나를 제대로 대접하기 위해 즉시 밖으로 나가서 500밀리짜리 위스키 한 병을 사가지고 왔다. 내가 돈

---

* 점프 블루스. 빅밴드 재즈의 영향을 받은 블루스로 로큰롤의 초기 형태라고 할 수 있다.

을 조금 내려고 했지만 그는 됐다고 했다. 꼬맹이 둘이 자기들 놀이터인 듯 침대 위에서 콩콩 뛰고 있었다. 아이들은 내 목을 끌어안고 신기한 듯이 쳐다봤다. 밖에서는 햄프*의 「센트럴 애버뉴 브레이크다운」에 나오는 것처럼 왁자지껄하고 요란한 밤이 아우성치고 울부짖고 있었다. 사람들은 복도며 창문가에서 노래를 불러 댔다. 테리가 옷을 돌려받은 뒤 우리는 작별 인사를 하고 닭장 중 한 곳으로 가 주크박스를 틀었다. 흑인 두 명이 다가오더니 내 귀에 대고 차 한잔 하지 않겠느냐고 속삭였다. 1달러라고 했다. 나는 좋다고, 가져오라고 했다. 다른 놈이 나타나서 지하 화장실 쪽을 몸짓으로 가리켰다. 내가 멍하니 서 있자 그가 말했다. "주워, 형씨. 빨리 주워."

"뭘 주우라는 거야?" 내가 물었다.

그는 이미 1달러를 받아 든 상태였다. 머뭇거리며 바닥을 가리켰다. 보니까 바닥이 아니라 땅에다 구멍을 파 놓은 것이었다. 거기엔 작은 갈색 똥처럼 보이는 것이 놓여 있었다. 그는 우스꽝스러울 정도로 조심스러웠다. "내가 망을 보지. 이번 주엔 상황이 좋지 않아." 그 똥 같은 걸 주워 보니, 갈색 종이에 싼 담배였다. 나는 테리에게로 돌아갔고, 우리 두 사람은 호텔 방에 가서 약에 취해 보려 했다. 그러나 아무 일도 일어나지 않았다. 그것은 평범한 불 더럼 표 담배였던 것이다. 나는 좀 더 현명하게 돈을 쓸걸 하고 후회했다.

테리와 나는 당장 어떻게든지 결론을 내려야 했다. 우리는 남은 돈만 가지고 뉴욕까지 히치하이크해서 가기로 했다. 테리

―――――――――――――
* 재즈 음악가 라이오넬 햄프턴(1908~2002)의 애칭.

가 그날 밤 동생에게서 5달러를 얻어 와서 우리가 가진 돈은 13달러 남짓이 되었다. 우리는 다음 날 숙박비를 지불할 시간이 되기 전에 짐을 싸서 레드 카*를 얻어 타고 눈 덮인 산 아래에 산타애니타 경마장이 있는 캘리포니아 아르케이디아로 떠났다. 밤이었다. 우리는 대륙의 안쪽을 향하고 있었다. 우리 둘은 서로 손을 잡은 채 사람 많은 구역을 벗어나기 위해 몇 킬로미터를 걸어 내려갔다. 토요일 밤이었다. 엄지를 들고 가로등 아래 서 있는데 갑자기 깃발을 흔들면서 소리를 질러 대는 젊은 애들이 가득 탄 차들이 지나갔다. "야호! 야호! 우리가 이겼다! 우리가 이겼다!" 그들은 한결같이 그렇게 외쳤다. 그러곤 우리를 향해서도 환호성을 질러 댔다. 그들은 길 위에 남녀가 함께 서 있는 모습을 무척 재미있어 했다. 그런 차들이 열 대 넘게 지나갔는데, 하나같이 이른바 '젊은이들의 쉰 소리'와 앳된 얼굴로 가득했다. 난 그들 하나하나를 전부 증오했다. 도대체 자기들이 뭐라고 생각하기에, 길 위에 있는 사람에게 멋대로 소리를 지른단 말인가? 날라리 고등학생 꼬마들이라서? 일요일 오후마다 부모가 로스트비프를 썰어 주니까? 도대체 자기들이 뭐라고 생각하기에, 불쌍한 처지로 전락한 여자와 그녀의 애인이 되려는 남자를 놀려 댄단 말인가? 우리는 그들에게 신경을 쓰지 않았다. 하지만 결국 히치하이크를 하지 못해서 마을로 걸어 돌아와야 했다. 그런데 더 끔찍했던 일은 커피를 마시려고 유일하게 문을 연 가게로 들어갔더니 불행히도 그곳

---

* 퍼시픽 전차 회사가 1901~1961년까지 운행했던 전차의 별칭. 자동차가 상용화되기 전까지 캘리포니아 남부의 중요한 교통수단이었다.

이 고등학생을 상대로 하는 음료수 판매점이었다는 것이다. 아까 그 녀석들이 모두 거기에 있었고, 우리를 기억하고 있었다. 이제 그들은 테리가 멕시코인, 즉 파추코* 계집이라는 것, 그리고 그녀의 애인은 더 한심한 녀석이라는 사실을 알아차렸다.

테리가 예쁜 코를 빳빳이 치켜든 채 그곳을 빠져나왔고 우리는 어둠 속에서 고속도로 도랑을 따라 정처 없이 걸었다. 가방은 내가 들었다. 우리는 차가운 밤공기 속에서 안개를 들이마셨다. 마침내 나는 다음 날 아침에야 어떻게 되든 하룻밤을 더 그녀와 함께 세상으로부터 숨어 버리기로 결심했다. 모텔로 들어가서 샤워 시설, 목욕 수건, 붙박이 라디오 등이 모두 갖춰진 4달러짜리 편안한 방을 얻었다. 우리는 서로를 꼭 끌어안았다. 그리고 오랫동안 진지한 대화를 나눴고, 목욕을 했고, 불을 켜놓은 채로 이야기하다가 불을 끄고 나서도 계속 얘기를 했다. 무언가가 확실해졌고 내 생각이 그녀에게 전해졌다. 우리는 어둠 속에서 숨죽인 채 약속을 하는 어린 양들처럼 기뻐했다.

아침이 되자 과감하게 새로운 계획에 착수했다. 베이커즈필드까지 버스를 타고 가서 포도 따는 일을 할 작정이었다. 몇 주만 그렇게 일하면 제대로 버스를 타고 뉴욕에 갈 수 있을 것이었다. 테리와 함께 버스를 타고 베이커즈필드로 올라갔던 그날 오후는 정말로 화창했다. 우리는 편안하게 뒤로 기대앉아 긴장을 풀고 스쳐 지나가는 시골 풍경을 구경하며 얘기를 나

---

* 미국 내의 멕시코 갱을 가리키는 말로, 중절모와 정장을 갖춰 입는 특유의 옷차림이 유명하다.

늦고 아무런 걱정도 하지 않았다. 베이커즈필드에 도착한 것은 늦은 오후였다. 우리의 계획은 마을에 있는 과일 도매상을 죄다 찾아가 보는 것이었다. 테리는 일터의 텐트에서 살 수 있을 거라고 말했다. 텐트에 살면서 시원한 캘리포니아의 아침에 포도를 딴다는 아이디어는 내 맘에 쏙 들었다. 하지만 일자리는 없었다. 많은 사람들이 여러 이야기를 해 주고 소개해 주었지만 일자리로 연결되지는 않았다. 그래도 우리는 중국 음식을 먹고 재충전된 몸으로 다시 출발했다. 우리는 서던퍼시픽 철도의 선로를 가로질러 멕시코인 마을로 갔다. 테리가 다른 멕시코인들에게 말을 걸어 일자리가 없는지 물었다. 그리고 밤이 되었다. 작은 멕시코인 마을의 거리는 하나의 불타는 전구처럼 변했다. 극장 차양, 과일 노점, 오락실, 싸구려 잡화점이 있는가 하면 낡아 빠진 트럭과 흙투성이 고물 차 수백 대가 주차되어 있었다. 과일 농장에서 일하는 멕시코인 가족들이 팝콘을 먹으며 돌아다녔다. 테리는 모든 사람에게 말을 걸었다. 나는 절망하기 시작했다. 내게, 그리고 테리에게 필요한 것은 술이었다. 그래서 우리는 1리터들이 캘리포니아산 포트와인을 35센트에 사서 철도 조차장으로 갔다. 부랑자들이 불을 쬐려고 나무 상자들을 끌어다가 자리를 만들어 놓은 곳이 있었다. 우리는 그곳에 앉아 와인을 마셨다. 왼편으로는 그을음이 잔뜩 묻은 붉은색 화물열차들이 달빛 아래 슬프게 서 있고, 정면에는 베이커즈필드의 불빛들과 공항의 철조망이, 오른편에는 비닐하우스처럼 반원형으로 생긴 거대한 알루미늄 창고가 있었다. 아, 그날 밤은 멋진 밤, 따듯한 밤, 와인을 마시는 밤, 꿈결 같은 밤, 자기 여자를 끌어안고 애기하고 침을 뱉고 천국으로 날

아가는 밤이었다. 우리는 정말로 그렇게 했다. 술 마시는 작은
바보 테리는 처음에는 나랑 보조를 맞추다가 나중에는 나보다
더 많이 마시더니 한밤중까지 쉬지 않고 떠들어 댔다. 우리는
상자 주변을 떠나지 않았다. 가끔씩 부랑자들이 지나가고, 멕시
코인 엄마들이 애들을 데리고 지나가고, 지나가던 순찰차에서
경찰이 내려서 오줌을 누기도 했지만 대부분은 우리 둘뿐이었
고, 우리는 서로의 영혼을 점점 더 섞어 가서 나중에는 거의
헤어지기가 불가능할 지경에 이르렀다. 우리는 한밤중에 일어
나 고속도로를 향해 휘청거리며 걸어갔다.

　테리가 새로운 제안을 했다. 히치하이크로 그녀의 고향인
새비널까지 가서 오빠네 차고에서 살자는 것이었다. 나는 뭐든
상관없었다. 길 위에서 테리를 비탄에 빠진 여인처럼 보이도
록 내 가방 위에 앉혀 두었더니 금방 트럭 한 대가 멈췄다. 우
리는 낄낄대며 트럭을 향해 달려갔다. 운전사는 좋은 남자였지
만 그의 트럭은 형편없었다. 차는 굉장한 소리를 내면서 계곡
을 겨우 겨우 기어올라갔다. 우리는 새벽이 채 되기도 전에 새
비널에 도착했다. 테리가 자는 동안 남은 와인을 다 마셔 버린
나는 제대로 취해 있었다. 우리는 트럭에서 내려서, 서던퍼시
픽의 급행열차도 신호가 없으면 그냥 지나쳐 버리는, 조용하고
나무가 우거진 캘리포니아의 작은 마을을 돌아다녔다. 우리는
테리의 오빠가 어디 있는지 알고 있다는 오빠의 친구를 찾아
갔다. 하지만 아무도 집에 없었다. 날이 밝아 올 무렵 나는 마
을 광장의 잔디 위에 누워서 "그 녀석이 잡초 속에서 뭘 했는
지 말해 주지 않을 거지? 녀석이 잡초 속에서 무슨 짓을 했어?
말해 주지 않을 거지? 녀석이 잡초 속에서 뭘 했나니깐?" 하고

계속해서 말했다. 그것은 영화 「생쥐와 인간」*에서 버지스 메러디스가 목장 관리인에게 했던 대사였다. 테리가 깔깔대고 웃었다. 그녀는 내가 뭘 하든 다 좋아했다. 내가 거기 누워서 아가씨들이 교회에 가기 위해 밖으로 나올 때까지 그 짓을 계속했더라도 그녀는 개의치 않았을 것이다. 하지만 나는 테리의 오빠에게 좋은 모습을 보여야 한다고 판단하고, 그녀를 기찻길 옆에 있는 낡은 호텔로 데려가 편안하게 잠자리에 들었다.

밝고 화창한 아침이 되자 테리는 일찍 일어나서 오빠를 찾으러 나갔다. 나는 정오까지 잤다. 창밖을 내다보고 있는데 갑자기 서던퍼시픽의 화물열차가 지나갔다. 수백 명의 부랑자가 보따리를 베개 삼아 흔들리는 무개화차에 누워 신문 만화면에 코를 박고 있었다. 그중 몇 사람은 선로 안전선 옆에서 따듯한 질 좋은 캘리포니아 포도를 우적우적 씹어 먹고 있었다. "멋진데!" 내가 소리쳤다. "와! 캘리포니아는 정말 약속의 땅이야." 그들은 모두 샌프란시스코에서 오는 길이었다. 그리고 일주일 후 모두 지금과 똑같은 모습으로 되돌아가겠지.

테리가 오빠와 오빠 친구, 그리고 자기 아이를 데리고 왔다. 그녀의 오빠는 언제나 술에 목말라 있는 야성적이고 활기 넘치는 아주 좋은 녀석이었다. 그의 친구는 밋밋한 톤으로 영어를 구사하는, 덩치만 컸지 매가리가 없는 멕시코인이었는데, 목소리가 지나치게 크고 뭔가 재밌는 일을 벌이지 못해서 안

---

* 존 스타인벡의 동명 소설을 원작으로 한 영화(1939). 대공황 시대의 캘리포니아 목장을 무대로 팔푼이 거한 레니와 조그맣고 팔팔한 조지라는, 외모와 성격이 상반되는 두 이주 노동자의 꿈과 우정을 따뜻하게 묘사한 애수 넘치는 작품이다.

달이 난 녀석이었다. 그가 테리에게 눈독을 들이고 있다는 걸 알 수 있었다. 테리의 아들 조니는 일곱 살 먹은 검은 눈의 귀여운 소년이었다. 이렇게 모두 모여 또다시 거친 하루가 시작되었다.

테리의 오빠 리키는 38년형 시보레를 갖고 있었다. 우리는 다 같이 그 차에 끼어 타고 알 수 없는 곳을 향해 출발했다. "어디로 가는 거야?" 내가 물었다. 친구가 설명을 했는데, ─ 그의 이름은 폰조였다, 다들 그렇게 부르기 때문이었다. 나는 그에게서 굉장한 악취가 나는 이유를 알아냈다. 그는 농부들에게 분뇨를 파는 일을 했던 것이다. 그는 트럭을 갖고 있었다. 리키는 언제나 주머니에 3~4달러밖에 없었지만 매사에 낙천적이었다. 그는 항상 입버릇처럼 "좋았어, 친구. 그렇게 하는 거야. 잘한다, 잘해!"라고 말했다. 우리는 분뇨 관련 일로 농부들을 만나 보기 위해 오래된 고물 차를 타고 시속 110킬로미터로 달려서 프레즈노를 지나 머데라까지 갔다.

리키에겐 술이 있었다. "오늘은 마시고 내일은 일한다. 그러는 거야, 친구. 어서 마셔!" 테리는 아이와 뒷좌석에 앉아 있었다. 뒤를 돌아보니 그녀는 고향에 돌아온 기쁨으로 얼굴이 발갛게 달아 있었다. 10월의 아름다운 캘리포니아 시골의 녹색 풍경이 미친 듯이 스쳐 지나갔다. 나는 다시 용기와 의욕으로 충만해서 뭐든 시작할 수 있을 것 같았다.

"지금 어디로 가는 거야?"

"분뇨를 만드는 농부를 찾으러 가는 거야. 내일 다시 트럭을 몰고 와서 싣고 가는 거지. 꽤 돈벌이가 될 거야, 친구. 아무 걱정하지 말라고."

"우리 모두 함께하는 거야!" 폰조가 외쳐 댔다. 나도 그렇다는 걸 알 수 있었다. 내가 어딜 가건, 가는 곳마다 모두가 운명을 함께했다. 우리는 프레즈노의 정신없는 거리를 달려 계곡을 올라가서 뒷길에 사는 농부들을 찾아갔다. 폰조가 차에서 내려서 늙은 멕시코 농부들에게 횡설수설 지껄여 댔지만, 당연히 아무 소득도 얻지 못했다.

"우리에게 필요한 건 술이야!" 리키가 소리쳤다. 그리고 우린 네거리 술집으로 갔다. 미국인들은 일요일 오후면 언제나 네거리 술집에서 술을 마시는데, 아이들도 함께 데리고 간다. 그들은 맥주를 마시면서 재잘재잘 종알종알 떠들어 댄다. 그때까진 만사 오케이다. 하지만 땅거미가 지기 시작하면 아이들은 울기 시작하고 부모들은 술에 취한다. 그들은 갈지자걸음으로 집에 돌아간다. 미국 어디에 있는 네거리 술집에 가 봐도 가족 천지였다. 아이들은 팝콘과 과자를 먹으며 뒤에서 뛰어논다. 우리도 그랬다. 리키와 나, 폰조와 테리는 앉아서 술을 마시거나 고래고래 소리를 지르며 노래를 따라 불렀다. 꼬마 조니는 주크박스 근처에서 다른 아이들과 놀고 있었다. 해가 붉게 물들기 시작했다. 오늘은 아무것도 해낸 일이 없다. 이제 어떡하지? "마냐나*." 리키가 말했다. "마냐나. 친구, 우린 해낼 거야. 한 잔 더 마셔, 친구. 그래 잘한다, 바로 그거야!"

우리는 비틀거리며 술집에서 나와 차를 타고 고속도로 술집으로 향했다. 폰조는 덩치도 크고 목소리도 크고 샌와킨 계곡에 사는 모든 사람을 다 아는 시끄러운 녀석이었다. 고속도로

---

* 스페인어로 '내일'이라는 뜻.

술집에서 그와 나는 거래를 할 만한 농부를 찾으러 단둘이 차를 타고 나왔다. 그러나 어쩌다 보니 우린 머데라의 멕시코인 마을에 와 있었고, 폰조는 자신과 리키에게 맞는 여자를 건져 보겠다고 여자들에게 집적거리고 있었다. 그리고 포도밭 위로 자줏빛 황혼이 내리기 시작할 때, 폰조가 부엌문 앞에서 멕시코 노인이랑 뒷마당에서 기른 수박의 가격을 흥정하는 동안 나는 멍하니 차 안에 앉아 있었다. 우리는 수박을 사서 그 자리에서 먹어 치우고는 노인네 집 앞의 지저분한 인도에 껍질을 버렸다. 각양각색의 예쁜 여자들이 어두워지는 거리를 따라 내려오고 있었다. 내가 물었다. "도대체 여기가 어디야?"

"걱정 마, 친구." 덩치 큰 폰조가 말했다. "내일이면 우린 엄청난 돈을 벌게 될 거야. 오늘 밤엔 걱정할 필요 없다고." 우리는 돌아가서 테리와 리키와 아이를 태우고 환하게 가로등이 켜진 고속도로를 달려 프레즈노로 갔다. 모두들 뱃가죽이 등에 붙을 지경이었다. 우리는 철길을 뛰어넘어 프레즈노 멕시코인 마을의 번잡한 거리로 갔다. 이상하게 생긴 중국인들이 창밖으로 고개를 내밀고 일요일 밤거리를 구경하고 있었다. 멕시코 계집애들은 헐렁한 바지를 입고 무리를 지어 돌아다녔다. 주크박스에서는 스피커가 터질 듯 맘보 음악이 흘러나왔고, 거리는 할로윈처럼 전등이 매달린 꽃 줄로 장식돼 있었다. 우리는 멕시코 식당에 들어가서 으깬 강낭콩을 토르티야에 싼 것과 타코*를 먹었다. 맛있었다. 나는 뉴저지 해변과 나 사이를 이어

---

* 토르티야는 옥수수 가루나 밀가루 반죽을 둥글넓적하게 빚어 기름 없이 구워낸 것이고, 타코는 토르티야에 고기, 야채, 치즈, 파인애플, 소스 등을 얹어서 먹는 요리이다.

주는 빳빳한 마지막 5달러짜리 지폐를 휙 꺼내서 테리와 내가 먹은 음식값을 지불했다. 이제 남은 돈은 4달러였다. 테리와 나는 서로의 얼굴을 쳐다봤다.

"오늘 밤은 어디서 잘까?"

"모르겠어."

리키는 완전히 취해 있었다. 그는 부드럽고 지친 목소리로 "바로 그거야, 친구. 그렇게 하는 거라고."라는 말만 했다. 정말로 기나긴 하루였다. 우리 중 누구도 일이 어떻게 돌아가고 있는지, 혹은 하느님이 우리에게 정해 주신 일이 무엇인지 알지 못했다. 가여운 꼬마 조니는 내 팔을 베고 잠들었다. 우리는 다시 차를 몰고 새비널로 돌아갔다. 돌아가는 길에 99번 고속도로의 어느 여관 앞에서 차를 세웠다. 리키가 마지막으로 맥주 한잔을 더 마시고 싶어 했기 때문이다. 여관 뒤쪽에는 트레일러와 텐트, 낡아 빠진 모텔식 방 몇 개가 있었다. 가격을 물어보니 2달러라고 했다. 테리에게 어떡할까 물었더니, 지금은 아이도 있고 좀 쉬게 해 줘야 하니 그게 좋겠다고 했다. 그래서 부루퉁한 표정의 오키*들이 카우보이 밴드의 음악에 맞춰 비틀거리는 술집에서 맥주 몇 잔을 더 마신 뒤에, 테리와 나와 조니는 모텔 방으로 가서 잘 준비를 했다. 잘 곳이 없는 폰조가 계속 주변에서 얼쩡거렸다. 리키는 포도원 오두막집에 있는 아버지네 집에서 잤다.

---

* 1930년대 초에 극심한 가뭄이 계속되면서 대평원에서 농사를 짓던 농부들 대부분이 일자리를 찾아 캘리포니아로 이주하는 현상이 일어났는데, 이 농부들 중 대다수가 오클라호마 출신이었다. 이러한 이주 노동자들을 비하해 '오키(Okie)'라 부른다.

"집이 어디야, 폰조?" 내가 물었다.

"난 집이 없어. 원랜 빅 로지와 같이 살았었는데 어젯밤에 그녀가 날 내쫓았거든. 오늘 밤은 트럭이나 끌고 와서 그 안에서 자야지 뭐."

어디선가 기타 퉁기는 소리가 들려왔다. 테리와 나는 함께 별을 쳐다보다가 키스했다. "마냐나." 그녀가 말했다. "내일은 모든 게 다 잘될 거야. 자기는 그렇게 생각하지 않아, 샐?"

"물론이지, 마냐나." 언제나 '마냐나'였다. 그다음 주 내내 내가 들은 말이라곤 '마냐나'가 전부였다. 그 사랑스러운 단어는 아마도 천국을 뜻하는 말이리라.

꼬마 조니는 옷도 벗지 않고 침대에 뛰어들더니 곧 잠들었다. 그 애의 신발에서 모래가 흘러나왔다. 만델라의 모래다. 테리와 나는 한밤중에 일어나 침대 시트에서 모래를 털어 내야만 했다. 아침에 일어나서 세수를 하고 주변을 산책하면서 보니 우리는 새비널에서 8킬로미터나 떨어진 목화밭과 포도밭 속에 있었다. 나는 뚱뚱하고 덩치 큰 캠프장 여주인에게 혹시 빈 텐트가 있는지 물었다. 하루에 1달러 하는 가장 싼 텐트가 비어 있었다. 나는 1달러를 내고 텐트로 이사를 했다. 침대 하나, 스토브, 금 간 거울 하나가 꼭대기에 매달려 있었는데, 아주 좋았다. 안으로 들어가려면 몸을 숙여야 했지만, 안에 들어가면 내 여자와 아이가 있었다. 우리는 리키와 폰조가 트럭을 타고 오길 기다렸다. 그들은 맥주를 가져와서 텐트 속에서 마시기 시작했다.

"분뇨는 어떡할 거야?"

"오늘은 너무 늦었어. 내일 떼돈을 벌자고, 친구. 오늘은 맥주나 몇 잔 마시자. 맥주 어때?" 그들은 나를 부추길 필요가 없었다. "그래 바로 그거야, 아주 좋았어!" 리키가 소리쳤다. 난 분뇨 트럭으로 돈을 벌겠다는 우리의 계획이 결코 실현되지 못할 것임을 깨닫기 시작했다. 텐트 밖에 세워 놓은 트럭에서도 폰조와 같은 냄새가 났다.

그날 밤 테리와 나는 이슬 맺힌 텐트 아래의 달콤한 밤공기 속에서 잠자리에 들었다. 막 잠이 들려는데 그녀가 물었다. "지금 하고 싶어?"

내가 말했다. "조니는 어떡하고?"

"신경 쓰지 마. 잠들었어." 사실 조니는 깨어 있었지만 그 애는 아무 말도 하지 않았다.

다음 날 리키와 폰조가 분뇨 트럭을 타고 왔다가 다시 차를 몰고 위스키를 구하러 나갔다. 그들은 나갔다 돌아와서는 텐트 속에서 한바탕 놀았다. 그날 밤 폰조는 밖이 너무 추우니 텐트 바닥에서 자겠다고 했다. 그가 덮은 커다란 방수포에서 소똥 냄새가 났다. 테리는 폰조라면 질색을 했다. 자기한테 접근하려고 오빠 주변을 맴돈다는 것이었다.

이대로라면 테리와 나는 굶어 죽는 수밖에 없었으므로, 나는 다음 날 아침부터 목화 따는 일자리를 구하러 다녔다. 사람들은 고속도로 건너편 농장에 가 보라고 말해 주었다. 그곳에 가보니 농부가 여자들과 함께 부엌에 있었다. 그는 밖으로 나와서 내 얘기를 듣고는 목화 45킬로그램당 3달러만 지불하겠노라고 못을 박았다. 나는 최소한 매일 135킬로그램을 따는 내 모습을 상상하며 그 조건을 받아들였다. 그는 헛간에서 캔버스로 된 길쭉한 자루 하나를 꺼내 오더니, 작업은 새벽부터라고 말했다. 난 싱글벙글하면서 서둘러 테리에게로 돌아왔다. 돌아오는 길에 포도를 실은 트럭 한 대가 울퉁불퉁한 길을 넘어가다가 뜨거운 포장도로 위에 커다란 포도송이 몇 개를 떨어뜨렸다. 나는 그걸 주워서 집에 가지고 왔다. 테리가 기뻐했다. "조니랑 나도 같이 가서 노울게."

"뭐!" 내가 말했다. "안 그래도 돼."

"저기, 목화 따는 일은 생각보다 힘들어. 내가 어떻게 하는지 가르쳐 줄게."

우리는 포도를 먹었다. 저녁에 리키가 빵 한 덩어리와 햄버그스테이크 한 근을 가져와 소풍을 갔다. 우리 텐트 옆의 더 큰 텐트에는 목화를 따는 오키 대가족이 살고 있었다. 할아버지는 일하기엔 너무 늙어서 하루 종일 의자에만 앉아 있었다. 아들과 딸과 손자들이 매일 새벽마다 고속도로를 가로질러서 내가 갔던 농장으로 일하러 갔다. 다음 날 새벽에는 나도 그들과 함께 갔다. 새벽에는 이슬 때문에 목화가 무거워서 오후보다 더 많은 돈을 벌 수 있다고 그들이 말해 주었다. 하지만 그들은 새벽부터 저물녘까지 하루 종일 일했다. 할아버지는 몬태나 카우보이가 얘기해 준, 예의 먼지구름이 피어오른 1930년대의 대재앙 때 가족 모두와 함께 고물 차를 타고 네브래스카에서 이곳으로 왔다. 그 후로 이 가족은 쭉 캘리포니아에서 살았다. 그들은 일하기를 좋아했다. 십 년 동안 노인의 아들은 자식을 넷이나 낳았고, 이제 그들 중 몇은 목화를 딸 수 있는 나이가 되었다. 그동안 그들은 사이먼 리그리*의 농장에서 일하

---

* 헤리엇 비처 스토의 『톰 아저씨의 오두막』에 나오는 잔인한 농장주.

는 것같이 찢어지게 가난한 삶으로부터 번듯한 텐트 생활로, 그럭저럭 미소 지을 수 있을 만한 발전을 했다. 그들은 자신들의 텐트를 무척 자랑스러워했다.

"네브래스카로 돌아가지 않을 거예요?"

"쳇, 거기엔 아무것도 없어요. 우리 목표는 트레일러를 사는 거예요."

우리는 허리를 굽히고 목화를 따기 시작했다. 그곳은 아름다웠다. 들판 저쪽에는 텐트들이 있고, 그 뒤로는 갈색 건곡(乾谷)과 작은 언덕이 있는 곳까지 말라비틀어진 갈색 목화밭이 쭉 이어져 있고, 그 너머에는 파르스름한 아침 공기 속으로 하얀 눈을 머리에 인 시에라네바다 산맥이 보였다. 남쪽 중심가에서 접시를 닦는 것보다는 훨씬 좋았지만, 나는 목화 따기에 대해 전혀 아는 바가 없었다. 퍼석퍼석한 껍질에서 하얀 솜을 뜯어내는 데 시간이 너무 오래 걸렸다. 다른 사람들은 톡 하고 한 번에 해냈는데 말이다. 거기다 손가락 끝에서는 피까지 나기 시작했다. 나는 장갑이나 아니면 더 많은 경험이 필요했다. 그 들판에는 우리 말고도 흑인 노인 부부 한 쌍이 더 있었다. 그들은 남북전쟁 이전에 앨라배마에서 그들의 할아버지가 그랬듯 축복받은 인내심을 가지고 목화를 땄다. 그들이 몸을 구부리고 착실하게 줄을 따라 움직이자, 그와 함께 자루도 점점 더 불룩해졌다. 허리가 아파오기 시작했다. 하지만 무릎을 꿇고 대지 속에 숨는 것은 황홀했다. 쉬고 싶을 땐 베개를 베듯 촉촉한 갈색 대지 위에 얼굴을 대고 쉬었다. 새들도 옆에서 노래를 불렀다. 나는 천직을 찾았다고 생각했다. 뜨겁고 고요한 정오가 되자 조니와 테리가 들판 건너편에 와서 손을 흔들더니 나를 도와주었다. 꼬마 조니도 빌어먹을 나보다는 더 빨랐다! 물론 테리는 두 배나 더 빨랐다. 그들은 앞에서 일하면서 내 자루에 넣을 깨끗한 목화 더미를 쌓아 두었다. 테리의 더미는 능숙한 일꾼의 것 같았고, 조니 것은 꼬맹이 같은 작은 너비였다. 나는 슬퍼하면서 그걸 자루에 쑤셔 넣었다. 다 자란 어른이면서 그들은 둘째 치고 자기 앞가림도 제대로 못하는 나는 대체 뭐 하는 녀석이란 말인가? 그들은 오후 내내 나와 함께 일했다. 해가 붉게 물들자 우리는 함께 터덜터덜 돌아왔다. 들판 끝에 가서 저울 위에 자루를 쏟아부었더니 22.5킬로그램이 나와서 1달러 50센트를 받았다. 나는 오키 소년에게 자전거를 빌려서 99번 도로를 타고 내려가 네거리에 있는 식료품점으로 갔다. 거기서 조리된 스파게티와 미트볼 캔, 빵, 버터, 커피와 케이크를 사서 자전거 손잡이에 자루를 걸고 돌아왔다. LA로 가는 차가 쌩 하고 지나갔다. 샌프란시스코로 가는 차가 내 뒤를 따라오며 성가시게 굴어서 나는 계속 욕을 퍼부어 댔다. 나는 어두운 하늘을 올려다보면서 내가 사랑하는 이 작은 사람들에게 뭔가를 해 줄 수 있는 기회를 달라고 기도했다. 하지만 저 위의 그 누구도 내게 관심을 기울이는 사람은 없었다. 그걸 일찌감치 깨달았어야 했는데. 내 영혼을 다시 찾아 준 사람은 테리였다. 그녀가 텐트의 스토브에 음식을 데워 줬는데, 그건 내 평생 가장 훌륭한 식사 중 하나였다. 그 정도로 배가 고팠고 피곤했다. 목화를 따는 흑인 노인처럼 한숨을 쉬면서 나는 침대로 기어 올라가 담배를 피웠다. 서늘한 밤속에서 개들이 짖어 댔다. 리키와 폰조는 더 이상 저녁에 찾아오지 않았다. 나는 흡족했다. 테리는 내 옆에 웅크리고 조니는 내 가슴에 올라탄 채 둘이서 내 공책에다 동물 그림을 그렸다. 으스스한 들판 한가운데서 우리 텐트의 불빛만이 타오르고 있었다. 저 멀리 들판 저편의 여관에서 구슬픈 카우보이 음악이 들려왔다. 나는 그것도 좋았다. 테리에게 키스를 하고 불을 껐다.

아침이 되자 이슬 때문에 텐트가 축 늘어졌다. 나는 수건과 칫솔을 들고 모텔의 공동 화장실에 가서 씻고 돌아왔다. 그러고 나서 땅에 무릎을 꿇고 일하느라 해져서 테리가 저녁에 기워 준 바지를 입고, 원래는 조니의 장난감 모자였던 밀짚모자를 쓰고, 목화를 담을 캔버스 자루를 챙겨서는 고속도로를 가로질러 갔다.

나는 매일 1달러 50센트 정도를 벌었는데, 그것은 저녁마다 자전거를 타고 식료품을 사 오기에 적당한 금액이었다. 시간은 계속 흘러갔다. 나는 동부와 딘과 카를로, 그리고 길에 대한 생각을 깡그리 잊어버렸다. 조니와 나는 언제나 같이 놀았다. 녀석은 내가 자기를 공중에 높이 던졌다 침대 위로 떨어뜨리는 놀이를 좋아했다. 테리는 앉아서 바느질을 했다. 나는 패터슨에서 꿈꾸었던 것과 같은 땅의 인간이 되었다. 테리의 남편이 새비널에 돌아와서 나를 찾고 있다는 얘기가 들려왔다. 나는 그를 맞이할 준비가 돼 있었다. 어느 날 밤 여관에서 화가난 오키들이 한 남자를 나무에 묶어 놓고 몽둥이로 늘씬하게 패 준 일이 있었다. 나는 그때 자고 있었기 때문에 그 일을 얘기로만 들었다. 하지만 우리 멕시코인들이 트레일러 캠프를 망쳐 놓고 있다고 오키들이 생각하게 될 때에 대비해서, 나도 그때부터 텐트 속에 큰 몽둥이를 가져다 두었다. 오키들은 나를 당연히 멕시코인으로 여겼으며, 어떤 면에서는 실제로도 그러했다.

하지만 이제 10월이 되었고 밤도 점점 추워졌다. 오키 가족은 나무 스토브를 갖고 있었기 때문에 겨울 동안에도 이곳에 머무를 생각이었다. 하지만 우리에겐 아무것도 없었고 텐트 임대 기간도 끝나 가고 있었다. 테리와 나는 마음이 아팠지만 떠나기로 결정했다. "가족에게로 돌아가." 내가 말했다. "제발, 조니 같은 아기를 데리고 텐트를 전전할 순 없잖아. 불쌍하게도 감기에 걸렸어." 테리는 내가 그녀의 모성을 비난했다고 생각하고 울음을 터뜨렸다. 그런 뜻은 아니었는데. 어느 흐린 오후 폰조가 트럭을 몰고 왔을 때 우린 테리네 가족의 상황이 어떤지 알아보기로 했다. 하지만 나는 눈에 띄어선 안 되었으므로 포도밭에 숨어 있기로 했다. 그런데 막상 새비널을 향해 출발하자 트럭은 고장이 났고 그와 동시에 갑자기 소낙비가 퍼붓기 시작했다. 우리는 고물 트럭에 앉아 욕을 했다. 폰조가 차에서 내려 빗속에서 낑낑댔다. 이러니저러니 해도 그는 좋은 녀석이었던 것이다. 우리는 한 번 더 진탕 마시기로 약속을 했고, 그래서 새비널의 멕시코인 마을에 있는 헐어 빠진 술집에 가서 한 시간 동안 맥주를 들이켰다. 목화밭에서의 내 일은 끝났다. 원래의 내 삶이 돌아오라고 부르는 걸 느낄 수가 있었다. 나는 대륙 저쪽 끝에 있는 이모에게 또다시 50달러를 부탁하는 1페니짜리 엽서를 보냈다.

우리는 테리네 가족의 판잣집으로 갔다. 그 집은 포도밭 사이로 난 오래된 길가에 있었다. 우리가 도착했을 땐 이미 날이 어두워진 후였다. 그들은 500미터 정도 앞에서 나를 내려놓고

문으로 향했다. 문에서는 빛이 쏟아져 나오고 있었다. 테리의 여섯 오빠들이 기타를 치며 노래를 부르고 노인네는 포도주를 마시고 있었다. 노랫소리 너머로 고함 소리와 말다툼 소리가 들렸다. 그들은 쓸모없는 남편을 버리고 조니를 자기들에게 맡겨둔 채 LA로 가 버린 테리를 창녀라고 욕했다. 노인네가 고함을 질렀다. 하지만 위대한 농경민족이라면 세상 어디서나 그러하듯 우울하고 뚱뚱한 갈색 피부의 어머니가 나서자 모두 조용해졌고, 결국 테리는 집에 돌아와도 된다는 허락을 받았다. 오빠들이 흥겹고 빠른 노래를 부르기 시작했다. 나는 춤고 비바람이 몰아치는 속에서 몸을 웅크린 채로 10월의 슬픈 포도원 너머의 계곡에서 일어난 모든 일을 지켜보았다. 내 마음은 빌리 할러데이가 불렀던 저 위대한 노래 「사랑하는 남자」로 가득 차 있었다. 나는 수풀 속에서 나만의 음악회를 가졌다. "언젠가 우리 만나면 그대 내 눈물 모두 마르게 해 주겠죠. 내 귓가에 달콤한 얘기를 속삭이며 나를 안고 키스해 주겠죠. 오, 우리가 잃어버린 건 무엇인가요, 사랑하는 남자여. 오, 그댄 어디 있나요……." 노래 가사보다는 탁월한 화음과 부드러운 전등 빛 아래서 애인의 머릿결을 쓰다듬는 여인 같은 빌리의 창법이 멋진 곡이었다. 바람이 울부짖었고 추위가 느껴지기 시작했다.

테리와 폰조가 돌아왔다. 우리는 털털거리는 낡은 트럭을 타고 리키를 만나러 갔다. 리키는 원래 폰조의 여자였던 빅 로지와 살고 있었다. 우리는 황량한 골목길에서 리키를 불러내려고 경적을 울렸다. 빅 로지가 리키를 쫓아냈다. 모든 게 무너져 내리고 있었다. 그날 밤 우린 트럭에서 잤다. 테리는 물론 나를 꼭 껴안으면서 떠나지 말라고 했다. 자신이 포도 따는 일을 해서 우리 둘이 쓸 만큼 돈을 벌겠다고 했다. 그동안 나는 그녀의 집이 있는 길 아래쪽에 있는 농부 헤펠핑거네 헛간에서 살면 될 것이었다. 나는 하루 종일 풀밭에 앉아서 포도를 먹는 것 외에는 아무 일도 할 필요가 없었다. "어때? 좋지 않아?"

아침에 그녀의 사촌들이 다른 트럭을 타고 우리를 데리러 왔다. 불현듯 그 시골 동네의 방방곡곡에 사는 수천 명의 멕시코인들이 테리와 나에 관해 알고 있으리라는 사실을 깨달았다. 그들에게는 우리의 관계가 흥미롭고 낭만적인 얘깃거리였음이 틀림없다. 사촌들은 아주 공손했고, 사실 매력적이기까지 했다. 나는 트럭 위에 서서 가벼운 농담을 던지며 전쟁 때 우리가 어디에 있었고 전세(戰勢)가 어떠했는지에 관해 이야기했다. 모두 다섯 명의 사촌이 있었는데 하나같이 괜찮은 사람들이었다. 그들은 테리의 가족 중에서 그녀의 오빠처럼 수선을 피우는 쪽에 속하지 않은 사람들인 듯했다. 하지만 나는 저 소란스러운 리키를 정말 좋아했다. 리키는 나를 만나러 꼭 뉴욕에 오겠노라고 맹세했다. '마냐나'를 외치며 모든 것을 미루는 뉴욕의 리키를 머릿속에 그려 봤다. 그날도 리키는 들판 어디선가 술에 취해 있었다.

네거리에 이르자 나는 트럭에서 내렸고 사촌들이 테리를 집으로 데려갔다. 그들은 집 앞에서 내게 신호를 보냈다. 아버지와 어머니가 포도를 따러 가고 집에 없다는 거였다. 그래서 그날 오후 동안 나는 집을 차지할 수 있었다. 그 판잣집에는 방이 네 개밖에 없어서, 그 대가족이 어떻게 그곳에서 살 수 있는지 상상할 수가 없었다. 파리들이 싱크대 위를 날아다녔다.

"유리창은 부서졌고 비는 들이친다네."라는 노래처럼 방충망조차 없었다. 집에 와서 마음이 편안해진 테리는 괜히 냄비 근처에서 꾸무럭댔다. 그녀의 여동생 둘이 나를 보고 까르르 웃어댔다. 어린애들이 길에서 소리를 질렀다.

계곡에서의 마지막 날 오후 구름 속에서 빨간 해가 나왔을 때, 테리는 나를 농부 헤펠핑거네 헛간으로 데리고 갔다. 헤펠핑거는 길 위쪽에 커다란 농장을 가지고 있었다. 우리는 나무 상자를 그러모아서 잠자리를 만들었고, 테리가 집에서 담요를 가져왔다. 헛간 지붕 꼭대기에 숨어 있는 커다랗고 털이 북슬북슬한 독거미만 제외하곤 모든 준비가 끝났다. 내가 먼저 귀찮게 하지 않으면 물지 않을 거라고 테리가 말해 주었다. 나는 바닥에 누워서 그놈을 쳐다봤다. 그러고 나서는 공동묘지로 나가 나무에 기어올랐다. 나는 나무 위에서 「블루 스카이」를 불렀다. 테리와 조니는 풀밭에 앉아 있었다. 우리는 포도를 먹었다. 캘리포니아에서는 포도의 단물만 빨아 먹고 껍질은 뱉어버린다. 진정한 사치다. 밤이 왔다. 테리는 저녁을 먹으러 집에 갔다가 9시에 맛있는 토르티야와 으깬 콩 요리를 가지고 헛간으로 왔다. 나는 불을 밝히기 위해 헛간의 시멘트 바닥에 모닥불을 피웠다. 우리는 나무 상자 위에서 사랑을 나눴다. 테리는 일어나자마자 바로 판잣집으로 돌아갔다. 아버지가 그녀에게 고함을 지르는 소리가 헛간에서도 다 들렸다. 그녀는 몸을 따듯하게 하라고 망토를 주고 갔다. 그 망토를 어깨에 걸치고 무슨 일이 벌어지고 있는지 보기 위해 달빛이 비치는 포도밭을 살금살금 가로질러 갔다. 나는 일렬로 심어진 포도나무 행렬의 맨 끝까지 기어가서 따듯한 흙 속에 무릎을 꿇었다. 다섯 명의 오빠들이 스페인어로 아름다운 노래를 부르고 있었다. 조그마한 지붕 위로는 별들이 굽어보고 있고, 스토브에 달린 연통에서는 연기가 피어오르고 있었다. 어디선가 으깬 콩과 칠리 냄새가 솔솔 풍겨 나왔다. 노인네가 으르렁거렸다. 오빠들은 계속 요들송을 불러 댔고 어머니는 말이 없었다. 소니와 아이들은 침실에서 깔깔대고 있었다. 전형적인 캘리포니아 가정의 모습이었다. 나는 포도 덩굴 속에 몸을 숨긴 채 이 모든 걸 열심히 지켜봤다. 백만장자라도 된 것처럼 기분이 좋았다. 미국의 광란의 밤을 탐험하고 있었던 것이다.

테리가 문을 쾅 닫으면서 나왔다. 나는 어두운 길목에서 그녀에게 다가가 말을 건넸다. "무슨 일이야?"

"항상 저래. 아버지가 당장 내일부터 일하러 나가라잖아. 내가 빈둥거리는 꼴은 못 보겠대. 샐, 난 당신이랑 뉴욕에 가고 싶어."

"하지만 어떻게?"

"나도 몰라, 자기. 혼자는 싫어. 사랑해."

"하지만 난 가야만 해."

"그래, 알아. 한 번만 더 하자. 그다음에 떠나." 우리는 헛간으로 돌아가 거미 밑에서 사랑을 나눴다. 거미는 도대체 뭘 하고 있었을까? 모닥불이 꺼져 가는 동안 우리는 나무 상자 위에서 잠을 잤다. 테리는 자정쯤에 돌아갔다. 그녀의 아버지는 술에 취해 있었다. 그가 으르렁대는 소리가 들렸다. 아버지가 잠들자 주위도 조용해졌다. 별들이 잠자는 시골 마을 위를 내리덮었다.

아침이 밝자 헤펠핑거가 말 출입구로 머리를 쑥 내밀더니 물었다. "어떤가, 젊은 친구?"

"네. 제가 여기 있어도 정말 괜찮은가요?"

"그럼. 저 쪼그만 멕시코 창녀와 같이 갈 건가?"

"아주 좋은 여자예요."

"미인이기도 하지. 소가 울타리를 뛰어넘을 정도로 말이야. 눈은 파랗고." 우리는 그의 농장에 관해 이야기했다.

테리가 아침 식사를 가져왔다. 나는 캔버스 가방에 짐을 모두 챙겨 넣고, 새비널에서 돈을 찾는 대로 뉴욕으로 떠날 수 있도록 준비를 마쳤다. 돈은 이미 와 있을 것이다. 나는 테리에게 떠난다고 말했다. 그녀는 밤새도록 그 문제를 고민했지만 이젠 포기한 상태였다. 포도원에서 내게 아무 감정 없는 키스를 한 다음, 그녀는 줄지어 선 포도나무들을 따라 걸어 내려갔다. 우리는 열두 걸음을 걸어간 다음 뒤를 돌아봤다. 사랑은 일종의 결투니까. 우린 서로를 마지막으로 쳐다봤다.

"뉴욕에서 봐, 테리." 내가 말했다. 그녀는 한 달 후에 오빠와 함께 차를 타고 뉴욕에 오기로 되어 있었다. 하지만 그녀가 오지 않으리라는 걸 나도 그녀도 알고 있었다. 백 걸음을 걸어 갔을 때 나는 뒤를 돌아봤다. 그녀는 한 손에 내 아침 식사 접시를 들고 판잣집으로 돌아가고 있었다. 난 고개를 숙인 채로 그녀를 쳐다봤다. 그리고 나는 또다시 길 위에 섰다.

나는 호두나무에서 딴 까만 호두를 까먹으면서 새비널까지 고속도로를 따라 걸어 내려갔다. 두 팔로 몸의 균형을 잡으며 서던퍼시픽 철로 위를 걷기도 했다. 급수탑 하나와 공장 하나도 지나쳤다. 그때 무언가가 끝났다. 나는 뉴욕에서 온 전신환을 찾으러 철로 변에 있는 전신국에 갔다. 문이 닫혀 있었다.

한바탕 욕을 한 다음 계단에 앉아서 기다렸다. 매표소장이 돌아와서 나를 들여보내 주었다. 돈이 들어와 있었다. 이모가 또한 번 이 게으른 조카 놈을 구해 줬던 것이다. "내년 월드 시리즈는 누가 우승할 것 같소?" 늙고 마른 매표소장이 물었다. 나는 불현듯 지금이 가을이라는 것과 내가 뉴욕으로 돌아가고 있다는 사실을 깨달았다.

나는 계곡에 비치는 길고 쓸쓸한 10월의 햇빛 속에서 철로를 따라 걸으면서 서던퍼시픽의 화물열차가 지나가기를 기대했다. 그러면 포도를 먹는 부랑자들과 함께 어울려 농담 따먹기도 할 수 있을 테니까. 하지만 기차는 오지 않았다. 그래서 고속도로로 나왔더니 바로 차가 잡혔다. 그것은 내 평생 가장 빠르고 요란한 히치하이크였다. 운전자는 캘리포니아 어느 카우보이 밴드의 바이올린 연주자였는데, 그는 새 차를 시속 130킬로미터까지 밟아 댔다. "난 운전할 땐 안 마셔요." 그는 그렇게 말하며 내게 술병을 건넸다. 나는 한 모금 마신 다음 다시 그에게 권했다. "에라, 모르겠다." 결국 그도 받아 마셨다. 우리는 새비널에서 LA까지 약 400킬로미터나 되는 거리를 놀랍게도 정확히 네 시간 만에 주파했다. 그는 할리우드의 컬럼비아 영화사 바로 앞에 나를 내려 줬다. 달려 들어가서 거절당한 원고를 찾아 오기에 딱 알맞은 시간이었다. 그러고 나서 나는 피츠버그행 버스표를 샀다. 뉴욕까지 가는 표를 살 만한 돈이 없었기 때문이다. 다음 일은 피츠버그에 도착한 후에 생각하기로 했다.

버스 출발 시간이 10시였으므로 혼자서 할리우드를 둘러볼 시간이 네 시간이나 있었다. 나는 우선 빵 한 덩어리와 살라

미 소시지를 사서 대륙을 가로지르는 동안 먹을 샌드위치 열 개를 만들었다. 그러고 나니 1달러가 남았다. 나는 할리우드의 주차장 뒤편에 있는 낮은 시멘트 담 위에 앉아서 샌드위치를 만들었다. 내가 이 웃기는 작업을 하느라 낑낑대는 동안 할리우드 시사회의 눈부신 조명은 윙윙거리는 소음을 내는 저 서해안의 어두운 밤하늘을 꿰뚫고 있었다. 주위는 황금 해안에 위치한 광기의 도시가 뿜어내는 온갖 소음으로 가득했다. 이것이 할리우드에서 내가 할 일이구나. 할리우드에서의 마지막 밤, 나는 주차장의 공중변소 뒤쪽에 앉아 무릎 위에 올려놓은 빵에 머스터드를 바르고 있었다.

14

　버스는 새벽 동안 애리조나 사막을 가로질렀다. 인디오, 블라이스, (살로메가 춤췄던 곳인) 살로메. 남쪽의 멕시코 산맥까지 이어지는 거대한 건조 지역이다. 그런 다음 다시 북쪽으로 방향을 틀어 애리조나 산맥의 절벽 위에 위치한 도시 플래그스태프로 갔다. 할리우드 노점에서 훔친 알랭 푸르니에의 『몬대장』이 있었지만, 나는 창밖을 스쳐 가는 미국의 경치를 구경하는 게 더 좋았다. 그 속의 모든 구릉과 언덕, 쭉 뻗은 평지는 나의 동경을 더욱 신비롭게 만들었다. 칠흑 같은 밤에는 뉴멕시코 주를 가로질렀고, 잿빛 새벽에는 텍사스 달하트를 지났다. 쌀쌀한 일요일 오후에 오클라호마의 평지 마을들을 차례로 통과하고 나서 저물녘이 되니 캔자스였다. 버스는 계속 달렸다. 10월에 나는 집으로 돌아가고 있었다. 10월엔 누구나 집으로 돌아간다.

　정오에 세인트루이스에 도착했다. 나는 미시시피 강변을 걸으면서 북쪽의 몬태나에서부터 떠내려 온, 대륙의 꿈이 담긴 오디세우스의 거대한 통나무들을 바라보았다. 비바람에 오그라지고 닳아 버린, 소용돌이무늬가 조각된 낡은 증기선들이 쥐들의 소굴이 된 채 진흙 속에 서 있었다. 오후에는 거대한 구름이 미시시피 계곡 위를 뒤덮었다. 그날 밤 버스는 인디애나의 옥수수밭을 통과했다. 달빛이 을씨년스럽게 서 있는 옥수수 껍질 더미를 비추니 마치 할로윈이라도 된 것 같았다. 그 사이 나는 한 여자를 알게 되었다. 우리는 인디애나폴리스에 도착할 때까지 계속 서로의 목을 끌어안고 애무했다. 그녀는 심한 근시여서, 식사를 하려고 차에서 내렸을 때 식당 카운터까지 손을 잡고 안내해 줘야 했다. 그녀가 내게 밥을 사 주었다. 샌드위치는 이미 모두 먹어 버리고 없었다. 나는 밥값 대신 그녀에게 아주 긴 이야기를 들려주었다. 그녀는 워싱턴 주에서 오는 길이었는데, 여름 동안 그곳에서 사과를 땄다고 했다. 그녀는 뉴욕 주 북부의 농장에 있는 자신의 집으로 나를 초대했다. 일단 뉴욕의 호텔에서 만나기로 약속했다. 그녀가 오하이오의 콜럼버스에서 내린 후 나는 피츠버그까지 내내 잠만 잤다. 몇 년 동안 그렇게 피곤했던 적은 처음이었다. 아직 뉴욕까지 584킬로미터를 히치하이크해서 가야 하는데, 주머니에는 달랑 10센트밖에 없었다. 8킬로미터를 걸어 피츠버그를 벗어나서 사과 트럭과 대형 트레일러트럭을 얻어 탄 끝에, 인디언 섬머*의 비 내리는 포근한 밤에 해리스버그에 도착했다. 나는 바

---

* 미국의 중부와 동부에서 10월 말이나 11월에, 계절에 맞지 않게 건조하고 온난한 날씨가 나타나는 기간을 말한다.

로 다시 출발했다. 너무나도 집에 가고 싶었다.

그날 밤에는 서스퀘해나 강의 유령을 만났다. 그 유령은 종이로 만든 작은 가방을 들고 자기가 '캐나디'로 가는 중이라고 우기는 키 작고 쪼그라진 노인이었다. 걸음이 아주 빨랐는데 나더러 따라오라고 명령하며 조금 있으면 다리가 나올 테니 그걸 건너자고 했다. 예순 살쯤 되어 보이는 그 노인은 자기가 먹은 것에 관해 쉬지 않고 이야기했다. 팬케이크에 버터를 듬뿍 얹어 줬다는 것, 빵 몇 조각을 추가로 줬다는 것, 메릴랜드 자선 구호소의 현관에 있던 노인들이 자신을 초대해서 주말 동안 머물렀다는 것, 떠나기 전 갔던 목욕탕이 무척 따뜻하고 기분 좋았다는 것, 지금 자기 머리 위에 쓰고 있는 새 모자는 버지니아의 도로변에서 발견했다는 것, 각 도시의 적십자사에 찾아가서 1차 세계대전 참전 용사 증명서를 보여 줬다는 것, 해리스버그의 적십자사는 그 이름값도 못한다는 것, 세상살기는 정말 힘들다는 것 등등. 하지만 내가 보기에 그는 동부의 황야 전역을 떠돌면서 적십자사 사무실이나 들락거리고 때때로 중심가를 어슬렁거리며 동전이나 구걸하는 그저 그런 떠돌이 부랑자일 뿐이었다. 우린 둘 다 부랑자였다. 우리는 음침한 서스퀘해나 강을 따라 11킬로미터를 걸어갔다. 아주 으스스한 강이었다. 덤불이 우거진 양쪽 강안의 절벽이 유령처럼 풀어 헤친 머리를 속을 알 수 없는 강물 위로 드리우고 있었다. 칠흑처럼 시커매서 아무것도 보이지 않았다. 이따금 강 건너 조차장에서 커다란 기관차의 붉은 불빛이 올라와 무시무시한 절벽을 비췄다. 키 작은 노인이 가방 안에 좋은 혁대가 있다고 하더니 그것을 꺼내려고 걸음을 멈췄다. "어디에서 근사한 혁대를 주웠는데, 메릴랜드의 프레더릭에서였지. 이런, 제기랄, 프레더릭스버그의 계산대에 놓고 왔나?"

"프레더릭이겠죠."

"아니, 아니, 버지니아 주 프레더릭스버그 말이야!" 그는 그후로도 계속 메릴랜드의 프레더릭과 버지니아의 프레더릭스버그에 관해 이야기했다. 차들이 쌩쌩 지나가는 도로 한복판을 걸어가다가 그는 몇 번이나 차에 치일 뻔했다. 나는 도랑을 따라 터벅터벅 걸었다. 언제라도 저 작고 불쌍한 미치광이가 어둠 속에서 나뒹굴다가 죽을 수도 있다고 생각했다. 그가 말했던 다리는 결국 찾지 못했다. 나는 굴다리에서 노인과 헤어진 다음, 계속 걷느라 땀에 젖어 버린 셔츠를 갈아입고 그 위에 스웨터 두 벌을 껴입었다. 여관의 불빛이 이 서글픈 짓을 하고 있는 내 머리 위를 비추고 있었다. 어두운 길을 따라 걸어 내려오던 한 가족이 내 모습을 희한한 듯 쳐다봤다. 제일 이상했던 건 펜실베이니아의 그런 촌구석에서 어떤 테너 색소폰 연주자가 아주 멋들어진 블루스를 연주하고 있었다는 사실이다. 나는 음악에 귀를 기울였다. 비가 쏟아지기 시작했다. 어떤 남자가 해리스버그까지 다시 나를 태워다 주면서 내가 길을 잘못 들었다고 말해 주었다. 문득 그 키 작은 부랑자가 엄지를 치켜든 채 우울한 가로등 밑에 서 있는 모습이 보였다. 불쌍하고 외로운 남자, 늙은 소년, 불쌍하고 길 잃은 사람. 이제 그는 돈 한 푼 없이 황야를 떠도는 쇠약한 유령에 불과했다. 그 얘기를 해 줬더니 운전자가 차를 세우고 노인에게 말했다.

"저기요, 아저씨. 이 길은 동쪽이 아니라 서쪽으로 가는 길이에요."

"응?" 작은 유령이 말했다. "내가 이 동네 길을 모른다고 하는 거야? 난 벌써 몇 년째 이 길을 돌아다녔어. 캐나다로 가는 중이라고."

"하지만 이건 캐나다로 가는 길이 아니에요. 피츠버그와 시카고로 가는 길이라고요." 노인은 우리한테 질렸는지 혼자 저쪽으로 걸어가 버렸다. 내가 마지막으로 본 그의 모습은 깐닥거리는 작고 하얀 가방이 슬픔에 잠긴 앨러게이니 산맥의 어둠 속으로 사라지는 모습이었다.

지금까지 나는 미국의 황야는 서부에만 있다고 생각했다. 하지만 그렇지 않다는 걸 서스쿼해나의 유령이 가르쳐 주었다. 동부에도 황야가 있었다. 그곳은 달구지를 타고 다니던 시절에 우체국장 벤저민 프랭클린이 터덜터덜 걸어가던 황야, 조지 워싱턴이 힘찬 야생 수사슴처럼 인디언들과 싸우던 황야, 대니얼 분*이 펜실베이니아의 등불 옆에서 이야기를 들려주고 컴벌랜드 협곡을 꼭 찾아내겠노라고 약속하던 황야, 브래드퍼드**가 도로를 건설하고 남자들이 통나무집 안에서 야단법석을 떨던 바로 그 황야였다. 그 자그마한 노인에겐 애리조나의 거대한 공간들은 존재하지 않았지만, 펜실베이니아 동부와 메릴랜드, 버지니아의 잡목 가득한 황야, 뒷길들, 그리고 서스쿼해나, 머농거힐라, 그 옛날의 포토맥과 머나커시 같은 우울한 강들 사이로 휘돌아 나가는 콜타르 도로가 있었다.

---

* 1734~1820. 미국 초기의 전설적 영웅으로 버지니아, 테네시, 켄터키 주가 만나는 컴벌랜드 협곡의 통로를 개척했다.
** 1590~1657. 1620년 메이플라워호를 타고 미국으로 이주한 102명의 필그림 파더스 청교도 중 한 명이다.

그날 밤 나는 해리스버그의 역 벤치에서 자야 했다. 새벽에 역장이 와서 나를 쫓아냈다. 사람은 누구나 아버지의 그늘 아래서 의심할 줄 모르는 사랑스러운 아이로 인생을 시작하지 않는가? 그러나 곧 자신이 비참하고 불행하고 불쌍하고 눈멀고 벌거벗었다는 사실을 깨닫고, 비탄에 젖은 섬뜩한 유령의 얼굴을 한 채 와들와들 떨며 악몽 같은 삶을 살아가는 불신의 날들을 맞게 된다. 나는 초췌한 모습으로 비틀거리며 역에서 나왔다. 더 이상 몸을 추스를 수가 없었다. 그날 아침 내 눈앞엔 묘지 색깔 같은 하얀색밖에 보이지 않았다. 나는 거의 아사 직전 상태였다. 내가 가진 것 중에서 먹을 수 있는 것이라곤 몇 달 전에 네브래스카 주 셸턴에서 산 목캔디 몇 알뿐이었다. 나는 당분이라도 섭취하기 위해 사탕을 빨아 먹었다. 구걸을 하려 해도 어떻게 해야 할지를 몰랐다. 그래서 시 경계에 겨우 도달할 만큼의 힘을 가지고 거의 기다시피 해서 도시를 빠져나왔다. 해리스버그에서 하룻밤을 더 보낸다면 경찰에게 체포되리라는 것을 알고 있었다. 저주받을 놈의 도시! 다음에 내가 얻어 탄 차의 운전자는 적절한 단식이 건강에 좋다고 믿는, 뼈만 앙상하게 남은 말라빠진 남자였다. 동쪽을 향해 달려가는 차 속에서 내가 당장 굶어 죽을 지경이라고 했더니 그가 대답했다. "좋아요, 좋아. 그 정도가 딱이에요. 나도 오늘로 사흘째 단식 중이거든요. 난 아마 150세까지 살 거예요." 그는 뼈다귀만 들어 있는 가죽 부대, 축 늘어진 인형, 부서진 나뭇가지, 미치광이였다. 나는 "이 식당에 잠깐 들러서 콩을 곁들인 돼지 갈비 요리나 좀 먹고 갑시다."라고 말하는 돈 많고 뚱뚱한 남자의 차를 타고 싶었는데 말이다. 그런데 그날 아침에 적절한 단식이 건강에 좋다고 믿는 미치광이의 차를 만난 것이다. 160킬로미터쯤 달리고 나자 그는 마음이 다소 관대해졌는지 차 뒤에서 버터 바른 샌드위치를 꺼냈다. 샌드위치는 그가 가지고 다니는 상품 샘플 사이에 숨겨져 있었다. 그는 펜실베이니아에서 배관 설비를 팔러 다니는 외판원이었다. 나는 버터 바른 빵을 허겁지겁 삼키다가 갑자기 웃기 시작했다. 그가 앨런타운에서 사업상 방문을 하는 동안 난 혼자 차에 남아서 웃고 또 웃었다. 제기랄, 사는 게 지긋지긋했다. 하지만 그 미친 놈은 나를 나의 집 뉴욕까지 데려다 줬다.

문득 내가 타임스스퀘어에 돌아와 있음을 깨달았다. 1만 3000킬로미터에 걸쳐 미 대륙 전체를 돌고 돈 끝에 다시 타임스스퀘어에 돌아온 것이다. 나는 러시아워 중에서도 가장 복잡한 시간에, 길에 익숙해진 순진한 눈으로 수백 수천만의 사람들이 한 푼이라도 더 벌기 위해 끝없이 서로 으르렁대는 뉴욕의 절대적인 광기와 환상적인 혼잡함을, 그 미친 꿈을 보았다. 움켜쥐고 낚아채고 건네주고 한숨 쉬고 죽음을 맞아서 결국은 롱아일랜드시티 너머의 끔찍한 공동묘지 도시들 중 하나에 묻히는 것이다. 마천루로 가득한 이곳, 이 땅의 동쪽 끝은 미국이 태어난 곳이다. 난 지하철 문 앞에 서서 용기 내어 길고 아름다운 담배꽁초를 주우려고 했다. 그러나 내가 몸을 구부리려고 할 때마다 엄청난 인파가 몰려드는 바람에 꽁초는 시야에서 사라졌고 마침내는 뭉개져 버렸다. 집까지 갈 버스비가 없었다. 패터슨은 타임스스퀘어에서 꽤 떨어진 곳에 있었다. 남은 거리는 링컨 터널을 통과하거나 워싱턴 다리를 건너서 뉴저지로 향해야 하나? 저물녘이었다. 해슬은 어디 있지?

나는 해슬을 찾아 광장을 뒤지고 다녔다. 그는 광장이 아니라 라이커스 섬의 교도소에 있었다. 그렇다면 딘은? 모두들 어디 있지? 삶은 어디에 있는 걸까? 돌아갈 집이 있으니, 그곳에 머리를 누이고 잃은 것들을 세어 보고 얻은 것들도 세어 볼 수 있다. 버스를 타려면 두 푼을 구걸해야 했다. 나는 마침내 길모퉁이에 서 있던 그리스인 사제에게 접근했다. 그는 불안한 듯 딴 데를 쳐다보면서 25센트를 건네주었다. 나는 바로 버스를 향해 달려갔다.

집에 도착하자마자 나는 아이스박스에 있는 걸 죄다 먹어 치웠다. 이모가 자리에서 일어나 나를 쳐다봤다. "불쌍한 우리 살바토레*." 그녀가 이탈리아어로 말했다. "얼굴이 반쪽이 됐구나. 그동안 대체 어디 있었니?" 나는 셔츠 두 벌과 스웨터 두 벌을 껴입고 있었고, 캔버스 가방 속에는 목화밭에서 일할 때 입었던 찢어진 바지와 다 떨어진 가죽 샌들의 잔재가 들어 있었다. 이모와 나는 내가 캘리포니아에서 보낸 돈을 가지고 새 냉장고를 사기로 했다. 우리 가족의 첫 냉장고다. 이모는 잠자리에 들었지만 나는 밤늦게까지 잠을 잘 수가 없어서 침대에서 담배만 피워 댔다. 반쯤 끝낸 원고가 책상 위에 있었다. 10월이었고, 난 집에 돌아와 있고, 다시 일해야 했다. 올해 처음으로 부는 찬바람이 창문을 덜컹덜컹 흔들어 댔다. 때맞춰 돌아왔다 싶었다. 내가 없는 동안 딘이 우리 집에 와서 며칠 밤을 자면서 나를 기다렸다고 한다. 오후에는 이모가 몇 년째 가족들의 헌옷을 기워서 만들던 양탄자를 손보는 동안 그녀와

---

* 이탈리아어로 '구세주', '구원자'라는 뜻.

이야기를 나눴다고 했다. 그 양탄자는 이제 완성되어 내 침실 바닥에 깔려 있었는데, 지나간 시간의 자취만큼 무늬가 복잡하고 화려했다. 딘은 내가 도착하기 이틀 전에 떠났으니 아마도 펜실베이니아나 오하이오 어딘가에서 나와 엇갈려 샌프란시스코로 가고 있을 것이다. 딘의 삶은 서기에 있었다. 커빌이 얼마 전에 아파트를 구했다고 들었다. 밀시티에 있는 동안 그녀를 만나 보려는 생각은 한 번도 하지 못했다. 또 한발 늦어서 딘을 만나지 못한 것이다.

2부

1

딘을 다시 만난 것은 일 년도 더 지난 후였다. 그동안 나는 계속 집에 머무르면서 원고를 탈고하고, 재향군인 연금 규정에 따라 다시 학교에 다녔다. 1948년 크리스마스에는 이모와 함께 선물을 잔뜩 들고 버지니아 주에 있는 형네 집에 갔다. 딘에게는 계속 편지를 보냈는데, 그가 동부로 돌아온다기에 크리스마스부터 설날까지는 버지니아 주 테스터먼트에 있을 예정이라고 말해 주었다. 어느 날 남부에서 온 친척들이 모두 테스터먼트 집 거실에 둘러앉아 있을 때였다. 눈에 옛 남부의 농사꾼 기질이 담긴, 비쩍 마른 남자와 여자 들이 푸넘하는 투의 낮은 목소리로 날씨가 어떻고 그해 농사가 어떻고, 누가 애를 낳았으며 누가 새 집을 샀다는 둥 똑같은 얘기를 지겹게 반복하고 있는데, 진흙투성이 49년형 허드슨 자동차가 집 앞 진창길로 굴러 들어왔다. 나는 그게 누군지 전혀 몰랐다. 근육질에 찢어진 티셔츠를 입고 면도도 하지 않은 얼굴에 눈은 빨갛게 충혈

된, 몹시 지쳐 보이는 젊은이가 현관에 와서 벨을 눌렀다. 나는 문을 열고 나서 불현듯 그가 딘임을 깨닫고는 깜짝 놀랐다. 첫째로 샌프란시스코에서 버지니아의 로코 형네 집까지 먼 길을 왔다는 것도 그랬고, 내가 어디 있다고 쓴 편지를 보낸 지 얼마 되지도 않았는데 이렇게 빨리 왔다는 것도 그랬다. 두 사람이 차 속에서 자고 있는 게 보였다. "딘 아냐! 차에 있는 건 누구야?"

"안녕, 친구. 메릴루야. 에드 던컬도 왔어. 너무 피곤한데 지금 당장 좀 씻을 수 있을까?"

"어떻게 이렇게 빨리 왔어?"

"아, 그러니까 허드슨이지!"

"어디서 났어?"

"모아 뒀던 돈으로 샀어. 한 달에 400달러씩 받으면서 철도 일을 했거든."

그리고 한동안 소란이 일어났다. 남부의 친척들은 도대체 무슨 일이 벌어지고 있는 건지, 딘과 메릴루와 에드 던컬이 누구며 또 뭐 하는 사람들인지 전혀 몰랐기에 멍하니 쳐다만 봤다. 이모와 로코 형은 단둘이 의논하러 부엌으로 갔다. 게딱지만 한 남부식 집에 열한 명이나 되는 사람들이 우글거렸다. 그뿐 아니라 형이 막 그 집에서 이사를 나가기로 한 참이어서 집 안에는 가구도 반밖에 없었다. 형과 형수와 아기는 테스터먼트의 중심가에 더 가까운 곳으로 이사할 예정이었다. 거실 가구는 전부 새로 샀고 쓰던 가구는 패터슨의 이모 댁으로 보낼 생각이었지만 확실히 결정한 상태는 아니었다. 딘은 그 얘기를 듣자마자 자기가 허드슨으로 가구를 옮겨 주겠다고 했다. 패터슨까지 두 번만 왔다 갔다 하면 가구를 전부 옮길 수 있을 것이고 마지막엔 이모를 모셔다 드릴 수 있으니 많은 돈과 수고를 절약할 수 있다는 것이었다. 우리는 그렇게 하기로 했다. 형수가 맛있는 식사를 차려 주자 녹초가 된 세 여행자는 자리에 앉아 밥을 먹었다. 메릴루는 덴버를 떠난 후로 한숨도 못 잤다고 했다. 그녀는 예전보다 더 나이 들어 보이긴 했지만 더 아름답기도 했다.

1947년 가을부터 딘은 샌프란시스코에서 커밀과 행복하게 살았다고 한다. 철도 일을 해서 돈도 많이 벌었고 귀여운 딸내미 에이미 모리아티도 생겼다. 그러던 그가 어느 날 길을 걷다가 갑자기 돌아 버렸다. 49년형 허드슨을 보고는 그 자리에서 은행으로 달려가 저축한 돈을 몽땅 찾아 사 버린 것이다. 에드 던컬이 그와 함께 있었다. 이제 그들에겐 땡전 한 푼 없었다. 딘은 겁에 질린 커밀을 진정시키곤 한 달 안에 돌아오겠노라고 했다. "뉴욕에 가서 샐을 데리고 올게." 커밀은 그 계획을 그다지 마음에 들어 하지 않았다.

"대체 목적이 뭐야? 나한테 왜 이런 짓을 하는 거냐고?"

"아무것도 아냐, 별 것 아니라고. 아…… 음…… 그러니까, 샐이 제발 와서 자길 데려가 달라고 애원했어. 나한테 절대적으로 필요한 일이기도 하고 말이야. 일일이 설명할 필요는 없지만, 이유를 말하자면…… 아냐, 들어 봐. 내가 말해 줄게." 그리고 그는 이유를 설명했지만, 물론 통하지 않았다.

에드 던컬도 철도 일을 했다. 그와 딘은 얼마 전에 있었던 대규모 감원 때 회사에서 해고당했다. 에드는 샌프란시스코에서 저축한 돈으로 살아가고 있는 갤러티아라는 여자를 만나고 있었다. 아무 생각 없는 이 두 악당은 동부로 가는 길에 그녀도 동행시키면서 모든 비용을 대게 하기로 했다. 에드가 어르고 달랬다. 그녀는 에드가 자기와 결혼하지 않으면 가지 않겠다고 했다. 딘은 필요한 서류를 구하느라 사방으로 뛰어다녔고, 며칠 후 번갯불에 콩 구워 먹듯 에드 던컬은 갤러티아와 결혼을 했다. 크리스마스를 며칠 앞둔 어느 날 그들은 시속 110킬로미터로 샌프란시스코를 벗어나 눈이 없는 남쪽 도로를 달려 LA로 향했다. LA에서는 여행사에 다니는 어떤 선원을 태워 주고 휘발유값 15달러를 내게 했다. 그는 인디애나로 가는 중이었다. 그다음엔 어떤 여자와 그녀의 백치 딸을 애리조나까지 태워 주고 휘발유 값으로 4달러를 받았다. 딘은 백치 여자애를 앞좌석에 태워 놓고 이야기를 나누었다. "가는 내내 말이야! 정말 끝내주게 사랑스러운 애였어. 우린 천국과 불로 향하는 사막, 스페인어로 욕하는 그녀의 앵무새에 관해 이야기했지." 이 사람들을 내려 주고 그들은 투손까지 갔다. 가는 내내 에드의 새 신부 갤러티아 던컬은 피곤하다는 둥 모텔에서 자고 싶다는 둥 계속 불평을 했지만, 그 말을 다 들어주다가는 버지니아까지 오기도 전에 그녀의 돈을 다 써 버릴 판이었다. 이틀 밤을 모텔에서 자느라 수십 달러를 날려서 투손에 도착했을 때 그녀는 이미 파산 상태였다. 딘과 에드는 호텔 로비에 그녀를 버려둔 채 선원만 데리고 여행을 계속했지만 가책 따윈 전혀 느끼지 않았다.

에드 던컬은 키가 크고 과묵하며 아무 생각 없는 녀석이라 딘이 무슨 말을 하든지 따랐다. 게다가 그 당시 딘은 양심의 가책을 느끼기엔 너무 바빴다. 뉴멕시코 주 라스크루서스를 통과하던 중에 딘은 갑자기 귀여운 첫 번째 아내 메릴루를 보고 싶다는 폭발적인 욕구를 느꼈다. 그녀는 덴버에 있었다. 선원의 가벼운 항의가 있었지만 그는 차를 북쪽으로 돌렸고 그날 저녁 덴버에 도착했다. 딘은 메릴루를 만나서 호텔로 직행했다. 그들은 열 시간 동안 미친 듯이 사랑을 나눴다. 모든 계획이 변경되고, 그들은 재결합하기로 했다. 메릴루는 딘이 진심으로 사랑한 유일한 여자였다. 그녀의 얼굴을 다시 보자 그는 후회로 마음이 아팠고, 예전의 잘못에 대해 그녀의 무릎에 매달려 곁에 있어 주기만 하면 좋다며 애원했다. 딘의 성질을 잘 아는 그녀는 그의 머리를 쓰다듬어 주었다. 딘은 선원을 달래기 위해 예전에 당구장 패거리가 항상 술을 마시던 술집 위의 호텔 방에 묵는 여자와 엮어 주었다. 하지만 선원은 여자를 거절했고 그날 밤에 혼자 떠나가 버렸다. 그들은 다시는 그를 보지 못했다. 버스를 타고 인디애나로 간 것이 분명했다.

딘과 메릴루와 에드 던컬은 콜팩스 거리를 따라 동쪽으로 달려서 캔자스 평원으로 나왔다. 엄청난 눈보라가 그들을 덮쳤다. 미주리에서는 밤에 자동차 앞 유리가 3센티미터 두께의 얼음으로 뒤덮이는 바람에 딘이 스카프로 칭칭 동여맨 머리를 창밖으로 내민 채 운전해야만 했다. 고글을 쓴 그의 모습은 흡사 눈으로 된 필사본을 들여다보는 수도승 같았다. 그는 자신의 선조가 태어난 고장도 아무 생각 없이 그냥 지나쳤다. 아침에는 빙판이 된 비탈길에서 차가 미끄러져 도랑에 처박힌 것을 한 농부가 도와줘서 겨우 꺼냈다. 우울해 하던 참에 멤피스까지 태워 주면 1달러를 주겠다는 히치하이커를 만나서 태웠다. 멤피스에 도착하자 그는 자기 집에 들어가서 돈을 찾는답

시고 한참 동안 꾸무럭거리더니 술에 취한 채로 밖에 나와서는 돈이 없다고 말했다. 그들은 다시 출발해서 테네시로 향했다. 그때까지는 시속 150킬로미터로 달려왔지만 아까의 사고로 베어링이 고장 나서 이젠 110킬로미터를 준수하지 않으면 차째 벼랑 아래로 굴러떨어질 수도 있었다. 그들은 한겨울의 그레이트스모키 산맥을 통과했다. 그들이 우리 형네 집에 도착했을 때는 서른 시간 동안 사탕과 치즈 크래커 말고는 아무것도 먹지 못한 상태였다.

그들이 게걸스럽게 먹어 대는 동안 딘은 샌드위치를 손에 들고 고개를 숙인 채 거대한 축음기 앞에서 펄쩍펄쩍 뛰면서 내가 얼마 전에 산 「더 헌트」라는 격렬한 비밥 음반을 들었다. 소리 지르는 청중 앞에서 공연장이 떠나가라 불어 젖히는 덱스터 고든*과 워델 그레이**의 환상적이면서도 폭발적인 연주가 담긴 음반이었다. 남부의 친척들은 서로의 얼굴을 쳐다보면서 어안이 벙벙해서는 고개를 가로저었다. 그들은 "대체 샐의 친구들은 어떤 종류의 사람들이니?"라고 형에게 물었다. 형은 대답할 말을 찾지 못해 쩔쩔맸다. 남부 사람들은 광기, 특히 딘과 같은 종류의 광기는 눈곱만큼도 좋아하지 않는다. 하지만 딘은 그들에게 조금도 관심이 없었다. 딘의 광기는 기괴한 형태로 꽃피어 있었다. 나는 딘과 메릴루와 던컬과 함께 잠시 허드슨으로 드라이브를 하려고 집을 나올 때까지, 그래서 처음으로 남들의 방해를 받지 않고 뭐든 하고 싶었던 얘기를 할

---

* 1923~1990. 미국의 테너 색소폰 연주자.
** 1921~1955. 미국의 테너 색소폰 연주자. 서부 해안 재즈의 중심지였던 LA 센트럴 로 클럽들에서 가졌던 덱스터 고든과의 배틀로 명성을 얻었다.

수 있을 때까지 그 사실을 깨닫지 못했다. 딘은 운전대를 잡고는 기어를 2단으로 바꾸더니 잠시 뭔가를 생각하는 듯했다. 그러곤 갑자기 무언가를 결정한 듯 미친 듯이 전속력으로 길을 달려 내려가기 시작했다.

"좋아, 애들아." 딘이 말했다. 그는 코를 문지르고, 비상사태라는 것을 실감하려는 듯 몸을 앞으로 숙이고는, 자동차 도구함에서 담배를 꺼냈다. 이런 행동들을 하는 동안에도 그는 몸을 앞뒤로 흔들면서 계속 운전을 하고 있었다. "우리가 다음 주에 할 일을 결정해야 할 때가 왔어. 결정, 결정 말이야, 흠!" 딘은 노새가 끄는 수레를 잽싸게 피했다. 거기에는 수레가 흔들리는 박자에 맞춰 함께 덜거덕거리고 있는 늙은 흑인이 타고 있었다. "그래!" 딘이 외쳤다. "그래! 저 사람을 관찰하자! 이제 그의 영혼에 대해 생각해. 잠시 멈춰서 고민해 보자." 그러곤 우리가 고개를 돌려서 콧노래를 흥얼거리며 오고 있는 노인을 바라볼 수 있도록 차의 속력을 늦췄다. "그래, 그를 제대로 관찰해 봐. 저 머릿속에 들어 있는 생각을 알기 위해서라면 내 팔이라도 떼 주겠어. 저기 기어올라 가서 저 불쌍한 녀석이 올해 순무밭과 햄에 관해 무슨 생각을 하고 있는지 알아낼 수 있다면 말이야. 샐, 넌 모르겠지만 난 전에 일 년 동안 아칸소의 어떤 농부네 집에 살았던 적이 있어. 열한 살 때였지. 정말 끔찍한 일들을 했어. 한번은 죽은 말의 가죽을 벗겨야 했던 적도 있었으니까. 오 년 전, 그러니까 벤 개빈과 내가 훔치려고 했던 차 주인이 총을 들고 쫓아왔던 1943년 크리스마스 이후로는 아칸소에 가 본 적이 없어. 내가 아는 남부는 그런 곳이란 걸 가르쳐 주려고 이런 얘길 하는 거야. 난 알고 있어. 내 말은, 난 남부를 구석구석 잘 알고 있다는 거지. 네가 써 보낸 편지도 지겹도록 읽었어. 거의, 거의 다." 그의 목소리가 점점 꺼져 들어가더니 차도 함께 멈춰 버렸다. 그러다 갑자기 붕 하고 110킬로미터까지 속력을 냈고 딘은 운전대 위로 몸을 웅크렸다. 그러곤 고집스럽게 앞을 응시했다. 메릴루는 평온한 미소를 지었다. 이것이 바로 완성형에 이른, 새로운 딘의 모습이었다. 나는 생각했다. 하느님 맙소사, 그가 변했어. 자신이 증오하는 것들에 관해 얘기할 때면 그의 눈에서는 분노가 튀어나오는 듯했고, 그러다 갑자기 행복해지면 번쩍이는 기쁨의 빛이 그 자리를 대신했다. 온 얼굴의 근육들이 울근불근 모습을 나타냈다가는 다시 사라졌다. "너에게 해 줄 얘기가 정말로 많아." 그가 내 옆구리를 찌르면서 말했다. "우선 시간을 내야 해. 카를로는 어떻게 지내지? 내일 아침에 첫 번째로 다 같이 카를로를 보러 가자고. 메릴루, 뉴욕으로 가는 동안 점심으로 먹을 빵과 고기를 구해 보자. 샐, 돈 얼마나 있어? P부인의 가구 같은 건 전부 뒤 좌석에 실을 거니까 뉴욕으로 달려가는 동안 우린 모두 앞자리에 바짝 끌어안고 끼어 앉아서 얘기나 하자고. 메릴루, 이 달콤한 허벅지, 넌 내 옆에 앉아. 샐이 그 옆에, 그리고 에드는 창가에. 덩치 큰 에드가 바람을 막아야지. 그럼 이번엔 에드에게 옷이 필요하겠군. 모두 함께 달콤한 인생을 향해 출발하자고. 왜냐하면 지금이 바로 그 순간이고, 우린 시간이 무엇인지 아니까!" 그가 턱을 북북 긁었다. 딘은 핸들을 좌우로 획획 돌리면서 트럭을 세 대나 추월했다. 그는 머리는 움직이지 않은 채 눈알만 좌우로 180도 굴려서 사방을 탐색하면서 테스터먼트 시내로 들어갔다. 착, 바로 빈자리를 찾아서 차를 댄 다음, 그는 튀어나오듯 차에서 내렸다. 그가 맹렬하게 기차역으로 달려 들어갔고 우리는 수줍어하며 그 뒤를 따랐다. 딘이 담배를 샀다. 그는 완전히 미친 사람처럼 행동했다. 한꺼번에 몇 가지 일을 하려고 했다. 말하자면 머리를 위아래로 흔드는 동시에 양옆으로도 흔들었고, 손짓은 발작적이면서도 힘이 넘쳤으며, 빨리 걷고, 앉고, 다리를 꼬고, 다시 풀고, 일어나고, 손을 비비고, 바지 지퍼를 만지작거리고, 바지를 추켜올리고, 위를 쳐다보며 "음." 하고 말하고, 실눈으로 사방을 쳐다보고, 그러는 동안 내내 내 갈비뼈가 있는 곳을 부여잡은 채 계속해서 떠들어 댔다.

테스터먼트는 굉장히 추웠다. 계절에 맞지 않게 눈까지 내렸다. 딘은 지금 당장 벗을 것처럼 버클도 채우지 않은 채 엉덩이에 겨우 걸쳐 입은 바지와 티셔츠만 입고서는 철로를 따라 나 있는 길고 황량한 큰길에 서 있었다. 그가 메릴루에게 말을 걸려고 머리를 쭉 내밀면서 다가왔다. 그러곤 다시 뒤로 물러서더니 그녀 앞에서 손사래를 쳐 댔다. "아, 그래, 이제 알겠어! 난 네가 누군지 알아. 이젠 네가 누군지 알았다고, 자기야." 그는 미친놈처럼 웃어 댔다. 그 웃음소리는 낮게 시작했다가 높게 끝났는데, 라디오광(狂)의 웃음소리와 완벽하게 똑같았다. 단지 조금 더 빠르고 신경질적일 뿐이었다. 그다음엔 다시 사무적인 톤으로 되돌아왔다. 우린 아무 목적 없이 시내에 왔지만, 딘이 목적을 만들어 냈다. 그는 우리 모두를 허둥지둥 뛰어다니게 만들었다. 메릴루는 점심거리를 사러, 나는 일기예보가 있는 신문을 찾으러, 에드는 시가를 구하러 흩어졌다. 딘은 시가 피우는 것을 아주 좋아했다. 딘이 신문을 보면서 시가를 한

대 피우더니 말했다. "아, 워싱턴의 고결하신 턱주가리들이 또 다른 바보짓을 계획하고 계시는군. 에헴! 오, 아니! 이런!" 그리고 그는 총알처럼 튀어 나가서 방금 역 바깥으로 지나간 흑인 여자를 보려고 쏜살같이 달려갔다. "저 여자를 관찰해." 그가 얼굴에 바보 같은 미소를 띠고 흐느적거리는 손가락으로 자신을 가리키면서 말했다. "저 조그만 검은 미인은 정말 끝내주는데? 아! 흠!" 우리는 다시 차에 올라타 형의 집으로 날듯이 돌아왔다.

집에 돌아와서 크리스마스트리와 선물들을 보고 칠면조 굽는 냄새를 맡고 친척들이 얘기 나누는 소리를 듣고서야, 내가 시골에서 조용한 크리스마스를 보내고 있었다는 사실을 깨달았다. 하지만 지금 내겐 또다시 빈대가 붙어 있었다. 그 빈대의 이름은 딘 모리아티. 나는 다시 한 번 길 위에서의 질주를 위해 떠났다.

2

우리는 차 뒷자리에 형의 가구를 싣고 서른 시간 내에 돌아
오겠다고 약속하곤 어둑해질 때쯤 길을 떠났다. 서른 시간 안
에 1600킬로미터를 왕복하겠다는 것이었다. 딘이 그러길 원했
다. 무리한 여정이었지만 우리 중 누구도 개의치 않았다. 히터
가 고장 나서 앞 유리엔 계속해서 성에가 끼고 얼음이 얼었다.
딘은 시속 110킬로미터로 운전을 하는 동시에 밖으로 손을 내
밀고 앞 유리를 닦아서 길을 볼 수 있는 구멍을 만들었다. "아,
성스러운 구멍이여!" 허드슨 안은 아주 넓어서 우리 넷이 모두
앞자리에 앉아도 공간이 충분했다. 무릎에는 담요를 덮었다.
라디오도 고장이었다. 닷새 전에 살 때만 해도 새 차였는데 허
드슨은 이미 고물이 되어 있었다. 할부금도 한 번밖에 안 냈는
데 말이다. 우리는 교통량이 많지 않은 이 차선 직선 고속도로
인 301번 도로를 타고 워싱턴을 향해 북쪽으로 떠났다. 딘 혼
자만 계속 떠들고 다른 사람은 아무도 입을 열지 않았다. 그는

격렬한 몸짓을 해 가며 자기 말을 강조하기 위해 내가 있는 쪽까지 몸을 기울이기도 했고 때로는 운전대를 놓아 버릴 때도 있었지만, 차는 쭉 뻗은 도로 한가운데에 있는 하얀 선을 아슬아슬하게 왼쪽 앞바퀴로 스치면서 단 한 번도 제 위치에서 벗어나지 않고 화살처럼 똑바로 달렸다.

딘이 여기까지 온 것에는 아무 의미도 없었고, 나 역시 아무런 이유 없이 그를 따라나선 거였다. 나는 뉴욕에서 학교에 다니며 벌꿀색 머리카락을 가진 루실이라는 아름다운 이탈리아 여자와 사귀었는데, 그녀와는 결혼까지 생각하고 있었다. 그동안 나는 줄곧 결혼하고 싶은 여자를 찾고 있었다. '이 여자는 결혼하면 어떤 아내가 될까?'라는 생각을 하지 않고는 여자를 만난 적이 없을 정도였다. 나는 딘과 메릴루에게 루실에 관해 얘기해 줬다. 메릴루는 루실에 관한 모든 것을 알고 싶어 했고, 그녀를 만나고 싶어 했다. 우리는 구불구불한 시골 길을 따라 롱몬트, 워싱턴, 볼티모어를 지나 필라델피아까지 올라가면서 계속 얘기를 나눴다. "난 결혼을 하고 싶어." 나는 그들에게 말했다. "함께 늙어서 꼬부랑 늙은이가 될 때까지 그녀 곁에서 편안히 쉴 수 있게 말이야. 이런 미친 짓과 쉼 없는 여행을 계속할 수는 없어. 우린 어딘가로 가서 뭔가를 찾아내야만 해."

"아, 친구." 딘이 말했다. "가정, 결혼, 영혼의 휴식 같은 그런 얘기는 몇 년 동안 들어왔어. 좋은 얘기지." 슬픈 밤이었지만, 동시에 즐거운 밤이기도 했다. 우리는 필라델피아의 간이식당에 들어가서 마지막 남은 돈으로 햄버거를 사 먹었다. 계산대에 있던 사람이 — 그때가 새벽 3시였다. — 우리가 돈 얘기 하는 것을 듣고는 주방의 접시를 닦아 준다면 햄버거와 커피를 공짜로 주겠다는 제안을 했다. 접시 닦는 종업원이 출근을 안 했다는 것이다. 우리는 당장에 달려들었다. 에드 던컬이 자기가 전직 접시 닦이였다며 긴 팔을 접시들 속으로 쑥 집어넣었다. 딘은 괜히 수건을 들고 주위를 어슬렁거렸는데, 그건 메릴루도 마찬가지였다. 그들은 마침내 냄비와 프라이팬 사이에서 껴안고 애무하기 시작하더니 식품 저장고의 어두운 구석으로 사라졌다. 카운터에 있던 사람은 에드와 내가 접시를 닦고 있는 한 상관하지 않았다. 설거지는 십오 분 만에 끝났다. 날이 밝아올 때 우리는 저 눈 덮인 너머로 대도시 뉴욕의 거대한 구름이 떠오르는 뉴저지를 통과했다. 딘은 추워서 스웨터로 귀를 감싸고 있었다. 그는 우리가 뉴욕을 날려 버리려고 온 아랍인 무리라고 말했다. 우리는 링컨 터널을 쏜살같이 통과해서 바로 타임스스퀘어로 갔다. 메릴루가 그곳을 보고 싶어 했기 때문이다.

"망할, 해슬을 찾을 수 있으면 좋을 텐데. 모두 두 눈 똑바로 뜨고 그를 찾아보자고." 우리는 보도에서 그를 찾아 헤맸다. "해슬은 정말 멋진 친구야. 텍사스에서 네가 그를 만났어야 하는데."

지금까지 딘은 샌프란시스코에서 애리조나를 지나 덴버까지 나흘 만에 거의 6400킬로미터를 달려왔고, 그사이에 셀 수 없이 많은 모험들을 겪었다. 하지만 그건 겨우 시작일 뿐이었다.

3

우리는 패터슨의 이모 집에 가서 잠을 잤다. 다음 날 내가 제일 먼저 일어났다. 이미 오후 늦은 시간이었다. 딘과 메릴루가 내 침대에서 잤고, 에드와 나는 이모 침대에서 잤다. 찌그러지고 잘 닫히지도 않는 딘의 트렁크가 양말이 삐져나온 채로 바닥에 내던져져 있었다. 아래층 약국으로 나를 찾는 전화가 왔다. 내려가서 받아 보니 뉴올리언스에서 온 전화였다. 올드불 리가 뉴올리언스로 이사를 갔던 것이다. 그는 징징대면서 불평을 했다. 조금 전부터 갤러티아 던컬이라는 여자가 그의 집에 와서 에드 던컬이란 녀석을 찾고 있는데, 자기는 당최 무슨 소린지 모르겠다는 것이었다. 갤러티아 던컬은 아주 집요했다. 나는 올드 불에게 던컬이 딘과 나와 함께 있으며, 아마 서쪽으로 갈 때 뉴올리언스에 들러서 그녀를 태워 갈 것 같다는 말로 그녀를 안심시키라고 했다. 그러자 갤러티아가 대뜸 전화를 바꿔서 얘기를 하기 시작했다. 그녀는 에드가 잘 있는지 알고 싶어 했다. 걱정하는 투였다.

"투손에서 뉴올리언스까지는 어떻게 갔어?" 내가 물었다. 그녀는 고향에 돈을 부쳐 달라고 전보를 쳐서 버스를 탔다고 대답했다. 에드를 사랑하기 때문에 따라가기로 결심했다는 것이다. 나는 위층에 올라가서 빅 에드에게 그 얘기를 전해 주었다. 그는 걱정스러운 표정으로 의자에 앉았다. 사실 그는 천사같이 착한 남자였던 것이다.

"좋아." 딘이 갑자기 벌떡 일어나 침대에서 튀어나오며 말했다. "일단 뭐라도 먹자. 메릴루, 부엌에 가서 뭐가 있나 좀 살펴봐. 샐, 너랑 나는 아래층으로 가서 카를로에게 전화를 해. 에드, 집 안을 좀 정리해 줘." 나는 딘을 따라 부산스럽게 아래층으로 내려갔다.

약국 주인 남자가 말했다. "방금 또 전화가 왔는데, 이번엔 샌프란시스코였어. 딘 모리아티라는 녀석을 찾기에 그런 사람은 없다고 했지." 사랑스러운 커밀이 딘에게 전화한 것이었다. 키가 크고 조용한 약국 주인인 내 친구 샘은 나를 쳐다보면서 머리를 긁적거렸다. "맙소사, 너 지금 무슨 국제 창녀촌이라도 운영하는 거야?"

딘이 미친놈처럼 킥킥댔다. "마음에 드는데, 저 친구!" 그는 공중전화 박스로 뛰어 들어가서 수신자 부담으로 샌프란시스코에 전화를 했다. 그런 다음 롱아일랜드 집에 있는 카를로에게 전화를 걸어서 이리로 오라고 했다. 두 시간 뒤 카를로가 도착했다. 그동안 딘과 나는 버지니아로 돌아가 나머지 가구를 실어 나르고 이모를 모셔 올 채비를 했다. 카를로 막스는 옆구리에 시 원고를 끼고 와서는 편안한 의자에 앉아 반짝이는 눈으로 우리를 쳐다봤다. 삼십 분 동안 그는 아무 말도 하지 않고 가만히 있었다. '덴버의 우울' 이후로 그는 굉장히 조용해졌다. '다카르*의 우울' 영향이었다. 그는 다카르에서 턱수염을 기르고 뒷골목을 떠돌아다니다 꼬마 아이들의 손에 이끌려 운명을 점치는 수술사를 만나러 갔다. 다카르의 우울하고 후미진 구석, 초가집이 있는 미친 거리를 찍은 스냅사진도 가지고 있었다. 그는 돌아오는 배에서 하트 크레인**처럼 바다로 뛰어들 뻔했다고 말했다. 딘은 뮤직 박스를 끼고 마루에 앉아 거기서 흘러나오는 「어 파인 로맨스」라는 노래에 심취했다. "딸랑딸랑 빙글빙글 돌아가는 작은 종소리. 아! 들어 봐! 모두 함께 엎드려서 비밀을 알아낼 때까지 뮤직 박스 가운데를 들여다보자. 딸랑딸랑 작은 종소리, 오오." 에드 던컬도 바닥에 앉아 있었다. 그가 갑자기 내 북채를 가지고 뮤직 박스의 음악에 맞춰 아주 작은 장단을 두드리기 시작했다. 처음에는 거의 들리지도 않을 정도였다. 모두 숨을 죽이고 귀를 기울였다. "똑…… 딱…… 똑똑…… 딱딱." 딘이 손을 컵 모양으로 만들어서 귀에다 갖다 댔다. 그가 입을 헤벌리고 말했다. "와! 굉장한데!"

카를로는 눈을 가늘게 뜨고 이 바보 같은 미친 짓을 바라봤다. 그가 마침내 무릎을 탁 치더니 말했다. "발표할 게 있어."

"응? 뭔데?"

"이번 뉴욕 여행의 의미가 뭐야? 이번에는 또 무슨 더러운

---

* 아프리카 세네갈의 수도.
** 1899~1932. 미국의 시인. 멕시코에서 배를 타고 미국으로 돌아오던 중 카리브 해로 뛰어들어 자살했다.

사업을 하는 거지? 내 말은, 그러니까, 그대, 어디로 가고 있는가?* 그대, 미국이여, 이 밤에 그대의 빛나는 차를 타고 어디로 가는 것인가?"

"그대, 어디로 가고 있는가?" 딘이 입을 크게 벌리고 따라했다. 우리는 무슨 말을 해야 할지 몰라 멍하니 앉아만 있었다. 더 이상 할 얘기가 없었다. 유일하게 할 일은 가는 것뿐이었다. 딘이 벌떡 일어나더니 버지니아로 돌아갈 준비가 됐다고 말했다. 그가 샤워를 하고, 내가 집 안에 남아 있던 재료를 모두 모아서 커다란 쌀 부침개 같은 것을 만들고, 메릴루가 딘의 양말을 꿰매고 나자 갈 준비가 모두 끝났다. 딘과 카를로와 나는 뉴욕으로 갔다. 우리는 서른 시간 후에, 새해 전야에 맞춰서 카를로와 만나기로 했다. 밤이 되었다. 카를로를 타임스스퀘어에 내려놓고 값비싼 터널을 통과해서 뉴저지로 들어서는 길 위에 올랐다. 딘과 나는 교대로 운전대를 잡으며 열 시간만에 버지니아에 도착했다.

"이제 처음으로 우리 둘이서만 느긋하게 얘기할 수 있겠네." 딘이 말했다. 그는 밤새도록 얘기했다. 마치 꿈을 꾸듯 우린 잠든 워싱턴을 지나 다시 버지니아의 황야에 들어섰고 새벽녘에 애퍼매턱스 강을 건너 아침 8시에 형네 집 앞에 차를 댔다. 그렇게 달려오는 동안 딘은 자기가 본 모든 것, 자기가 얘기한 모든 것, 지나간 모든 순간의 세세한 부분에 대해서까지 엄청 흥분해서 떠들어 댔다. 그는 진정한 믿음으로 미친 듯했다. "물론

---

* '주여, 어디로 가시나이까?'라는 의미의 성경 구절 '쿠오바디스(Quo Vadis)'를 영역해 인용하고 있다.

지금은 누구도 우리에게 신이 없다고 말할 수 없지. 우리는 온갖 형태를 다 거쳐 왔으니까 말이야. 기억하지, 샐. 내가 처음 뉴욕에 왔을 때 난 채드 킹한테 니체에 관해 가르쳐 달라고 했었어. 그게 몇 년 전 일인지 알아? 다 좋아. 신은 존재하고, 우리는 시간을 알지. 고대 그리스 시대 이래로 존재해 온 모든 예언은 잘못됐어. 예언이란 기하학과 기하학적 사고방식으론 할 수 없는 거야. 다 이거라고!" 그는 가운뎃손가락을 주먹으로 꼭 감쌌다. 차는 차선을 똑바로 정확하게 따라갔다. "그뿐 아니라, 신이 존재한다는 건 너도 알고 나도 알지만, 다만 설명할 시간이 없을 뿐이야." 나는 문득 나의 가족이 한때 얼마나 가난했으며, 마찬가지로 가난하고 딸까지 하나 있는 루실을 내가 얼마나 도와주고 싶어 했는지 같은 삶의 문제들이 떠올라 신음했다. "알다시피 문제란 신이 존재하는 형태의 일반화된 표현일 뿐이야. 중요한 건 너무 고민하지 않는 거야. 아, 머리가 울려!" 딘이 머리를 감싸 쥐며 소리쳤다. 그는 담배를 피우려 할 때의 그루초 막스*처럼, 그렇게 광포하게, 있지도 않은 옷자락이 휘날릴 것처럼 땅을 끌어안을 듯한 걸음걸이로 차 밖으로 튀어 나갔다. "덴버에서의 날들 이후로, 샐, 정말 많은 일들이 있었어. 난 생각하고 또 생각했어. 어렸을 때 난 거의 소년원에서 살다시피 했어. 고집 센 애송이 불량배에 불과했지. 차를 훔치는 건 내 위치에 대한 심리적 표현이자 뻐기고 싶다는 표시였고 말이야. 감옥 문제는 이제 다 정리됐어. 다시는 감옥

---

* 1890~1977. 미국의 코미디언. 형제들과 함께 '4인의 막스 형제'라는 코미디 팀을 결성하여 많은 영화에 출연했다.

에 가지 않을 거야. 나머지는 내 잘못이 아냐." 우리는 지나가
는 차에 계속 돌을 던지는 꼬마 녀석을 지나쳤다. "생각해 봐."
딘이 말했다. "어느 날 저 꼬마가 던진 돌이 어떤 남자의 앞
유리에 맞아서 그 남자가 사고로 죽는다면, 그건 모두 저 녀
석 탓일 거야. 내 말뜻 알겠어? 신에게는 양심의 가책이 없어.
우리가 이 길을 따라 달려가는 지금, 나는 우리에게 어떤 나
쁜 일도 일어나지 않으리라는 걸 추호도 의심치 않아. 운전하
는 걸 무서워하는 네가 핸들을 잡고 있을 때조차도 말이야."
(나는 운전하는 걸 끔찍이 싫어했고, 어쩌다 할 때는 굉장히 조심했
다.) "모든 일이 알아서 잘 흘러갈 거야. 넌 도로를 벗어나지 않
을 거고 난 잠을 잘 수 있을 거야. 게다가 우린 미국을 잘 알
아. 여긴 우리의 고향이라고. 나는 미국의 어디든 갈 수 있고,
내가 원하는 건 뭐든 가질 수 있어. 왜냐하면 어디를 가건 다
똑같으니까. 난 사람들을 알고, 사람들이 뭘 하는지 알아. 사방
에서 지그재그로 엇갈리는 끔찍하게 복잡한 상냥함 속에서 우
리는 서로 주고받으며 돌아다니는 거라고." 그가 말했던 것 중
에 명확한 건 하나도 없었지만 어쨌든 그가 말하려고 하는 바
는 순수하고 명확하게 들렸다. 그는 '순수'라는 단어를 엄청나
게 많이 사용했다. 나는 딘이 신비주의자가 되리라곤 꿈에도
생각해 본 적이 없었다. 이때 딘의 신비주의는 아직 초기 단계
였지만, 나중에는 아주 이상하고 불완전한 W. C. 필즈 부류의
성자 같은 모습을 띠게 됐다.

그날 밤 뒤 좌석에 가구를 싣고 뉴욕을 향해 무서운 속도
로 돌아오는 동안, 심지어 이모까지도 호기심에 차서 귀를 반
쯤 열고 딘의 말에 귀를 기울였다. 이모가 함께 있었기 때문에

딘은 자기가 샌프란시스코에서 하던 일에 대해서만 얘기했다. 그는 조차장을 지날 때마다 제동수가 무슨 일을 하는지 자세하게 설명했다. 한번은 차에서 튀어 나가 측선과의 교차 지점에서 제동수가 어떻게 진행 신호를 하는지 직접 시범을 보이기까지 했다. 이모는 뒷좌석으로 자리를 옮겨 잠을 청했다. 새벽 4시 워싱턴에서 딘은 또다시 샌프란시스코에 있는 커밀에게 수신자 부담 전화를 했다. 잠시 후 우리가 워싱턴을 빠져나오려는데 경찰차가 사이렌을 울리며 따라와서는 속도위반 딱지를 뗐다. 우린 겨우 시속 50킬로미터로 가고 있었지만, 캘리포니아 번호판이 문제였다. "네 녀석들 캘리포니아에서처럼 여기서도 멋대로 밟아도 된다고 생각했나?" 경찰이 말했다.

경찰서에서 나는 딘과 함께 경사 앞에 앉아 우리에게 돈이 없다는 사실을 설명하려고 애썼다. 그들은 우리가 돈을 마련하지 못한다면 딘이 오늘 밤을 유치장에서 보내야 할 거라고 했다. 물론 이모에겐 돈이 있었다. 벌금이 15달러였는데 이모는 20달러를 갖고 있으므로 문제 될 게 없었다. 우리가 실랑이를 하는 동안 경찰 중 하나가 밖에 나가서 몸을 돌돌 말고 자고 있는 이모를 슬쩍 들여다봤다. 이모도 그를 봤다.

"걱정 마. 나는 갱의 정부(情婦)가 아니야. 와서 차를 수색하고 싶다면 그렇게 해. 나는 지금 조카랑 집에 가는 중이고, 여기 있는 가구도 훔친 게 아니야. 내 조카며느리 거지. 조카며느리가 얼마 전에 아기를 낳아서 새 집으로 이사하기로 했거든." 깜짝 놀란 이 셜록 홈스는 얼른 경찰서로 돌아왔다. 이모가 딘 대신 벌금을 내지 않는다면 우리는 워싱턴에 발이 묶일 판이었다. 나는 운전면허가 없었으니까. 딘은 꼭 갚겠노라고 약속했고 정확히 일 년 반 뒤에 그렇게 했다. 이모는 굉장히 놀라면서 또 기뻐했다. 나의 이모는 비록 이 한심한 세상에 묶여 있긴 했지만 존경받을 만한 여인이었다. 그녀는 세상을 잘 알았다. 그녀가 우리에게 경찰 녀석 얘기를 해 주었다. "그 녀석 나무 뒤에 숨어서 내가 어떻게 생겼나 보려고 하더라고. 그래서 그에게 말해 줬어. 원한다면 차를 수색해 보라고 말이야. 난 아무것도 숨길 게 없었으니까." 그녀는 딘에게 숨길 게 있다는 걸 알고 있었고, 딘과 어울려 다닌 덕분에 나 또한 그럴 거라고 생각하고 있었다. 슬프지만 딘과 나는 그 점을 인정했다.

언젠가 이모는 남자들이 여자들의 발밑에 몸을 던져 용서를 빌 때까진 세상은 결코 평화로워질 수 없을 거라고 말했었다. 하지만 딘은 이 진리를 알고 있었다. 여러 번 언급하기도 했다. "내가 사소한 말다툼은 다 집어치우고 우리 둘의 영원하고 순수한 사랑을 평화롭고 기분 좋게 이해해 달라고 몇 번이나 빌었더니 메릴루는 이해해 줬어. 그녀는 마음을 다른 곳에 둔 채로 날 따라왔지. 내가 자길 얼마나 사랑하는지 절대 모를 거야. 그녀의 손에 내 운명이 쥐어져 있는 셈이지."

"진짜 문제는 우리가 여자를 이해하지 못한다는 거야. 모두 여자 탓으로 돌리는 우리가 잘못이야." 내가 말했다.

"그렇게 간단한 게 아니야." 딘이 경고하듯 말했다. "평화는 어느 날 갑자기 찾아오겠지만, 그게 언제인지는 아무도 모르는 거야. 알겠어, 이 친구야?" 딘은 쓸쓸한 모습으로 참을성 있게 운전해서 뉴저지를 통과했다. 새벽에는 딘이 뒷좌석에서 자는 동안 내가 패터슨까지 차를 운전했다. 아침 8시에 집에 도착해 보니 메릴루와 에드 던컬이 재떨이에 있는 담배꽁초를 주워 피우며 앉아 있었다. 딘과 내가 떠난 뒤로 그들은 아무것도 먹지 못한 상태였다. 이모가 시장을 봐 와서 푸짐한 아침상을 차려 주었다.

4

서부에서 온 삼인조는 슬슬 맨해튼에 새로운 살 집을 마련하고 싶어 했다. 마침 카를로가 요크 가에 아파트를 갖고 있어서 그날 저녁 거기로 들어가기로 했다. 딘과 나는 하루 종일 자다가 1948년 새해 전야에 거대한 눈보라가 몰아칠 때 잠에서 깨어났다. 에드 던컬은 내 안락의자에 앉아서 작년 새해 전야 얘기를 했다. "난 시카고에 있었어. 완전히 파산 상태였지. 노스클라크 가의 호텔 방 창가에 앉아 있는데 아래층 빵집에서 정말 맛있는 냄새가 올라오는 거야. 동전 한 닢 없었지만 일단 내려가서 빵집 여자에게 부탁했지. 빵과 커피 케이크를 공짜로 주더군. 그걸 방으로 가지고 올라와서 먹었지. 난 밤새도록 방 안에만 있었어. 예전에 에드 월 — 왜, 그 덴버의 목장 주인 아들 말이야. — 과 같이 일하러 갔던 유타의 파밍턴에서는, 침대에 누워 있는데 갑자기 죽은 어머니가 온통 빛에 싸여서는 방구석에 서 있는 거야. 내가 '어머니!' 하고 불렀더니 사라져 버렸어. 난 항상 환상을 봐." 에드 던컬이 고개를 끄덕이며 말했다.

"갤러티아는 어떡할 작정이야?"

"어, 만날 거야. 뉴올리언스에 도착한 후에. 그렇지?" 그는 충고를 구하려는 듯 내 쪽으로 고개를 놀렸다. 딘 한 명으로는 충분치 않았던 모양이다. 하지만 그는 이미 갤러티아와 사랑에 빠져 있었고, 고민하는 중이었다.

"넌 어쩔 생각인데, 에드?" 내가 물었다.

"모르겠어." 그가 말했다. "그냥 살아가는 거지 뭐. 인생을 음미하면서." 그는 딘이 했던 말을 따라 했다. 그는 어디로 가야 할지를 몰랐다. 에드는 계속 그 자리에 앉아 시카고에서의 밤과 홀로 방에서 먹었던 뜨거운 커피 케이크를 회상했다.

밖은 눈보라가 휘몰아치고 있었다. 뉴욕에서 성대한 파티가 열릴 시간이 가까워졌다. 우리도 모두 가기로 했다. 딘이 부서진 트렁크에 짐을 싸서 차에 싣고 함께 최고의 밤을 보내기 위해 출발했다. 이모는 다음 주에 형이 온다는 생각에 행복해하고 있었다. 그녀는 신문을 들고 앉아 타임스스퀘어에서 새해 전야 자정 중계가 시작되길 기다렸다. 우리는 빙판 위를 미끄러지면서 뉴욕으로 달려갔다. 난 딘이 운전할 때는 절대로 무섭지 않았다. 그는 어떤 상황에서도 차를 다룰 줄 알았기 때문이다. 라디오를 고쳤기 때문에 이젠 밤새도록 우리의 기분을 돋워 줄 요란한 비밥도 있었다. 이 모든 일이 어디로 흘러갈진 알 수 없었지만 나는 신경 쓰지 않았다.

바로 그때쯤에 이상한 무언가가 나를 괴롭히기 시작했다. 내가 뭔가를 잊어버렸다는 사실이 떠올랐던 것이다. 딘이 나타나기 직전에 내리려 했던 중요한 결정이 있었는데, 지금은 내 머릿속에서 깨끗이 지워져 버렸지만 아직도 뭔가가 계속 혀끝에서 맴돌고 있었다. 나는 계속 손가락을 튀기면서 기억해 내려고 애썼다. 입으로도 중얼거려 보았다. 하지만 내가 정말로 어떤 결정을 내리려 했던 건지, 아니면 그냥 어떤 생각을 잊어버린 것인지조차 알 수가 없었다. 이 생각은 계속해서 나를 괴롭히고 혼란스럽게 했고, 결국엔 나를 슬프게 만들었다. '수의를 입은 여행자'와 뭔가 관련이 있는 것이 틀림없었다. 예전에 카를로 막스와 서로 무릎을 맞대고 의자에 마주 앉아서 이상한 아랍인이 사막을 가로질러 나를 쫓아오는 꿈 얘기를 한 적이 있었다. 꿈속에서 나는 물론 도망쳤지만 보호 도시에 도착하기 직전에 붙잡히고 말았다. "그 사람이 누구야?" 카를로가 물었다. 우리 둘은 곰곰이 생각했다. 나는 그것이 수의를 입은 나 자신일 거라고 추측했다. 하지만 사실은 그렇지 않았다. 뭔가가, 누군가가, 어떤 혼령 같은 것이 삶의 사막을 가로질러 우리 모두를 쫓아오고 있었고, 그는 천국에 닿기 전에 우리를 붙잡게 되어 있다. 지금 생각해 보면 그것은 당연히 죽음일 수밖에 없었다. 죽음은 천국에 이르기 전에 우리를 붙잡게 되어 있다. 살아 있는 동안 우리가 갈망하는 유일한 것, 우리로 하여금 한숨짓고 괴로워하고 온갖 종류의 달콤한 혐오감을 경험하게 하는 것은, 아마도 자궁 속에서 경험했고 (인정하긴 싫지만) 죽음을 통해서만 재생산될 수 있는 어떤 잃어버린 희열에 대한 기억일 것이다. 하지만 누가 죽음을 원하겠는가? 정신없이 몰아치는 사건들 속에서도 나는 마음 한구석에서 계속 이것에 대해 생각했다. 딘에게 이 얘기를 했더니 그는 곧바로 그것은 순수한 죽음에 대한 단순한 갈망에 불과하다고 말했다. 그리고 죽었다가 다시 태어날 수 있는 사람은 없으므로 당연히 자기와는 아무 상관 없는 일이라고 했고, 나 역시 그때는 그의 말에 동의했다.

뉴욕 친구들을 찾아 나섰다. 그곳에도 꽃들은 미친 듯이 흐드러지게 피어 있었다. 우리는 우선 톰 세이브룩의 집으로 갔다. 톰은 우울하고 잘생기고 다정하고 마음이 넓고 순종적인 친구였다. 그는 가끔 가다 한 번씩 갑자기 우울이 밀려올 때면 사람들한테 말 한마디 않고 사라지기도 했다. 이날 밤 그는 매우 들떠 있었다. "샐, 넌 이렇게 멋진 사람들을 대체 어디서 찾아낸 거야? 이런 사람들은 정말 처음 본다."

"서부에서 만났어."

딘도 즐거운 시간을 보내고 있었다. 그는 재즈 음반을 틀어놓고는 메릴루를 꼭 끌어안고 박자에 맞춰 그녀에게 몸을 부딪쳐 댔다. 그녀도 마주 몸을 부딪쳤다. 그것은 진정한 사랑의 춤이었다. 이언 매카서가 엄청난 패거리를 데리고 왔다. 새해의 첫 주말이 시작됐고, 그것은 사흘 밤낮 동안 계속됐다. 엄청난 인원이 허드슨을 타고 파티에서 파티로 눈 내리는 뉴욕의 거리를 돌아다녔다. 나는 루실과 그녀의 동생을 가장 큰 파티에 데려갔다. 루실은 딘과 메릴루와 같이 있는 내 모습을 보더니 얼굴이 어두워졌다. 그들이 내게 불어넣은 광기를 느꼈던 것이다.

"난 당신이 저 사람들이랑 같이 있는 게 싫어."

"괜찮아. 재밌자고 그러는 건데 뭐. 인생은 한 번뿐이야. 우린 인생을 즐기고 있는 거라고."

"싫어, 왠지 슬픈 말이야. 난 싫어."

그다음엔 메릴루가 나를 유혹하기 시작했다. 그녀는 딘이 커밀에게 돌아갈 거라며 자기와 함께 살자고 했다. "우리와 함께 샌프란시스코로 돌아가자. 우리 둘이 같이 사는 거야. 좋은 여자가 될게." 하지만 나는 딘이 메릴루를 사랑한다는 사실을 알고 있었고, 메릴루가 루실을 질투하게 만들려고 일부러 그런다는 것도 알고 있었다. 게다가 나는 그녀가 제안한 것들을 하나도 원하지 않았다. 하지만 그럼에도 불구하고 그 육감적인 금발 여인에게 구미가 당긴 것도 사실이었다. 메릴루가 나를 구석으로 끌고 가서 귓속말을 속삭이며 키스를 퍼붓는 모습을 본 루실은 밖에 있는 차로 가자는 딘의 제안을 받아들였다. 하지만 그들은 그저 얘기를 나누고 내가 자동차 도구함에 넣어 뒀던 남부산 위스키를 좀 마셨을 뿐이었다. 모든 게 뒤죽박죽이었고, 모든 게 무너져 내리고 있었다. 나는 루실과의 관계가 그리 오래가지 못하리라는 것을 깨달았다. 그녀는 내가 그녀의 방식대로 살길 원했다. 그녀는 자신을 학대하는 부두 노동자와 살고 있었다. 그녀가 남편과 이혼만 한다면 난 기꺼이 그녀와 결혼하고 그녀의 딸아이도 맡을 용의가 있었지만, 이혼하는 데 필요한 돈조차도 없었기 때문에 모든 게 불투명했다. 게다가 루실은 나를 이해하지 못했다. 너무나 많은 걸 좋아하고, 모든 게 뒤죽박죽이고, 이 별에서 저 별로 바꿔 가며 지쳐 쓰러질 때까지 별똥별들을 쫓아다니는 나를 말이다. 하지만 지금은 밤이다. 밤이 다 그렇지 않은가. 내가 가진 혼란스러움 외엔 남에게 줄 수 있는 게 나에겐 없었다.

파티는 그야말로 굉장했다. 웨스트 나인티스에 있는 지하 아파트에는 최소한 백 명 이상이 모여 있었다. 사람이 차고 넘쳐서 벽난로 근처의 지하실에까지 가득했다. 모든 구석과 모든 침대와 소파에서 무슨 일인가가 벌어졌다. 난교 파티도 아니고 그냥 새해맞이 파티인데 정신 나간 듯한 환호성과 요란한 라디오 음악으로 가득했다. 심지어 중국 여자도 있었다. 딘은 그루초 막스처럼 이 무리에서 저 무리로 뛰어다니며 모든 사람을 관찰했다. 우리는 주기적으로 밖으로 달려 나가 차로 더 많은 사람들을 데려왔다. 대미언이 왔다. 딘이 서쪽 패거리의 대장이라면 대미언은 뉴욕 패거리의 대장이었다. 그들은 즉시 서로를 싫어하게 됐다. 갑자기 대미언의 여자가 오른손을 휘둘러서 대미언의 턱을 정통으로 맞혔다. 대미언이 비틀거리자 그녀가 그를 집으로 데리고 갔다. 신문사에서 일하는 미친 친구 몇 명이 사무실에서 술을 가지고 왔다. 밖에서는 굉장하고도 엄청난 눈보라가 몰아치고 있었다. 에드 던컬은 루실의 누이와 함께 사라졌다. 내가 깜빡 잊고 말을 안 했는데, 에드 던컬은 여자에겐 아주 부드러운 남자였다. 190센티미터의 장신인 그는 온화하고 상냥하고 싹싹하고 부드럽고 쾌활했다. 그는 꼭 여자가 코트 입는 걸 도와주었다. 매사에 그런 식이었다. 새벽 5시에 우리는 모두 건물의 뒷마당으로 몰려나와서 성대한 파티가 열리고 있는 아파트의 창문으로 기어 올라갔다. 새벽에는 다시 톰 세이브룩의 아파트로 돌아왔다. 사람들은 그림을 그리거나 김빠진 맥주를 마시고 있었다. 난 모나라는 여자를 팔에 안고 소파에서 잠들었다. 컬럼비아 대학 캠퍼스 내의 바에 있던 녀석들이 한꺼번에 밀려 들어왔다. 인생의 모든 것, 인생의 모든 단면들이 축축한 하나의 방 안에 밀려와 쌓였다. 이언 매카서의 집에서 파티가 계속됐다. 이언 매카서는 안경을 쓰고 기쁨에 찬 눈으로 렌즈 밖을 응시하는 멋지고 좋은 녀석이었다. 그는 당시 모든 것에 무조건 "그래!"라고 말하던 딘을 따라 하기 시작했는데, 아직도 그 버릇을 고치지 않았다. 딘과 나는 덱스터 고든과 워델 그레이가 불어 젖히는 「더 헌트」의 요란한 소리에 맞춰 소파 위를 넘어 다니며 메릴루 잡기 놀이를 했다. 그녀도 사실은 작은 인형이 아니었으니까. 딘은 차를 타고 더 많은 사람을 데리러 갈 때까지 러닝셔츠도 입지 않고 맨발로 바지만 입고 돌아다녔다. 별별 일이 다 일어났다. 우리는 정신 나간 미치광이 같은 녀석인 롤로 그렙을 만났고 롱아일랜드에 있는 그의 집에 가서 하룻밤을 보냈다. 롤로는 멋진 집에서 이모와 함께 살고 있었는데, 그녀가 죽으면 집은 전부 그의 차지가 될 것이었다. 그런데 이모는 롤로의 부탁은 절대로 들어주지 않았고 그의 친구들을 굉장히 싫어했다. 롤로는 딘, 메릴루, 에드와 나까지 낀 한심한 패거리를 데려와서 와자지껄한 파티를 시작했다. 그의 이모가 2층에서 우리의 동정을 살피다가 경찰을 부르겠다고 협박했다. "입 닥쳐, 이 할망구야!" 롤로가 소리쳤다. 나는 어떻게 그런 상태로 이모와 함께 살 수 있는지 궁금했다. 그 집에는 내가 평생 동안 본 것보다도 많은 책이 있었다. 사면의 벽이 천장부터 바닥까지 온통 성경 외전인지 뭔지 하는 제목의 열 권짜리 책들로만 가득 차 있는 서재 방이 두 개나 됐다. 롤로는 등이 쭉 찢어진 파자마를 입고는 베르디의 오페라를 틀어 놓고 그 음악에 맞춰 팬터마임을 해 보였다. 그 외의 일엔 그 어떤 것에도 관심이 없었다. 그는 옛 17세기 악보 원본을 옆구리에 끼고 악을 쓰면서 뉴욕의 부둣가를 비틀비틀 걸어가는 위대한 학자였다. 혹은 거리를 꾸물꾸

물 기어다니는 커다란 거미와도 같았다. 흥분한 그의 두 눈에서는 악마 같은 날카로운 빛이 뿜어져 나왔다. 그는 발작적인 도취 상태 속에서 목을 좌우로 돌려 댔다. 혀짤배기소리를 내고, 몸을 뒤틀고, 벌러덩 드러눕고, 신음 소리를 내고, 큰 소리로 울부짖더니, 마지막엔 절망하며 꽈당 하고 뒤로 쓰러졌다. 그는 삶이라는 것에 너무나 도취되어 있어서 제대로 된 말은 거의 한마디도 내뱉지 못했다. 딘은 롤로 앞에 머리를 숙이고서서 계속 "그래…… 그래…… 그래."를 중얼거렸다. 딘이 나를 구석으로 끌고 갔다. "저 롤로 그렙은 최고로 멋져. 내가 항상 말하던 게 이거야. 나는 바로 저런 사람이 되고 싶어. 어떤 것에도 얽매이지 않고, 어디든 가고, 하고 싶은 말은 뭐든 다 내뱉고, 적당한 때를 알고, 앞뒤로 몸을 흔들어 대는 것 외엔 아무것도 하지 않지. 알겠지, 저 녀석이야말로 우리의 목표야! 네가 계속해서 저 녀석처럼 행동한다면 결국엔 그걸 얻을 수 있을 거야."

"뭘 얻는다는 거야?"

"그거 말이야! 그거! 나중에 말해 줄게. 지금은 시간이 없어. 지금 우리에겐 시간이 없다고." 딘은 롤로 그렙을 좀 더 관찰하려고 서둘러 돌아갔다.

딘은 위대한 재즈 피아니스트 조지 시어링이 롤로 그렙과 정말 똑같다고 말했다. 딘과 나는 아주 길고 정신없는 주말 동안에 시어링을 보러 버드랜드*에 갔다. 그때가 10시였는데도 우리가 첫 손님일 정도로 그곳은 무척 썰렁했다. 시어링이 나

---

* 뉴욕에 있었던 유명한 재즈 클럽.

왔다. 앞을 못 보기 때문에 다른 사람의 도움을 받아 피아노까지 갔다. 금발 머리에 약간 살집이 있고 빳빳한 하얀 칼라를 단 출중한 외모의 영국인이었다. 베이스 연주자가 정중하게 그를 향해 몸을 기울인 채 퉁기는 박자에 맞춰 그가 달콤한 첫 번째 곡을 물결치듯 연주하기 시작하자, 부드러운 영국 여름의 밤공기 같은 것이 그의 주위를 감싸는 듯했다. 드러머 덴질 베스트는 브러시를 움직이는 손목 외엔 아무런 움직임 없이 앉아 있었다. 그리고 시어링이 몸을 흔들기 시작했다. 들뜬 그의 얼굴에 미소가 번졌다. 그는 피아노 의자에 앉아 몸을 앞뒤로 흔들어 댔다. 처음에는 천천히 흔들다가, 박자가 빨라지기 시작하면서 몸짓도 점점 더 빨라졌다. 왼발은 박자에 맞춰 껑충껑충 뛰는 듯했고, 목은 어찌나 격렬하게 흔들어 대는지 얼굴이 거의 건반에 닿을 정도였다. 시어링이 머리칼을 뒤로 쓸어 넘겼다. 잘 빗겨 있던 머리칼이 완전히 헝클어져 있었다. 그가 땀을 흘리기 시작했다. 음악이 더 빨라졌다. 베이스 연주자는 허리를 앞으로 구부리고 더 빨리, 점점 더 빨리 베이스를 두들겨 댔다. 점점 더, 점점 더, 끝도 없이 빨라지는 것만 같았다. 시어링이 화음을 연주하기 시작했다. 엄청난 소나기가 쏟아지듯 피아노에서 화음이 쏟아져 나왔다. 그 화음들을 순서대로 늘어놓을 시간도 없지 않을까 싶을 정도였다. 화음은 바다처럼 끝도 없이 계속해서 흘러나왔다. 사람들이 환호성을 질러 댔고 딘은 땀을 흘렸다. 땀이 그의 칼라를 타고 줄기차게 흘러 내렸다. "바로 저거야! 저 사람이야! 피아노의 신! 시어링은 신이야! 그래! 그래! 그래!" 시어링이 자기 뒤에 있는 미친 남자의 존재를 알아차렸다. 그는 딘이 헐떡이는 소리와 그가 내뱉는 횡설수설을 전부 들을 수 있었고, 눈으로 보진 못해도 느낄 수 있었다. 딘이 말했다. "바로 그거야! 그래!" 시어링이 미소 지었다. 그리고 또다시 몸을 흔들기 시작했다. 시어링이 땀을 뚝뚝 흘리면서 피아노에서 일어났다. 이때는 그가 좀 더 세련되고 상업적인 스타일로 변하기 전, 위대했던 1949년 시절이었다. 그가 무대에서 내려가고 나자 딘이 텅 빈 피아노 의자를 가리켰다. "저건 신의 빈자리야." 그가 말했다. 피아노 위에는 호른 하나가 놓여 있었다. 호른에서 반사된 황금색 빛이 드럼 뒤편의 벽에 그려진 사막의 대상(隊商) 행렬을 따라 비추며 묘한 분위기를 만들어 내고 있었다. 신은 가 버렸다. 그의 부재로 인해 사방이 고요했다. 비 오는 밤이었다. 그것은 비 오는 밤의 신화였다. 딘은 경이감으로 눈이 휘둥그레져 있었다. 그의 광기는 갈 곳을 찾지 못하리라. 내 몸에 무슨 일인가가 일어나고 있었는데, 난 그게 뭔지 몰랐다. 그러다 문득 우리가 피우고 있었던 마리화나 때문이라는 사실을 깨달았다. 딘이 뉴욕에서 사 온 것이다. 마리화나 기운 때문인지, 곧 모든 것이 다가오리라는 생각이 들었다. 모든 것을 알게 되고, 모든 것이 영원히 결정되는 그런 순간 말이다.

5

나는 모두와 헤어진 뒤 쉬려고 집으로 왔다. 이모는 내가 딘 일당과 어울려 다니며 시간을 낭비하고 있다고 말했다. 잘못이라는 건 나도 알고 있었다. 하지만 사람은 누구나 각자의 삶의 방식이 있고, 끼리끼리 어울려 다니기 마련이다. 내 희망은 서부 해안까지 근사한 여행을 한 번 더 하고 봄 학기에 맞춰 돌아오는 것이었다. 그러나 그 여행은 실로 엄청난 것이 되어 버렸다! 난 그저 딘이 또 무슨 짓을 벌이는지 보기 위해 그들과 차를 함께 탔던 것뿐이었는데 말이다. 물론 딘이 결국은 샌프란시스코에 있는 커밀에게 돌아가리라는 걸 알았기에 메릴루와 연애질을 하려는 의도도 있긴 했다. 우린 다시 한 번 신음하는 대륙을 횡단할 준비를 마쳤다. 나는 재향군인 연금 수표를 돈으로 바꾼 다음 18달러를 딘에게 주면서 아내에게 부치라고 했다. 커밀은 딘이 집에 오길 기다리고 있었고 빈털터리였다. 메릴루가 무슨 생각을 하고 있었는지는 나도 모른다. 에드 던컬은 언제나처럼 그냥 따라왔다.

떠나기 전에 카를로의 아파트에서 길고도 재미있는 시간을 보냈다. 그는 목욕 가운 차림으로 돌아다니면서 반쯤 비꼬는 연설을 해 댔다. "너희들의 뻔뻔한 즐거움을 빼앗을 생각은 없지만, 슬슬 너 사신이 누구이고 무엇을 할 것인지 결정할 때가 온 것 같은데." 카를로는 사무실에서 타이피스트로 일했다. "하루 종일 집에서만 빈둥거리는 게 무슨 의미가 있는 거지? 시시껄렁한 대화나 하고 대체 뭘 하려는 거야? 딘, 왜 커밀을 버리고 메릴루를 선택했어?" 대답 대신 낄낄대는 웃음소리만 들렸다. "메릴루, 넌 왜 이렇게 전국을 여행하고 있는 거야? 흰 천을 뒤집어쓴 방랑자 같은 이 녀석들을 여자로서 어떻게 생각해?" 똑같은 반응이었다. "에드 던컬, 넌 왜 신부를 투손에 버리고 온 거지? 그 커다란 엉덩짝을 붙이고 앉아서 뭘 하는 거야? 네 집은 어디야? 직업은 뭐야?" 에드 던컬은 정말로 당황해서 고개를 숙였다. "샐, 넌 어쩌다 이렇게 너절한 나날을 보내게 된 거야? 루실과는 대체 어떻게 된 거야?" 그는 목욕 가운의 매무시를 바로잡더니 우리 모두를 마주하고 앉았다. "곧 신이 진노할 날이 올 거야. 풍선은 너희를 그렇게 오랫동안 받쳐 주지 못할 걸. 게다가 이건 관념적인 풍선이거든. 서부 해안까지는 날아갈 수 있지만 나중엔 허위허위 돌아와서 자기 비석을 찾아야 할 거야."

이 당시 카를로는 스스로 '바위의 목소리'라 이름 붙인 목소리 톤을 개발했다. 바위 같은 인상으로 사람들을 압도하려는 목적이었다. "너희는 모자에 용을 달고 있어." 그가 우리에게 경고했다. "너희는 지금 박쥐와 함께 다락방에 있어." 우리를 바라보는 그의 눈동자가 광기로 번뜩였다. 그는 '다카르의 우울' 이후 또 한 번, 스스로 '성스러운 우울' 또는 '할렘의 우울'라고 부르는 끔찍한 시기를 보냈다. 할렘에서 살던 어느 여름 밤마다 홀로 잠에서 깨어나 '거대한 기계'가 하늘에서 내려오는 소리를 들었다고 했다. 그리고 125번가를 걸어갈 때면 자신이 다른 물고기들과 함께 '물 밑'에 있음을 느꼈다. 빛나는 아이디어가 폭발할 듯 넘쳐흘러서 잠들어 있던 그의 뇌를 깨웠다. 그는 메릴루를 자기 무릎에 앉혀 놓고는 침묵하라고 명령했다. 그리고 딘에게 말했다. "넌 왜 가만히 앉아 있지를 못하는 거야? 왜 그렇게 사방을 뛰어다녀?" 딘은 커피에 설탕을 타면서 "그래! 그래! 그래!"라고 소리치며 주변을 뛰어다녔다. 밤이 되자 에드 던컬은 바닥의 쿠션 위에서 잤고, 딘과 메릴루는 카를로를 침대에서 쫓아내고 거기에서 잤다. 그러면 카를로는 밤새도록 부엌에 앉아 콩팥 스튜를 먹으면서 바위의 예언을 웅얼거렸다. 나는 날마다 와서 이 모든 걸 지켜봤다.

에드 던컬이 내게 말했다. "어젯밤 타임스스퀘어를 걸어가다가 문득 내가 유령이라는 사실을 깨달았어. 인도 위를 걷고 있던 건 내 유령이었다고." 그는 단호하게 고개를 끄덕이면서 밑도 끝도 없이 내게 그런 말을 했다. 열 시간 후에는 다른 사람이 얘기하고 있는 중간에 불쑥 끼어들어 이렇게 말했다. "맞아, 인도 위를 걷고 있던 건 내 유령이었어."

갑자기 딘이 진지하게 내게로 몸을 기울이며 말했다. "샐, 물어볼 게 있는데, 내겐 아주 중요한 문제야. 네가 어떻게 받아들일지는 모르겠지만, 우린 친구야, 그렇지?"

"물론이지, 딘." 그는 얼굴을 붉히더니 마침내 입을 열었다.

메릴루와 자 달라는 것이다. 메릴루가 다른 남자와 하는 것을 딘이 보고 싶어 한다는 걸 알았기에 나는 이유를 묻지 않았다. 딘이 그 제안을 했을 때 우리는 릿지스 바에 있었다. 해슬을 찾겠다고 한 시간 동안 타임스스퀘어를 헤매고 다닌 후였다. 릿지스 바는 타임스스퀘어 근처에 있는, 건달들이 모이는 술집으로 해마다 이름이 바뀌었다. 전화박스 안에조차 여자는 한 명도 보이지 않고, 빨간 티셔츠부터 파추코가 입는 정장까지 온갖 종류의 날건달 같은 옷을 입은 젊은 사내들만 떼거리로 모여 있다. 그곳은 또 남창들 ── 밤마다 8번가에서 늙고 우울한 동성애자들을 상대로 생계를 꾸리는 소년들 ── 이 모이는 술집이기도 했다. 딘은 그곳에 들어가서 실눈으로 사람들의 얼굴을 하나하나 쳐다봤다. 거친 흑인 동성애자들, 총을 가진 무뚝뚝한 사내들, 칼을 지닌 뱃사람들, 마르고 특징 없게 생긴 마약중독자들, 그리고 반은 재미로 반은 일 때문에 마권 업자 행세를 하며 어슬렁거리는 잘 차려입은 중년 형사도 가끔 가다 한 번씩 보였다. 천하의 딘조차 입을 다물 수밖에 없는 곳이었다. 릿지스 바는 갖가지 사악한 음모가 계획되고 ── 공기 중에서도 그런 분위기를 느낄 수 있었다. ── 그와 함께 온갖 종류의 변태적 성행위가 시작되는 곳이었다. 말하자면 금고 털이범이 건달 녀석에게 14번가의 어떤 다락방을 털자는 제안을 하는 동시에 밤을 함께 보내자는 제안을 하는 식이었다. 킨제이*도 몇몇 소년들을 인터뷰하며 릿지스 바에서 많은 시간을

---

* 1894~1956. 인디애나 대학교 동물학 교수. 1만 8500여 명과의 인터뷰를 바탕으로 『남성의 성행위』(1948)와 『여성의 성행위』(1953)를 저술하였다.

보냈다. 1945년 킨제이의 조수가 왔던 날 밤에는 나도 그곳에 있었다. 해슬과 카를로도 그들과 인터뷰를 했다.

딘과 내가 차를 몰고 집에 돌아와 보니 메릴루는 침대에 있었다. 딘컬은 자신의 유령과 함께 뉴욕을 떠돌고 있었다. 딘이 우리의 결정을 메릴루에게 말해 주었다. 그녀는 기쁘다고 말했다. 확신이 없는 것은 오히려 나였다. 나는 끝까지 해낼 수 있다는 걸 증명해야만 했다. 예전에 어떤 덩치 큰 남자가 죽을 때까지 사용했던 침대는 가운데가 푹 꺼져 있었다. 메릴루가 한가운데 눕고 딘과 나는 각각 양옆으로 솟아오른 매트리스 가장자리에 앉았지만, 무슨 말을 해야 할지 몰랐다. "아, 젠장, 못 하겠어." 내가 말했다.

"어서 해, 약속했잖아!" 딘이 말했다.

"메릴루는?" 내가 말했다. "말해 봐, 메릴루, 네 생각은 어때?"

"해." 그녀가 말했다.

그녀가 나를 끌어안았고 나는 딘이 옆에 있다는 사실을 잊으려고 애썼다. 하지만 그가 어둠 속에 앉아서 모든 소리에 귀를 기울이고 있다는 사실을 떠올리고 웃음을 터뜨렸다. 정말 끔찍했다.

"긴장을 풀어 봐." 딘이 말했다.

"도저히 못하겠어. 잠깐 부엌에 좀 가 있지그래?"

딘은 그렇게 했다. 메릴루는 정말 사랑스러웠지만 나는 그녀에게 이렇게 속삭였다. "샌프란시스코에 가서 연인이 될 때까지 기다려. 지금은 이러고 싶지 않아." 내 말이 옳다는 걸 그녀도 알았을 것이다. 지상의 세 아이들은 밤 속에서 결의를 다지고 과거 몇 세기의 무게를 어둠 속으로 풍선처럼 날려 보내려고 시도했었다. 아파트 안은 묘한 정적에 잠겨 있었다. 나는 딘의 어깨를 툭 치면서 메릴루에게 가 보라고 말하고는 소파에서 잠을 청했다. 흥분한 딘이 횡설수설하는 소리와 미친 듯이 삐걱대는 침대 소리가 들려왔다. 오 년이란 긴 시간을 감옥에서 보낸 녀석만이 그런 말도 안 되는 극단까지 치달을 수 있다. 예를 들면 삶의 모든 환희의 원천이 물리적으로 완벽하게 실현된 형태가 어머니 자궁 속이라는 믿음에 미쳐서, 그 포근한 안식처의 문 앞에서 애원하거나 무조건 그곳으로 되돌아가려 하는 것 말이다. 야한 사진만 쳐다보며 감옥에서 몇 년을 보낸 결과다. 철제 복도의 딱딱함과 그곳에 없는 여자의 부드러움을 비교해 온 결과다. 감옥은 자신에게도 살 권리가 있다는 희망을 품게 하는 장소다. 딘은 자기 어머니의 얼굴을 한 번도 본 적이 없었다. 새 여자도, 새 아내도, 새 아이도 딘의 가난을 불려 주는 것일 뿐이었다. 그의 아버지는 어디에 있었나? 떠돌이 양철공 딘 모리아티 노인은 화물열차를 타고 다니며 철로 변의 허름한 식당에서 허드렛일을 하다가, 주정뱅이가 되어 밤마다 뒷골목에서 비틀거리고 넘어지다, 결국 석탄 더미 위에서 숨을 거뒀고, 그의 누런 이빨은 하나씩 서부의 하수구에 떨어졌다. 딘에게는 메릴루의 완벽한 사랑을 받으며 몇 번이고 달콤한 죽음을 맛볼 충분한 권리가 있었다. 나는 방해하고 싶지 않았다. 그저 따라가고 싶을 뿐이었다.

카를로가 새벽에 돌아와 목욕 가운으로 갈아입었다. 그 당시 그는 잠을 전혀 자지 않았다. "어이쿠!" 그가 소리쳤다. 바지며 드레스, 담배꽁초, 더러운 접시, 펼쳐진 책 등으로 온통

어질러진 바닥을 보고는 정신이 나가기 직전이었다. 그곳은 점점 커다란 광장으로 변해 갔다. 세상이 하루하루 신음하며 돌아가는 와중에 우리는 밤마다 끔찍한 연구에 몰두하기로 했던 것이다. 뭣 때문인지 딘과 메릴루가 싸워서 메릴루는 여기저기 멍이 들고 딘의 얼굴에는 할퀸 자국이 생겼다. 슬슬 떠날 때가 되었다.

전부 열 명의 패거리가 우리 집으로 차를 몰고 갔다. 가방을 챙긴 다음, 몇 년 전 글 쓰는 법을 가르쳐 달라며 딘이 나를 찾아왔을 때 우리가 처음으로 대화를 나눴던 술집에 가서 뉴올리언스에 있는 올드 불 리에게 전화를 했다. 2900킬로미터 떨어진 곳에서 불이 징징대는 소리가 들려왔다. "이봐, 대체 이 갤러티아 던컬이란 여자를 나더러 어떡하라는 거야? 여기 온 지 벌써 이 주나 됐는데, 방에 틀어박혀서는 제인이나 나와는 말도 안 해. 에드 던컬이란 자식하고 지금 같이 있어? 제발 부탁인데 그 자식을 데려와서 이 여자 좀 처치해 줘. 제일 좋은 침대를 차지하고 앉아서는 우리 돈만 축내고 있다고. 여긴 호텔이 아니란 말이야." 에드 던컬은 전화에 대고 과장되게 맞장구를 쳐 가며 불을 안심시켰다. 딘, 메릴루, 카를로, 던컬, 나, 이언 매카서, 이언의 아내, 톰 세이브룩, 그 외에 누구였는지 기억 안 나는 사람들까지 전부 맥주를 마시며 전화통에다 소리를 질러 대서 불을 어리둥절하게 만들었다. 불은 혼란스러운 걸 무엇보다 싫어하는 녀석이었다. "뭐." 그가 말했다. "여기 도착하면 너희들도 조금은 현명해지겠지." 나는 이모에게 작별 인사를 하고 이 주 안에 돌아오겠다고 약속하고는 또다시 캘리포니아를 향해 떠났다.

6

여행을 시작할 무렵 하늘에선 수상한 보슬비가 내리고 있었다. 나는 우리의 여정이 안개의 대서사시가 되리라는 것을 직감했다. "우아!" 딘이 소리쳤다. "가자!" 하고 운전대 위로 몸을 웅크리더니 액셀을 밟았다. 누가 봐도 딘이 원래 모습으로 돌아온 것이 분명했다. 모두 들떠 있었다. 모든 혼란과 헛소리를 뒤로하고, 우리에게 있어 유일하게 고귀한 행위가 드디어 시작되었다. 즉, 움직이는 것. 우리는 움직였다! 뉴저지 어딘가를 달리다가 어둠 속에서 (화살표와 함께) '남쪽'과 (화살표와 함께) '서쪽'이라고 쓰여 있는 묘한 흰색 표지판을 맞닥뜨리고 우린 남쪽을 택했다. 남쪽은 바로 뉴올리언스! 생각만 해도 가슴이 설렜다. 딘의 표현을 따르면 '혹한과 게이들의 도시 뉴욕'으로부터, 녹지가 펼쳐지고 강물 냄새가 나는 정겨운 뉴올리언스로, 거센 물길에 씻긴 미국의 밑바닥을 향해 쭉 내려가는 것이다. 그리고 다시 서쪽으로 갈 작정이었다. 에드는 뒷좌석에 있었다. 메릴루와 딘과 나는 앞좌석에 앉아서 기분 좋게 인생의 즐거움에 대한 대화를 나눴다. 딘이 갑자기 부드럽게 말했다. "이봐, 안심하라고. 모든 일이 잘 풀리고 있고 걱정할 일은 아무것도 없어. 아무것도 걱정하지 않아도 된다는 것이 얼마나 고마운 일인지 잘 음미해 봐. 알겠지?" 다들 동의했다. "자, 가는 거야, 모두 함께……. 뉴욕에선 여러 일들이 있었지? 모두 잊어버리자고." 뉴욕에서는 우리 사이에 사소한 다툼이 있었다. "그 일들은 다 뉴욕에 두고 온 거야. 거리가 멀어진 만큼 마음에서도 떨어뜨려 놓으라고. 이제 뉴올리언스에 가면 올드 불 리를 만날 거고 엄청 재밌는 일들이 기다리고 있을 거야. 여기 이 테너 색소폰 소리를 한번 들어 보라고." 딘은 차가 왕왕 울릴 정도로 라디오 볼륨을 높였다. "이 사람 음악을 집중해서 듣다 보면 진짜 치유와 지혜를 얻을 수 있어."

모두 그 음악에 푹 빠져 딘의 말을 인정했다. 길은 일직선으로 쭉 뻗어 있었다. 고속도로 한가운데 펼쳐진 하얀 선이 타이어에 파인 홈에 달라붙듯이 왼쪽 앞바퀴를 끌어안았다. 한겨울 밤인데 티셔츠만 입은 딘은 근육질 목을 활처럼 구부리고 계속 전속력으로 달렸다. 딘은 내게 볼티모어부터는 운전에 익숙해질 겸 나더러 운전을 하라고 말했다. 그건 상관없었다. 문제는 딘과 메릴루가 키스하고 애무를 하는 동안에도 계속 운전대를 잡고 있었다는 거였다. 완전히 미친 짓이었다. 그동안에도 라디오 볼륨은 최대로 올라가 있었다. 딘이 어찌나 세게 두드려 댔던지 계기판이 움푹 패어 버렸다. 물론 나도 열심히 두드려 댔다. 불쌍한 허드슨 — 중국으로 가는 느린 보트 — 은 그런 수모를 당하고 있었다.

"젠장, 기분 죽이는데!" 딘이 외쳤다. "메릴루, 내 말 잘 들어, 자기도 알지? 난 뭐든지 동시에 할 수 있어. 에너지가 아주 넘치거든. 그러니까 샌프란시스코에 가도 우리 계속 같이 살자. 커밀한테 의무적으로 들르기는 해야겠지만, 최소한 이틀에 한 번은 너한테 갈게. 그리고 열두 시간 동안 같이 있자고. 봐, 열두 시간이면 충분히 즐길 수 있잖아? 커밀한테는 아무 일 없는 것처럼 하고 계속 지낼 거야. 어차피 알지도 못하겠지. 할 수 있어, 전에도 그랬던 것처럼." 메릴루는 어느 쪽이든 상관없었다. 그녀는 커밀의 머리채라도 잡을 준비가 되어 있었다. 원래는 샌프란시스코에 가면 메릴루를 내게 넘기기로 했었지만, 이제 알 수 있었다. 그들 둘은 찰싹 붙어 지내고 난 대륙의 반대쪽 끝에 홀로 남겨지리라는 것을. 하지만 그런 것 때문에 구질구질하게 고민할 필요는 없다. 황금의 땅이 펼쳐져 있고, 예상치 못한 온갖 사건들이 나를 놀랠 준비를 하고 있고, 살아가는 기쁨을 맛보게 해 주려 하고 있지 않은가.

우리는 새벽녘에 워싱턴에 도착했다. 해리 트루먼 대통령이 두 번째 임기를 시작하는 취임식 날이었다. 대단한 군사 장비들의 전시장이 된 펜실베이니아 가를 우리는 찌그러진 보트를 타고 지나갔다. B-29 전투기, 초계(哨戒) 어뢰정, 대포 등 무시무시해 보이는 온갖 종류의 전쟁 장비들이 눈 덮인 잔디 위에 놓여 있었다. 제일 끝에는 처량하고 한심해 보이는 평범한 소형 구명보트가 있었다. 딘이 구경하기 위해 속도를 늦췄다. 그는 탄식하며 고개를 내둘렀다. "이 사람들 대체 뭘 하는 거야? 해리가 이 도시 어딘가에서 자고 있을 텐데…… 괜찮은 친구야…… 나처럼 미주리 출신이지…… 저건 틀림없이 해리의 보트일 거야."

딘이 잠을 자기 위해 뒷좌석으로 가고 대신 던컬이 운전을
했다. 우리는 그에게 천천히 가라고 특별히 주의를 주었다. 그
러나 코를 골기 시작하자마자 던컬은 베어링 등 온갖 부품이
고장 나 있었음에도 불구하고 시속 130킬로미터까지 밟아 댔
다. 그뿐 아니라 경찰이 운전자와 말씨름을 하고 있는 앞에서
이중 추월을 했다. 4차선 도로의 네 번째 차선, 반대 차선을
역주행한 것이다. 당연히 경찰은 사이렌을 울리며 우리를 쫓아
왔다. 우리는 차를 세웠다. 경찰은 우리에게 경찰서까지 따라
오라고 했다. 고약한 경찰 하나가 한눈에 딘을 찍어서 괴롭혔
다. 딘의 온몸에서 풍기는 전과자의 냄새를 맡았던 것이다. 그
경찰은 메릴루와 나를 은밀히 심문하기 위해 동료를 밖으로
내보냈다. 그들은 메릴루의 나이를 알고 싶어 했다. 맨 법*으로
얽어 넣으려는 속셈이었다. 하지만 메릴루는 결혼 증명서를 가
지고 있었다. 그들은 나를 한쪽으로 데려가더니 누가 메릴루
와 잠자리를 하는지 물었다. "그녀의 남편이죠." 내가 간단하게
대답해 주었다. 그들은 호기심에 가득 차 있었다. 우리에게서
수상한 냄새를 맡은 것이다. 그들은 우리가 말실수라도 하길
기대하며 같은 질문을 두 번씩 하는 등 아마추어 셜록 홈스
흉내를 냈다. 내가 말했다. "저 두 친구는 원래 철도 일을 하는
데, 캘리포니아로 돌아가는 중입니다. 이 사람은 키 작은 친구
의 아내이고, 저는 이 주간의 방학 동안 친구들을 따라나선 대

---

* 1910년 제정된 연방의회 법으로, 매춘 등의 부도덕한 목적에서 부녀자를 다
른 주(州)로 이송하는 행위를 금지했다.

학생이지요."

경찰이 웃으며 물었다. "그래? 이게 정말 자네 지갑인가?"

결국 안에 있던 고약한 경찰이 딘에게 25달러의 벌금을 매겼다. 우리는 계속 서부 해안까지 가야 하는데 가진 돈이라곤 40달러밖에 없다고 사정했다. 그들은 그런 건 상관없나고 했다. 딘이 항의하자 못된 경찰 놈은 특수 혐의를 추가해서 그를 펜실베이니아로 돌려보내 버리겠다고 협박했다.

"무슨 혐의로요?"

"무슨 혐의인지는 신경 쓸 거 없어. 그건 걱정하지 않아도 돼, 이 잘난 녀석아."

우리는 25달러를 내는 수밖에 도리가 없었다. 그때 모든 사건의 주범인 에드 던켈이 자기가 감옥에 가겠노라고 했다. 딘은 그 제안에 대해 진지하게 고려했다. 그러자 경찰이 격분해서 소리쳤다. "네놈이 친구를 감옥에 보내면 지금 당장 펜실베이니아로 끌고 가 주겠어. 알아들어?" 우린 그저 그곳에서 벗어나고 싶었다. "버지니아에서 한 번만 더 딱지를 떼면 차를 잃게 될 거야." 못된 경찰의 작별 인사였다. 딘은 화가 나서 얼굴이 벌게졌다. 우리는 조용히 차를 몰고 나왔다. 여행 경비를 빼앗는 건 도둑질을 하라고 부추기는 거나 다름없었다. 그들은 우리가 빈털터리이며 도중에 들를 친척 집도, 돈을 부쳐 달라고 전보를 칠 친척도 없다는 걸 알고 있었다. 미국 경찰은 서류나 협박으로 경찰을 위협하지 않는 시민들을 상대로 심리전을 펴고 있었다. 빅토리아 시대의 경찰과도 같았다. 멍하니 앉아 곰팡이 낀 창밖을 내다보고 있지 않으면 모든 것을 캐고 다니려 했고, 사건이 없을 땐 자기가 만족할 때까지 범죄를 만

들어 냈다. '인생의 아홉 줄은 범죄이고 나머지 한 줄은 권태'라고 루이 페르디낭 셀린*은 말했다. 딘은 너무도 화가 나서 총을 구하는 대로 버지니아로 돌아와 그 경찰 녀석을 쏴 죽이겠다고 했다.

"펜실베이니아!" 딘이 코웃음을 쳤다. "혐의가 대체 뭐였는지 알고 싶군! 아마 방랑법 위반이겠지. 내가 가진 돈을 다 뺏고 방랑죄로 잡아넣는다, 그 자식들에게 그런 일은 오라지게 쉬워. 불평하는 놈이 있으면 아마 바로 쫓아 나와서 쏴 버릴걸?" 어쨌든 다시 즐거운 기분으로 돌아가려면 빨리 잊어버려야 했다. 리치먼드를 통과할 때쯤 우린 그 일을 잊기 시작했고, 곧 모든 게 괜찮아졌다.

이제 여행 경비는 15달러가 남았다. 히치하이커를 태워 주고 휘발유 값을 얻어 내는 수밖에 없었다. 버지니아의 벌판을 달리고 있는데 갑자기 길 위를 걷고 있는 사내 하나가 눈에 들어왔다. 딘이 굉음을 내며 차를 세웠다. 내가 뒤를 돌아보곤 분명 한 푼도 없는 부랑자일 거라고 말해 주었다.

"재미 삼아 태워 주지 뭐!" 딘이 웃었다. 남자는 다 떨어진 옷을 입고 안경을 쓴 미친 녀석이었는데, 도로 옆 도랑에서 주었는지 진흙 범벅이 된 페이퍼백을 읽으면서 걸어가고 있었다. 그는 차에 타고 난 뒤에도 계속 책을 읽었다. 행색은 믿을 수 없을 만큼 더러웠고 온몸이 옴으로 뒤덮여 있었다. 그는 자기 이름이 하이먼 솔로몬이고, 유대인들의 대문을 두드리거나 때

---

* 1894~1961. 프랑스의 의사 겸 소설가. 고뇌하는 인간의 이야기를 격렬한 문체로 표현했다.

로는 발로 차면서 "먹을 거나 돈 좀 주세요. 나는 유대인입니다."라고 구걸하며 전국을 돌아다니고 있다고 말했다.

그는 이 방법이 효과가 좋아서 끼니를 잘 해결하고 있다고 했다. 우리가 무슨 책을 읽고 있냐고 물었더니 그는 대답하지 못했다. 제목을 보는 수고조차 하지 않았던 것이나. 마치 신성한 유대교 율법이 있어야 할 곳인 황야에서 율법이라도 발견한 것처럼 오직 단어들만 보고 있었다.

"봤어? 봤어? 봤어?" 딘이 내 옆구리를 찌르며 킥킥댔다. "내가 재밌을 거라고 했지? 세상엔 정말 재밌는 사람 천지야!" 우리는 솔로몬을 태우고 테스터먼트까지 갔다. 지금쯤 우리 형은 도시 반대편의 새 집에 살고 있을 것이다. 우리 눈앞에 또다시, 철로가 길 한가운데를 지나는 길고도 황량한 거리와, 철물점과 싸구려 잡화점 앞을 성큼성큼 지나다니는 우울하고 무뚝뚝한 남부 사람들이 나타났다.

솔로몬이 말했다. "당신들, 여행을 계속하려면 돈이 필요하지? 내가 유대인들 집에 가서 몇 달러 구걸해 올 테니 여기서 기다려. 그러곤 앨라배마까지 같이 가자고." 딘은 몹시 기쁜 듯했다. 우리 둘은 차 안에서 점심으로 먹을 빵과 치즈를 사러 갔다. 메릴루와 에드는 차에서 기다렸다. 우리는 하이먼 솔로몬을 기다리느라 테스터먼트에서 두 시간을 보냈다. 도시 어딘가에서 빵을 구걸하고 있는지 도통 보이지 않았다. 해가 붉게 물들기 시작했다.

그는 결국 나타나지 않았고, 우리는 테스터먼트를 빠져나왔다. "이제 알겠지, 샐. 신은 정말로 존재해. 우리가 무슨 짓을 하려 해도 자꾸 이 마을과 얽히게 되는 걸 봐. '성서'라는 마을 이름도 그렇고, 우리를 또다시 이곳으로 데려온 저 괴상한 인물의 이름도 성경에 등장하는 것이잖아. 전부 연결되어 있어. 비가 세상 모든 것들을 사슬처럼 연결하는 것같이 말이야……." 딘은 계속해서 주절댔다. 그는 기운이 넘쳤고 흥분해 있었다. 딘과 내 눈에는 이 나라 전체가 우리의 손이 열어 주기만을 기다리는 진주조개처럼 보였다. 그리고 그 안에는 진주가 들어 있다. 그 안에는 진주가 있다. 우리는 계속 남쪽을 향해 달렸고 도중에 또 다른 히치하이커를 태웠다. 그 애처로운 소년은 자기 고모가 노스캐롤라이나 주 페이엣빌 바로 외곽에 있는 던이라는 도시에서 식료품점을 한다고 했다. "거기 가면 너희 고모한테서 1달러 뜯어낼 수 있는 거야? 그래! 좋았어! 가자!" 한 시간 후, 해 질 무렵에 우리는 던에 도착했다. 소년의 고모가 하는 식료품점이 있다는 곳으로 가 보았더니, 그곳은 공장 벽으로 막혀 있는 막다른 골목이었다. 식료품점은 있었지만 고모는 없었다. 우리는 소년의 얘기를 이해할 수가 없었다. 어디까지 가냐고 물으니 그는 모르겠다고 했다. 짓궂은 장난이었다. 아주 오래전, 뒷골목 시절에 던에서 식료품점을 본 적이 있었는데, 혼란스럽고 열뜬 그의 마음속에서 그 얘기가 처음으로 떠올랐던 것이다. 그에게 핫도그를 사 준 다음, 우리가 누워서 잘 자리와 기름 값을 댈 수 있는 히치하이커를 태울 자리가 필요하기 때문에 그를 데리고 갈 수 없다고 딘이 말했다. 슬프지만 사실이었다. 날이 어둑어둑해질 때 우리는 그를 던에 두고 떠났다.

딘과 메릴루와 에드가 자는 동안 나는 사우스캐롤라이나를 지나 조지아 주 메이컨을 통과했다. 밤중에 나만 홀로 깨어 이런저런 생각을 하면서 신성한 도로의 하얀 차선을 벗어나지 않게 조심조심하면서 달렸다. 내가 지금 뭘 하고 있는 거지? 어디로 가고 있는 거야? 곧 알게 되겠지. 메이컨을 통과하고 나자 나는 기진맥진해서 운전을 교대해 달라며 딘을 깨웠다. 우리는 바깥 공기를 쐬기 위해 차에서 내렸다. 캄캄한 어둠 속에서 문득 주변이 온통 향기로운 풀밭과 신선한 분뇨와 따뜻한 물로 둘러싸여 있다는 사실을 깨달았다. 그러자 우리 둘은 기쁨에 취해 멍해졌다. "남부에 왔다! 겨울을 벗어났어!" 희미한 새벽빛이 길가에 돋아난 푸른 싹들을 비췄다. 나는 숨을 깊이 들이마셨다. 모빌 시로 가는 기관차가 울부짖으며 어둠을 가로질렀다. 우리도 그렇게 했다. 나는 셔츠를 벗어 들고 기뻐 날뛰었다. 15킬로미터를 가니 주유소가 나왔다. 직원이 깊이 잠들어 있는 걸 보고 딘은 시동을 끈 채 주유소로 차를 끌고 들어갔다. 그리고 잽싸게 차에서 내려 소리 없이 연료 탱크를 채운 다음 경보가 울리지 않는 걸 확인하고는 우리의 순례 여행을 위한 5달러어치 휘발유를 가득 채운 채 아랍인처럼 차를 몰고 나왔다.

미친 듯이 의기양양하게 울리는 음악 소리와 딘과 메릴루의 말소리에 깨어나 보니 차창 밖으로 푸른 들판이 스쳐 가고 있었다. "여기가 어디야?"

"방금 플로리다에 들어왔어, 친구. 플로머턴이라고 쓰여 있던데." 플로리다라니! 우리는 해안 평야와 모빌 시를 향해 달려갔다. 저 앞에는 멕시코 만에서 솟아오른 거대한 구름이 떠 있었다. 북쪽의 더러운 눈 속에서 모두에게 작별 인사를 한 게 겨우 서른두 시간 전이었는데 말이다. 잠시 주유소에 차를 세웠다. 딘은 메릴루를 업고 연료 탱크 주변을 돌며 장난을 쳤고, 던컬은 안으로 들어가 별 어려움 없이 담배 세 갑을 훔쳐서 나왔다. 우리는 상쾌한 기분으로 출발했다. 밀물 때마다 바닷물에 잠기는 긴 고속도로를 넘어 모빌에 도착해서는 모두 겨울옷을 벗고 남부의 따뜻한 기후를 만끽했다. 이때부터 딘은 자기가 살아온 이야기를 하기 시작했다. 모빌을 지나 교차로에 서로 엉켜 있는 차들을 만났을 때 그는 그 사이를 요리조리 빠져나가는 대신 유럽 사람처럼 110킬로미터를 유지하며 그대로 주유소를 통과해 계속 달리기 시작했다. 뒤따라오던 운전자들은 놀라서 입을 쩍 벌리고 쳐다보고만 있었다. 딘은 자기 얘기를 계속했다. "정말이야. 내 첫 경험은 아홉 살 때였어. 그랜트 가 — 덴버에서 카를로가 살던 바로 그 거리 말이야. — 에 있는 로드네 차고 뒤편에서 밀리 메이페어라는 여자애랑 했지. 그때는 아직 아버지가 대장간에서 일하실 때였어. 숙모가 창밖으로 '너 거기 차고 뒤에서 뭐 하니?' 하고 고함치던 게 생각나는군. 오, 메릴루, 내가 그때 널 알았더라면 좋았을 텐데. 와! 자기가 아홉 살 땐 얼마나 귀여웠을까." 그는 미친 놈처럼 킥킥댔다. 그러곤 메릴루의 입속에 집어넣었던 자기 손가락을 다시 꺼내 빨아 대는가 하면, 그녀의 손을 자기 몸에다 대고 문지르기도 했다. 메릴루는 평온한 미소를 지으며 가만히 앉아 있었다.

빅 에드 던컬은 가만히 창밖을 내다보며 앉아서 중얼거렸다. "네, 저는 그날 밤 제가 유령이라고 생각했습니다." 뉴올리언스에 도착하면 갤러티아 던컬이 자기한테 뭐라고 할지 신경 쓰이는 듯했다.

딘이 이야기를 계속했다. "한번은 뉴멕시코에서 곧장 LA까지 가는 화물열차를 탄 적이 있었어. 열한 살 때였는데, 측선* 에서 아버지를 잃어버렸지. 당시 우리는 부랑자 숙소에 머무르고 있었는데, 내가 빅 레드라는 남자와 같이 있는 동안 아버지는 술에 취해 유개화차 속에 뻗어 있었어. 그런데 갑자기 열차가 굴러가기 시작한 거야. 빅 레드와 나는 기차를 놓쳤고, 그 후 여러 달 동안 아버지를 만나지 못했지. 나는 아주 긴 화물열차를 타고 캘리포니아로 갔어. 나는 듯이 빠른 일등석 화물열차, 사막을 통과하는 고속 열차였지. 오는 내내 난 연결기 위에 타고 있었는데, 그게 얼마나 위험했을지 상상이 가? 하지만 난 어린애라서 아무것도 몰랐어. 한쪽 옆구리엔 빵 덩어리를 끼고 다른 쪽 팔로 브레이크 막대를 감아쥐고 있었다니까? 이건 지어낸 얘기가 아니야. 실화라고. LA에 도착했을 때 우유와 크림이 너무 먹고 싶어서 낙농 목장에 취직을 했어. 첫날 바로 크림을 2리터나 마시곤 다 토해 버렸지."

"불쌍한 딘." 메릴루가 딘에게 키스해 주었다. 딘은 자랑스럽게 앞을 응시했다. 그는 그녀를 사랑했다.

차는 멕시코 만의 푸른 해안선을 따라 달렸다. 라디오에선 심상치 않은 광란이 시작됐다. 그 프로는 뉴올리언스 방송국에서 보내는 '치킨 재즈 앤 검보'** 디스크자키 쇼였는데, 디제

---

* 열차의 운행에 주로 사용되는 선로 이외의 선로. 열차 차량의 재편성, 또는 화물의 적재나 하차 따위에 쓴다.

* 멕시코 만 유역과 루이지애나 남부에서 흔히 먹는, 매콤한 맛의 걸쭉하고 기름진 수프. 본문에서는 루이지애나 특유의 요리 이름과 재즈를 결합함으로써 재즈의 고향이 뉴올리언스임을 나타내고 있다.

이가 "아무것도 걱정하지 마세요!"라는 말과 함께 온갖 종류의 미치광이 재즈 앨범들과 흑인들의 앨범을 틀어 주는 프로였다. 앞으로 맞이하게 될 뉴올리언스의 밤을 상상하는 것만으로도 우리는 기뻤다. 딘은 운전대에 손을 비비적거렸다. "이제 재미 좀 볼 수 있겠는데!" 우리는 저물녘에 뉴올리언스의 시끌벅적한 거리에 도착했다. "오, 사람들 냄새 좀 맡아봐!" 딘이 차창 밖으로 얼굴을 내밀고 코를 킁킁대며 외쳤다. "아! 신이여! 삶이여!" 그는 전차 주위로 차를 한 바퀴 빙 돌렸다. "좋아!" 딘은 차를 쏜살같이 몰면서도 사방을 둘러보며 여자를 찾았다. "저 여자 좀 봐!" 뉴올리언스의 공기가 어쩌나 달콤하던지 마치 온몸이 스카프에 싸인 것 같았다. 북쪽 겨울의 메마른 얼음 냄새에 익숙해 있던 우리의 코에 갑자기 강의 냄새와 사람 냄새, 진흙과 당밀 냄새, 열대의 온갖 냄새들이 밀려 들어왔다. 우리는 앉은 자리에서 펄쩍펄쩍 뛰었다. "저 여자도!" 딘이 또 다른 여자를 가리키며 소리 질렀다. "아아, 좋아, 여자들은 정말 최고야! 멋져! 난 여자가 정말 좋아!" 딘이 창밖으로 침을 뱉었다. 그는 으르렁거리고 머리를 쥐어뜯었다. 순수한 흥분과 탈진으로 인한 거대한 땀방울이 그의 이마에서 뚝뚝 떨어졌다.

알제 카페리에 차를 덜커덩 올려놓고, 배로 미시시피 강을 건넜다. "자, 모두 밖으로 나가서 강과 사람들을 구경하자. 세상의 냄새를 맡아야 해." 딘이 선글라스와 담배를 가지고 부산을 떨면서 말하더니 잭 인 더 박스*처럼 차에서 튀어 나갔

---

* 뚜껑을 열면 인형이 튀어나오는 장난감 상자.

다. 우리도 그 뒤를 따랐다. 난간에 기대 서서, 부서진 영혼들의 격류처럼 미국의 중앙으로부터 흘러 내려온, 갈색 빛을 띤 거대한 '모든 강의 아버지' — 몬태나의 통나무와 다코타의 진흙과 아이오와의 계곡과 얼음 속에서 비밀이 시작되는 스리포크스*에 압도된 것들을 품고 있는 — 를 바라봤다. 한쪽에선 연기 속의 뉴올리언스가 멀어져 갔고, 반대쪽에서는 들쭉날쭉한 숲에 둘러싸여 졸고 있는 옛 도시 알제가 우리에게 다가왔다. 한낮의 뜨거운 더위 속에서 흑인들이 어찌나 불을 지펴 댔던지 배의 기관은 빨갛게 달아올랐고 자동차 타이어에서는 탄내가 났다. 딘은 이 열기 속에서도 위아래로 깡충깡충 뛰어다니면서 그들을 관찰했다. 그는 헐렁한 바지를 반쯤 내려가게 걸쳐 입고는 갑판에서부터 2층까지 설치고 돌아다녔다. 갑자기 가교 위에 극도로 흥분한 딘이 나타났다. 나는 그가 날개라도 달고 뛰어내리길 기대했다. 딘의 미치광이 같은 웃음소리가 배 전체로 울려 퍼졌다. "이히히! 히히!" 메릴루도 그와 함께 있었다. 그는 순식간에 조사를 마치곤 이야깃거리를 잔뜩 가지고 돌아와 우리가 출발하려는 순간 아슬아슬하게 차에 올라탔다. 우리는 좁은 공간을 통과해서 두세 대의 차를 앞지른 다음 알제를 향해 돌진했다.

"어디로 가? 어디로 가지?" 딘이 소리 질렀다.

우리는 우선 주유소에서 세수를 한 후에 올드 불네 집이 어딘지 알아보기로 했다. 나른한 저물녘의 강변에서 꼬마들이 놀고 있었다. 두건과 면 블라우스 차림에 다리를 드러낸 소녀들

---

* 펄루스 강의 세 하천이 합류하는 곳에 세워진, 몬태나 주의 도시.

이 지나갔다. 딘은 이 모든 것을 구경하기 위해 거리를 달려갔다. 그는 주위를 둘러보고, 고개를 끄덕이고, 자기 배를 문질렀다. 빅 에드는 차 안에 편안히 앉아서 모자를 눈 위까지 눌러쓰고는 미소를 지으며 딘을 바라보았다. 나는 차 흙받기 위에 앉아 있었다. 메릴루는 여자 화장실 안에 있었다. 몇 안 되는 남자들이 막대기로 고기를 잡고 있는 수풀 우거진 강가로부터, 점점 더 붉어져 가는 대지를 따라 펼쳐진 삼각주로부터, 곱사등처럼 휘어진 강의 굽이치는 물줄기가 뭐라 이름 붙일 수 없는 끙음을 내며 알제 주위를 뱀처럼 휘돌아 나갔다. 일꾼들과 판잣집들만 가득한 나른한 알제 반도는 언젠간 강물에 씻겨 내려가고 말 것 같았다. 해가 기울고, 벌레들이 퍼덕거리고, 끔찍한 강물은 신음 소리를 냈다.

우리는 마을 외곽의 강둑 근처에 있는 올드 불 리의 집으로 갔다. 그 집은 습지를 가로지르는 길 위에 있었다. 완전히 내려앉은 베란다에 뒷마당에 버드나무가 있는 그곳은 마치 커다란 폐허 같았다. 무성한 잡초는 키가 1미터에 달했고 낡은 울타리는 기울어 있었으며 헛간 역시 무너지기 일보 직전이었다. 사람은 그림자도 보이지 않았다. 뒤뜰로 차를 몰고 들어가니 뒷문 앞에 커다란 빨래 통이 보였다. 나는 차에서 내려서 뒷문으로 갔다. 제인 리가 손으로 햇빛을 가리면서 태양을 향해 서 있었다. "제인." 내가 말했다. "나야. 우리가 왔어."

그녀도 알고 있었다. "그래, 알아. 올드 불은 지금 없어. 저쪽에 무슨 불이라도 난 거야?" 우리 둘 다 태양 쪽을 바라봤다.

"해 말하는 거야?"

"아무리, 해 얘기겠어? 저쪽에서 사이렌 소리가 들렸거든.

이상한 불꽃 같은 거 못 봤어?" 그쪽은 뉴올리언스 방향이었다. 이상한 모양의 구름이 떠 있었다.

"난 아무것도 못 봤는데." 내가 대답했다.

제인이 코를 쿵쿵거렸다. "샐 파라다이스는 여전하네."

그것이 우리가 사 년 만에 만나서 나눈 첫 인사였다. 예전에 나와 내 아내와 제인은 뉴욕에서 같이 살았던 적이 있었다. "갤러티아 던컬은 여기 있어?" 내가 물었다. 하지만 제인은 아직도 불이 난 곳을 찾고 있었다. 이 당시 그녀는 벤제드린 종이*를 하루에 세 통씩 먹고 있었다. 한때는 포동포동한 독일풍 미인이었던 그녀의 얼굴은 비쩍 마르고 불그죽죽하고 무표정하게 변했고, 뉴올리언스에 와서 소아마비를 앓은 터라 다리도 조금 절었다. 딘 패거리는 쭈뼛거리며 차에서 내렸지만 곧 그럭저럭 여유를 되찾았다. 갤러티아 던컬이 자신을 괴롭히던 인간을 만나기 위해 집 안쪽에서 나왔다. 갤러티아는 진지한 여자였다. 창백해 보이는 그녀의 얼굴은 눈물범벅이었다. 빅 에드가 머리를 긁적이며 인사를 건넸다. 그녀가 그를 지그시 쳐다봤다.

"그동안 어디 있었어? 나한테 왜 그랬던 거야?" 갤러티아가 무서운 눈초리로 딘을 쏘아봤다. 그녀는 내막을 알고 있었다. 딘은 그녀에게는 눈곱만큼도 관심이 없이 음식 생각밖에 안 나는 듯 제인에게 먹을 것 좀 없냐고 물었다. 이렇게 대혼란이 시작됐다.

---

* 벤제드린은 원래 호흡곤란 증세가 있는 환자들에게 처방되는 약이기 때문에 벤제드린 분말을 묻힌 종이의 형태로 흡입기 튜브 안에 들어 있다. 그래서 벤제드린 중독자들은 이 종이를 돌돌 말아서 삼키곤 했다.

텍사스 번호판이 붙은 시보레를 몰고 돌아온 불쌍한 올드 불은 자신의 집이 미치광이들에게 점령당했음을 알아차렸다. 하지만 한동안 그에게서 볼 수 없었던 따뜻함이 담긴 인사를 건네며 우리를 맞아 주었다. 그는 부전마비* 환자였던 아버지로부터 유산을 물려받은 옛 대학 동창과 함께 텍사스에서 검은콩을 재배해서 번 돈으로 뉴올리언스에 이 집을 샀다. 불은 가족들로부터 매주 50달러만 받았는데, 그가 매주 거의 그만큼의 돈을 마약을 사는 데 써 버린다는 점과 그의 아내가 매주 약 10달러어치의 벤제드린 종이를 먹어 치운다는 점을 제외한다면 그리 나쁘지 않은 금액이었다. 그들이 식비로 지출하는 돈은 전국 최저 수준이었다. 그들은 거의 아무것도 먹지 않았고, 아이들 또한 마찬가지였지만, 그들은 개의치 않는 듯했다. 이 부부에게는 아주 귀여운 두 아이, 여덟 살짜리 도디와 한 살배기 꼬맹이 레이가 있었다. 무지갯빛 금발의 꼬마 레이는 발가벗은 채로 마당을 뛰어다니곤 했다. 불은 W. C. 필즈의 표현을 빌려, 레이를 '작은 짐승'이라고 불렀다. 뒷마당으로 차를 몰고 들어온 불은 삐거덕거리는 몸뚱이를 겨우 차에서 꺼내 지친 듯이 집으로 건너왔다. 길쭉하고 마르고 괴상하고 말없는 사나이인 그는 안경을 쓰고 펠트 모자에 후줄근한 정장을 입은 채 이렇게 말했다. "어이, 샐, 드디어 왔구나. 안에 들어가서 술부터 한잔해야지."

올드 불 리에 관해 얘기하자면 하룻밤을 꼴딱 새워야 할 것이므로, 이렇게만 말해 두겠다. 그는 스승이었다. 자신의 일평

** 말기 매독에서 간혹 발생하는, 광범위한 뇌 조직 파괴로 인한 정신질환.

생을 배우는 데 바쳤기에, 그에게는 남을 가르칠 충분한 자격이 있었다. 필요에 의해서이기도 했지만 스스로가 원했기 때문에, 그는 자신이 '삶의 사실들'이라 생각하고 또 그렇게 불렀던 것을 배웠다. 그리고 단지 세상에서 어떤 일들이 벌어지고 있는지 보기 위해 자신의 길고 마른 몸뚱이를 이끌고 미 대륙 전체와 유럽과 북아프리카의 대부분을 돌아다녔다. 1930년대에는 벨라루스의 어느 백작 부인을 나치로부터 구해 내기 위해 유고슬라비아에서 그녀와 결혼식을 올렸는가 하면, 헝클어진 머리를 한 당시의 국제 마약 밀매 조직과 서로 기대어 찍은 사진이나 파나마모자를 쓰고 알제의 거리를 둘러보고 있는 사진도 가지고 있었다. 벨라루스의 백작 부인은 그 후로 다시는 만나지 못했다. 그는 시카고에서는 해충 방제사, 뉴욕에서는 바텐더, 뉴어크에서는 소환장 배달부로 일했다. 파리에서는 카페 테이블에 앉아 부루퉁한 표정의 프랑스인들이 지나가는 모습을 지켜보았고, 아테네에서는 자신의 우조* 잔에서 고개를 쳐들고 스스로 세상에서 가장 못생긴 사람들이라 명명했던 사람들을 쳐다보기도 했다. 이스탄불에서는 사실을 찾아내겠다면서 아편 중독자와 양탄자 판매상 들이 우글거리는 사이를 비집고 지나갔으며, 영국의 호텔에서는 슈펭글러와 사드 후작의 책을 읽었다. 시카고에서는 증기탕을 털 계획을 세웠으나 술을 한잔하면서 이 분 동안이나 머뭇거리다가 결국 2달러만 들고 냅다 튀어야 하는 상황에 이르기도 했다. 불은 오로지 경험을 쌓기 위해 이 모든 짓을 했다. 그의 마지막 연구 과제는

* 그리스의 대중적인 술.

바로 마약이었다. 지금 그는 뉴올리언스에 머무르면서 수상한 인물들과 미끄러지듯 거리를 걸어가거나 접선 장소인 술집을 들락거리거나 하는 중이었다.

그의 또 다른 면을 보여 주는 대학 시절의 일화가 있다. 어느 날 오후 올드 불 리는 각종 설비가 모두 갖춰진 자신의 방에서 친구들과 함께 칵테일을 마시고 있었다. 그런데 그가 애완동물로 키우고 있던 흰 족제비가 갑자기 불쑥 튀어나오더니 체구가 작고 우아한 어느 게이 친구의 발목을 물었고, 사람들은 모두 비명을 지르며 문밖으로 쏜살같이 도망쳤다. 그러자 올드 불은 자리에서 벌떡 일어나 엽총을 집어 들고는 "또 쥐새끼 냄새를 맡았군." 하면서 벽에다 총을 쐈고, 그 결과로 쥐쉰 마리는 족히 지나다닐 수 있는 커다란 구멍이 뚫려 버렸다. 그의 방 벽에는 아주 낡고 보기 흉한 코드 곶의 집을 찍은 사진 하나가 걸려 있었는데, 친구들이 "저렇게 보기 싫은 걸 왜 저기다 걸어 놨어?"라고 묻자, 그는 "보기 흉해서 마음에 들거든." 하고 대답했다. 평생 동안 올드 불은 늘 이런 식이었다. 한번은 뉴욕의 빈민가인 60번가에 있는 그의 집을 찾아가 문을 두드린 적이 있다. 그때 머리에는 중산모를 쓰고, 위에는 맨살에 조끼, 밑에는 최신 유행의 긴 줄무늬 바지를 입은 불이 문을 열었다. 손에는 새 모이가 들어 있는 양푼을 들고 있었는데, 담배 속에 같이 말아 넣어 피우려고 모이를 빻고 있었던 것이다. 코데인 성분이 들어 있는 기침약을 끓여서 검은색 고체로 만드는 실험도 하고 있었지만 별 성과는 없었다. 또 그는 셰익스피어 ― 불은 셰익스피어를 '불멸의 음유시인'이라고 불렀다. ―의 작품을 무릎 위에 펼쳐 놓고 오랫동안 앉아 있곤

했다. 뉴올리언스에 온 후로는 셰익스피어 대신 고대 마야족에
관한 책을 무릎에 펴 놓고 있었는데, 얘기를 하고 있을 때에도
책은 언제나 펼쳐진 상태였다. 언젠가 내가 "우리가 죽은 다음
에는 어떤 일이 일어나는 걸까?" 하고 묻자 그는 이렇게 대답
했다. "죽으면 그냥 죽는 거지. 그다음은 없어." 그의 방에는 정
신과 의사가 그에게 사용했었다는 쇠사슬이 있었다. 어느 날
의사가 불에게 마취요법*을 시험해 보던 중에 올드 불에게 서
로 다른 일곱 개의 인격이 있다는 사실이 발견되었다. 각각의
인격은 아래 단계로 내려갈수록 상태가 점점 더 나빠져서, 제
일 밑에 있는 인격인, 미쳐 날뛰는 얼간이는 결국 쇠사슬로 묶
어 두어야 하는 모양이었다. 꼭대기의 인격은 영국의 귀족이고
맨 밑의 인격은 완전한 미치광이였다. 다른 사람들처럼 참을성
있게 기다릴 줄 아는, 중간쯤의 인격인 평범한 검둥이 노인은
이렇게 말했다. "세상에는 나쁜 놈도 있고 그렇지 않은 놈도
있지. 그게 진리야."

불은 옛 미국, 그러니까 처방전 없이도 약국에서 모르핀을
구할 수 있고 중국인들이 저녁마다 창가에서 아편을 피우고
모든 물자가 풍족하고 누구에게나 자유가 넘치고 온 나라가
들뜨고 시끌벅적하고 자유로웠던 1910년에 대한 향수를 가지
고 있었다. 그가 가장 혐오하는 것은 워싱턴의 관료들이었으며
그다음은 자유주의자들, 경찰들 순이었다. 그는 하루 종일 얘
기를 하거나 남을 가르치며 시간을 보냈다. 제인은 불의 발치

---

* 환자에게 마취제를 주사하여 반쯤 잠든 상태로 만든 뒤 마음속에 있는 이야
기를 하게 함으로써 정신이상의 원인을 찾아내는 요법.

에 앉아 그의 말에 귀를 기울였다. 나도 그랬다. 딘도 그랬다. 카를로 막스까지도 그랬다. 우리 모두 그의 가르침을 받았다. 그는 가까이 다가가서 묘하게 젊어 보이는 미치광이의 — 이국적이고 보기 드문 열기와 수수께끼에 싸인 캔자스의 목사 같은 — 뼈만 남은 머리통을 보기 전엔 길거리에서 눈에 띄지도 않을 정도로 특징 없고 칙칙하게 생긴 사내였다. 불은 빈에서 의학을 공부했다. 인류학도 공부했고 책이라면 안 읽은 것이 없었다. 지금 그가 붙들고 있는 일생일대의 과업은 이 생명의 거리, 밤의 세계에 존재하는 것들에 관한 연구였다. 그가 의자에 앉으면 제인이 마실 것으로 마티니를 가져다 주었다. 밤이나 낮이나 블라인드가 항상 내려져 있는 창가의 의자가 그의 자리였다. 무릎 위에는 마야족의 책과 이따금씩 맞은편 벽을 향해 벤제드린 튜브를 쏠 때 쓰는 공기총이 놓여 있었다. 나는 새 튜브를 줍느라 계속 수선스럽게 주위를 왔다 갔다 했다. 우린 모두 함께 약을 하면서 얘기를 나눴다. 불은 이번 여행을 하는 이유를 알고 싶어 했다. 그는 우리를 쳐다보면서 그르렁 하고 텅 빈 물탱크가 울리듯 저 깊은 속에서부터 코를 통해 울려 나오는 소리를 냈다.

"자, 딘, 잠깐 여기 차분히 앉아서 왜 이 대륙 횡단 여행을 하는 건지 말해 봐."

딘이 얼굴을 붉히며 말했다. "글쎄 뭐, 너도 잘 알잖아."

"샐, 넌 서부 해안에 뭐 하러 가는 거야?"

"며칠 동안만이야. 학교가 시작될 때는 돌아갈 거야."

"에드 던컬이란 녀석하곤 또 어떻게 된 거야? 그놈은 대체 어떤 놈이야?" 그때 에드는 갤러티아와 화해하느라 침실에 있

었지만 얼마 지나지 않아 우리가 있는 곳으로 왔다. 우리는 에
드 던컬에 대해 불에게 뭐라고 말해야 할지 몰랐다. 우리도 스
스로에 대해 아는 게 없다는 사실을 알아차리자, 불은 마리화
나 세 대를 꺼내면서 저녁이 곧 준비될 테니 한 대씩들 피우라
고 말했나.

"식욕 돋우는 데는 이만한 게 없어. 한번은 노점에서 정말
끔찍하게 맛없는 햄버거를 사 먹은 적이 있는데, 이걸 피우면
서 먹었더니 세상에서 제일 맛있는 음식처럼 느껴지더라니까.
콩 재배 문제 때문에 데일을 만나러 휴스턴에 갔다가 지난주
에 막 돌아왔거든. 하루는 아침에 모텔에서 자고 있는데 갑자
기 꽝 하는 소리가 들리는 거야. 침대에서 벌떡 일어났지. 알
고 보니 내 옆방의 빌어먹을 얼간이 자식이 자기 마누라를 쏴
버렸더라고. 사람들이 모두 놀라 멍하니 있는 틈을 타서 녀석
은 장총을 바닥에 남겨둔 채 차를 몰고 도망쳐 버렸어. 경찰
은 호마에 다다라서야 코가 비뚤어지게 취해 있는 녀석을 붙
잡았지. 이제 이 나라에선 남자도 총 없이는 안심하고 돌아다
닐 수가 없다니까." 그는 재킷을 들추고는 그 밑에 있는 권총
을 우리에게 보여 줬다. 그다음엔 서랍을 열고 그 안에 들어
있는 나머지 무기들도 전부 다 보여 줬다. 뉴욕에 살 때 그는
한동안 침대 밑에 경기관총을 놓고 자기도 했다. "지금은 그
때보다 더 좋은 걸 갖고 있어. 바로 이 독일제 샤인토트 가스
총 말이야. 이 아름다운 자태를 보라고. 한 번에 오직 한 발만
넣을 수 있지. 이것만 있으면 100명을 쓰러뜨리고도 도망칠 시
간이 남아돌아. 유일한 문제는 나한테 탄알이 딱 한 개밖에
없다는 거야."

"그런 건 내가 없을 때 쐈으면 좋겠어." 부엌에 있던 제인이 말했다. "내가 가스총을 쏴도 쐈는지 네가 알기나 하겠어?" 불이 코를 킁킁댔다. 그녀가 뭐라고 비꼬건 불에겐 관심 밖의 일이었지만 듣는 것까지 피할 수는 없었다. 이 부부의 관계는 세상에서 가장 이상한 관계 중 하나였다. 그들은 밤새도록 얘기했다. 혼자 떠들기 좋아하는 불이 단조롭고 지루한 목소리로 계속 떠들어 대는 동안은 제인이 아무리 끼어들려고 애써도 끼어들지 못했다. 하지만 새벽이 되어 불이 지쳐 나가떨어지면 그때부터는 제인이 얘기하기 시작했고 불은 킁킁거리거나 그르렁 소리를 내면서 가만히 듣고 있었다. 그녀는 이 남자를 정열적으로 사랑했지만, 그것은 일종의 광기 어린 사랑이었다. 그들 사이엔 주위를 맴돈다거나 돌려 말하는 것 따윈 존재하지 않았고, 오직 직설적인 화법과 누구도 이해할 수 없는 깊은 동료 의식만이 존재할 따름이었다. 흥미로워 보이는, 그들 사이의 냉정하고도 차가운 그 무엇은 사실 각자의 미묘한 감정 변화를 전달하기 위한 일종의 유머였을 뿐이다. 결국 그들에겐 사랑이 전부였다. 제인은 불에게서 절대 3미터 이상은 떨어지지 않았고, 아무리 낮은 목소리로 말해도 그가 하는 말은 한마디도 놓치지 않았다.

딘과 나는 뉴올리언스의 굉장한 밤을 기대하면서 불에게 이곳저곳을 안내해 달라고 부탁했다. 하지만 그는 오히려 찬물을 끼얹었다. "뉴올리언스는 아주 따분한 동네야. 유색인 구역에 가는 것도 불법이고 말이야. 술집들도 참을 수 없을 정도로 조용해."

내가 말했다. "어딘가 괜찮은 술집도 있지 않아?"

"미국에 괜찮은 술집이란 존재하지 않아. 괜찮은 술집은 저 너머로 사라져 버렸어. 1910년의 술집은 남자들이 근무 시간 중에 혹은 퇴근 후에 만나는 장소였고, 긴 카운터, 금속 난간, 타구, 연주자가 있는 피아노, 거울 몇 개, 한 잔에 10센트 하는 위스키 통과 한 잔에 5센트 하는 맥주 통이 있었지. 하지만 지금은 크롬, 술 취한 여자, 게이, 불친절한 바텐더, 가죽 의자와 단속반을 걱정하며 문 주변을 맴도는 성마른 술집 주인밖에 없어. 엉뚱한 시간에 괜한 소동을 피우고 모르는 인간이 들어오면 죽은 듯이 조용해지지."

우리는 술집에 관한 논쟁을 벌였다. "좋아." 불이 말했다. "오늘 밤 뉴올리언스에 가서 내 말이 무슨 뜻이었는지 증명해 보이지." 그러고는 일부러 제일 따분한 술집으로만 우리를 데리고 갔다. 제인은 아이들과 함께 집에 있었다. 저녁 식사를 마치고 났을 때였다. 그녀가 뉴올리언스 최대의 신문인 《타임스 피카윤》에 난 구인 광고를 읽고 있었다. 일자리를 찾는 거냐고 물었더니 그녀는 신문에서 가장 재미있는 부분이라서 읽고 있을 뿐이라고 대답했다. 불은 우리와 함께 시내로 들어가는 동안에도 얘기를 계속했다. "천천히 가, 딘. 무사히 도착하고 싶어. 페리가 있으니까 강에 처박힐 필요는 없다고." 하지만 딘은 속력을 줄이지 않았다. 딘의 상태가 더 나빠졌다고 불이 내게 귓속말을 했다. "말하자면 자기만의 이상적인 운명을 향해 폭주하는 것 같아. 어떻게 손 쓸 도리가 없는 정신분열이야. 정신병자 특유의 무책임한 폭력의 발작이 보여." 그가 곁눈질로 딘을 쳐다봤다. "이 미친 녀석과 함께 캘리포니아에 가도 별 신통할 게 없을 거야. 그냥 나랑 같이 뉴올리언스에 머물지 그래? 그러면 말을 타고 그레트나까지 다녀올 수도 있고, 뒷마당에서 느긋하게 쉴 수도 있어. 좋은 칼 세트가 하나 생겨서 다트용 과녁판도 만드는 중이야. 시내에 가면 인형처럼 예쁘고 매력적인 여자들도 있다고. 네가 요즘 그런 쪽에 관심만 있다면 말이야." 불이 쿵쿵댔다. 페리에 오르자마자 딘은 차에서 튀어나가 난간에 몸을 기댔다. 나는 딘을 따라갔지만 불은 쿵쿵대고 그르렁대며 차 속에 앉아 있었다. 그날 밤 갈색 빛깔의 강물 위엔 시커먼 나무토막들이 떠 다녔고 유령처럼 보이는 신비로운 안개가 끼어 있었다. 강 맞은편에서 오렌지색으로 밝게 빛나는 뉴올리언스 주위에는 어두컴컴한 배 몇 척이 정박해 있었는데, 스페인풍 발코니와 장식적인 선미루가 달린 그 배들은 세레노*의 배처럼 귀신이 나올 듯한 두꺼운 안개로 겹겹이 싸여 있었지만, 사실 가까이에서 보면 스웨덴과 파나마에서 온 낡은 화물선에 불과했다. 페리의 불꽃은 밤에도 환하게 타올랐다. 알제 때처럼 흑인들이 열심히 노래를 부르며 삽질을 해댔기 때문이다. 옛 친구 빅 슬림 해저드도 한때 알제의 페리에서 갑판원으로 일했었다. 그 사실을 생각하자 문득 머릿속에 미시시피 진이 떠올랐다. 미시시피의 강물이 별빛을 따라 미국의 중앙부를 흘러가는 동안, 나는 깨달았다. 미친 소리 같겠지만, 내가 지금껏 알아 왔고 앞으로 알게 될 모든 것이 오직 '한 가지'라는 사실이었다. 기묘한 얘기지만 올드 불 리와 함께 페리를 타고 강을 건넜던 그날 밤 한 소녀가 갑판에서 몸

---

* 허먼 멜빌의 중편소설 「베니토 세레노」(1855)에 등장하는 스페인 노예선의 선장. 노예들이 반란을 일으킨 후 물과 식량이 떨어져 표류하던 노예선의 모습이 본문 속 배의 모습과 같이 묘사되어 있다.

을 던져 자살했다. 우리가 타기 직전 아니면 직후였을 것이다. 우리는 다음 날 신문을 보고 그 사실을 알았다.

우리는 올드 불과 함께 프랑스 구역에 있는 따분한 술집들을 한 바퀴 돈 다음 한밤중이 되어서야 집에 돌아왔다. 그날 밤 메릴루는 손에 넣을 수 있는 약이란 약은 선부 나 시도했다. 마리화나, 신경안정제, 벤제드린에 독주까지 마시더니 나중엔 올드 불에게 모르핀 주사까지 놔 달라고 했다. 물론 불은 거절하고 대신 마티니 한 잔을 주었다. 메릴루는 온갖 종류의 약에 흠뻑 절어서 멍한 상태로 나와 함께 베란다에 서 있었다. 불네 집의 베란다는 굉장히 멋있었다. 집 주위를 빙 두르고 있는 베란다에 버드나무와 달빛까지 더해지자 마치 한때는 좋은 시절도 있었던 남부의 옛 저택처럼 보였다. 집 안에서는 제인이 거실에 앉아 구인 광고를 읽고 있었다. 불은 욕실에 앉아 주사를 놓으려고 지혈대 대신 낡은 검정 넥타이를 이로 바짝 잡아당긴 채 구멍이 몇 천 개나 뚫려 있는 끔찍한 팔뚝을 바늘로 찌르고 있었다. 에드 던컬은 올드 불과 제인이 이제 사용하지 않는 거대한 침대 위에 갤러티아와 대자로 널브러져 있었다. 딘은 새 마리화나를 말고 있었다. 메릴루와 나는 남부 귀족 흉내를 냈다.

"아니, 루 양. 오늘 밤 정말로 매혹적이고 사랑스러워 보이는군요."

"어머나, 고마워요, 크로포드. 당신의 훌륭한 찬사에 진심으로 감사드려요."

기울어진 베란다에 늘어선 문들이 계속해서 열렸다. 미국의 밤 속에서 슬픈 드라마를 연기하는 주인공들이 다른 사람들은 어디에 있나 보려고 들어갔다 나왔다 했다. 결국 나는 홀로 둑까지 산책을 가야 했다. 흙둑 위에 앉아서 미시시피 강을 감상하고 싶었지만, 그 대신 철조망에 코를 대고 바라볼 수밖에 없었다. 사람들을 강으로부터 격리시켜서 얻는 게 도대체 뭐지? "관료주의지!" 올드 불이 외쳤다. 그의 무릎 위에는 카프카의 책이 펼쳐져 있었고, 머리 위에선 등잔불이 타고 있었고, 그의 코는 그르렁 소리를 냈다. 불의 낡은 집이 삐거덕거렸다. 몬태나에서 떠내려 온 통나무가 깊고 어두운 밤의 강물 속을 흘러갔다. "관료주의가 아니면 달리 뭐겠어. 그리고 조합! 한심하기 그지없는 조합들!" 하지만 음울한 웃음은 곧 다시 찾아올 것이다.

7

상쾌한 기분으로 일찍 일어나 보니 올드 불과 딘은 뒷마당에 나가 있었다. 딘은 주유소 작업복을 입은 채 불을 돕고 있었다. 불은 아주 크고 두툼한, 썩은 나무토막을 찾아내서는 거기에 박힌 작은 못들을 장도리로 뽑느라 용을 쓰고 있었다. 못이 박혀 있는 곳을 살펴보니 수백만 개가 박혀 있는 모습이 마치 벌레 같았다.

"이 못들을 다 뽑고 나면 천 년이 가도 내려앉지 않는 선반을 만들 거야." 소년처럼 흥분한 불이 온몸을 부르르 떨면서 외쳤다. "샐, 요즘 나오는 선반들은 조그만 장식품만 올려놔도 육 개월만 지나면 금이 가거나 내려앉는 거 알아? 집이나 옷도 마찬가지야. 망할 놈들이 플라스틱을 발명했으니 사실 그걸로 영원히 무너지지 않는 집을 만들 수 있어. 타이어도 그래. 달리는 도중에 과열돼서 터져 버리는 불량 고무 타이어 때문에 매년 수백만 명의 미국인들이 목숨을 잃고 있지. 펑크 나지 않는 타이어를 분명 만들 수 있는데도 말이야. 치약도 마찬가지야. 어렸을 때부터 씹으면 평생 동안 충치가 생기지 않는 껌을 발명해 놓고도 일반인들에겐 절대 공개하지 않는단 말이지. 옷도 그렇다니까. 영원히 닳지 않는 옷을 만들 수 있지만 싸구려 제품을 만드는 걸 더 좋아해. 그래야 사람들이 계속해서 일하고, 출근부에 도장을 찍고, 불만 가득한 노조에 가입하고, 아등바등하며 살아가는 동안, 워싱턴과 모스크바의 거물들이 세계를 쥐어흔들 수 있을 테니까." 불이 커다란 썩은 나무토막을 집어 들었다. "정말 근사한 선반이 될 것 같지 않아?"

이른 아침이었지만 그는 기운이 넘쳤다. 이 불쌍한 친구는 쓰레기 같은 약을 몸속에 너무 많이 집어넣은 나머지 한낮에도 램프를 켜 놓고 자기 의자에 앉아 하루의 대부분을 근근이 견뎌 나가야 했지만 유일하게 아침에는 컨디션이 굉장히 좋았다. 우리는 표적을 향해 칼을 던지기 시작했다. 불이 튀니지에서 12미터 거리에 있는 사람의 눈을 맞힐 수 있는 아랍인을 본 적 있다고 말했다. 이 얘기는 1930년대에 카스바*에 갔던 그의 숙모 얘기로 이어졌다. "숙모는 단체 여행단과 함께 가이드를 따라가는 중이었어. 새끼손가락에 다이아몬드 반지를 끼고 있었지. 잠깐 벽에 기대서 쉬고 있는데, 아랍인 한 명이 불쑥 나타나더니 채 비명을 지르기도 전에 손가락을 훔쳐 가 버린 거야. 숙모는 그제야 자기 새끼손가락이 없어졌다는 걸 깨달았지. 히히! 히히! 히!" 불은 웃을 때마다 입술을 꼭 다물어서 마치 아주 먼 곳에서 들려오는 것처럼 웃음소리가 뱃속에

---

* 북아프리카의 도시들에 있는 옛 성채.

서 울려 나왔다. 그러고는 너무 웃느라 몸이 거의 반으로 접힐 지경이 되더니 결국은 무릎까지 꿇었다. 그는 아주 오랫동안 웃었다. "제인!" 그가 기쁜 듯이 외쳤다. "방금 숙모가 카스바에 갔던 얘기를 딘과 샐에게 해 줬어!"

"나도 들었어." 부엌문에 서 있는 그녀의 목소리가 감미롭고 따스한 멕시코 만의 아침을 가로질러 왔다. 강어귀에서 강어귀까지, 산꼭대기에서 산꼭대기까지, 황폐해져 버린 성스러운 미 대륙의 광대함을 느끼게 하는 계곡의 구름, 정말 아름다운 구름들이 머리 위에 떠 있었다. 불은 활기와 정력이 넘쳤다. "내가 데일네 아버지에 대해 얘기해 준 적 있던가? 이 노인네는 아마 너희가 평생 본 어떤 이들보다 제일 웃기는 노인네일 거야. 부전마비라고 해서 뇌의 전두가 손상되는 병에 걸렸는데, 이 병에 걸린 환자의 머릿속에 어떤 생각이 떠오르건 그건 그 사람 책임이 아니거든. 한번은 텍사스에 있는 집을 증축하느라 목수들이 하루 종일 일을 한 적이 있어. 그런데 한밤중에 노인네가 벌떡 일어나더니 이러는 거야. '망할 놈의 증축 따위 필요 없으니까 당장 저쪽으로 옮겨!' 그래서 목수들은 지금까지 일한 걸 다 뜯어내고 처음부터 다시 시작해야 했어. 새벽이 되었을 때 그들은 새로 증축한 부분을 열심히 망치로 부수고 있었지. 그런데 노인네가 이번엔 또 그게 지겨워졌는지 이러는 거야. '빌어먹을, 메인에 가야겠다!' 그러곤 차에 올라타더니 시속 160킬로미터로 달리기 시작했어. 차 뒤로 엄청난 닭털이 폭포처럼 쏟아져서 수백 킬로에 달하는 꼬리를 남겼지. 텍사스의 어느 마을에서 갑자기 위스키를 사야겠다는 생각이 든 영감은 길 한가운데에 차를 세워 놓고 가게로 들어갔어. 사방에서 차들이 빵빵거리며 경적을 울려 대자 그는 상점에서 소리를 지르며 뛰어나왔지. '이 망할 다식들아, 그 티끄런 소리 당장 딥어티우지 못해!' 하고 혀짤배기소리를 한 거야. 부전마비에 걸리면 혀짤배기소리를 하거든. 어느 날 밤 신시내티의 우리 집에 와서 경적을 빵빵 울리면서 말하더군. '어서 나와. 나랑 같이 데일을 만나러 텍사스에 가자.' 메인에서 돌아오는 길이었던 거야. 자기가 집 한 채를 새로 샀다고 우기더라고. 아, 대학 다닐 때 이 영감에 관한 얘기를 쓰기도 했었는데. 그러니까 배가 아주 처참하게 난파돼서 사람들이 구명보트 양쪽에 매달린 채로 물속에 떠 있는데, 영감이 커다란 칼을 사람들 손가락을 향해 휘두르면서 소리치는 거지. '뎌리 썩 끄져, 이 염병헐 배는 내 거란 말야!' 으, 정말 끔찍한 영감이었지. 하루 종일 그 영감쟁이 얘기를 할 수도 있어. 근데 오늘 날씨 정말 좋지 않아?"

정말 그랬다. 강둑 쪽에서 부드러운 산들바람이 불었다. 그 바람엔 이번 여행 전체와 맞먹는 가치가 있었다. 우리는 선반을 달 벽의 치수를 재러 불을 따라 집 안으로 들어갔다. 그는 우리에게 자기가 만든 식탁을 보여 줬다. 두께가 15센티미터나 되는 나무로 만든 것이었다. "이 정도 식탁이면 천 년은 가겠지!" 불이 갸우뚱 기울인 길쭉하고 야윈 얼굴로 우리를 바라보며 미친놈 같은 어조로 말했다. 그러더니 쾅 하고 식탁을 쳤다.

저녁마다 그는 이 식탁에 앉아 음식을 집어 먹으면서 고양이들에게 뼈다귀를 던져 주었다. 그는 고양이를 일곱 마리나 키우고 있었다. "나는 고양이를 아주 좋아해. 특히 욕조 위에 들고 있으면 깩깩대고 우는 놈들을 좋아하지." 그가 시범을 보여 주겠다고 우겼지만 욕실에는 사람이 있었다. "이런." 그가 말했다. "지금은 못 하겠는데. 근데 사실 지금 옆집 사람들이랑 전쟁 중이야." 그러곤 옆집 얘기를 해 줬다. 당장이라도 쓰러질 듯한 울타리 너머로, 도디와 레이, 때로는 올드 불에게까지 돌을 던져 대는 버르장머리 없는 아이들이 딸린 대가족이 었다. 불이 아이들에게 그만하라고 하자 옆집 노인네가 달려 나오더니 포르투갈어로 뭐라고 소리쳤다. 불은 집 안으로 들어가 엽총을 들고 나와 태연하게 총에 기대섰다. 넓은 모자챙 밑으로 드러난 얼굴에는 믿기 어려운 억지웃음이 떠올라 있었고, 기괴하고 홀쭉한 외로운 광대가 구름 아래 서서 무언가를 기다리듯 그의 온몸은 수줍게 뱀처럼 배배 꼬였다. 그 모습은 옆집의 포르투갈인들에게 분명 오래전의 끔찍한 악몽에 나왔던 무언가를 생각나게 했을 것이다.

우리는 할 일을 찾아 뒷마당을 뒤져 보았다. 불이 기분 나쁜 옆집을 떼어 놓기 위해 설치하고 있는 어마어마한 담장이 있었다. 아직 미완성이었는데 쉽게 끝나지 않을 듯했다. 불은 담장이 얼마나 튼튼한지 보여 주려고 앞뒤로 흔들어 보았다. 그러다 갑자기 피곤해졌는지 조용해지더니 집 안으로 들어가선 점심 식사 전 약을 맞기 위해 욕실로 사라졌다. 그는 흐리멍덩한 눈으로 조용히 나와 램프 옆 자기 자리에 앉았다. 드리워진 블라인드를 통해 희미한 빛이 비쳤다. "이봐, 너희들 내 오르곤 상자에 한번 들어가 보지 않을래? 뼛속까지 활력을 불어넣어 준다니까. 난 매번 시속 150킬로미터로 가장 가까운 창녀촌에 달려가곤 한다고. 하, 하, 하!" 이것이 그 특유의 '억지웃음'이었다. 오르곤 상자는 성인 남자 한 명이 들어가 앉을 수 있을 만한 크기의 평범한 상자다. 나무 한 겹, 금속 한 겹, 나무 한 겹으로 이루어져 있는데, 대기 중의 오르곤 에너지를 빨아들여서 인간의 몸이 통상적인 흡수량 이상을 흡수할 수 있을 만큼 오랫동안 붙잡아 두는 역할을 한다. 라이히의 주장에 따르면 생명체를 구성하는 기본 원소인 오르곤은 대기 중에서 진동하고 있는 원자이다. 이 오르곤 에너지가 다 떨어지면 사람은 암에 걸린다. 올드 불은 무공해 나무를 쓰면 상자의 성능이 향상되지 않을까 하는 생각에 강어귀의 덤불에서 뜯어 온 나뭇잎과 잔가지를 이 수수께끼의 별채에 매달았다. 햇볕이 쨍쨍 내리쬐는 평평한 마당에 서 있는 그 껍데기 벗기는 기계는 미치광이 같은 기구들로 주렁주렁 장식되어 있었다. 올드 불이 홀러덩 옷을 벗고 상자 안에 들어가 앉아서는 넋을 잃고 자기 배꼽을 바라보았다. "이봐 샐, 점심 먹고 나면 나랑 그레트나 경마장에나 가자." 그는 역시 멋진 녀석이었다. 점심 식사 후에 불은 무릎 위에 공기총을 놓고 목에는 자고 있는 꼬마 레이를 매단 채 자기 의자에 앉아서 낮잠을 잤다. 아버지와 아들이 함께 있는 아름다운 풍경이었다. 특히 그 아버지는 뭔가 소일거리나 얘깃거리를 찾아내는 일이라면 절대 자기 아들을 지루하게 하지 않을 것이다. 불이 갑자기 움찔하며 깨어나더니 나를 뚫어져라 쳐다봤다. 일 분이 지나서야 그는 겨우 내가 누군지 알아봤다. 그리고 "샐, 서부 해안에는 대체 뭐하러 가는 거야?"라고 묻고는 곧 다시 잠들었다.

그날 오후 불과 나는 단둘이서 낡은 시보레를 몰고 그레트나에 갔다. 딘의 허드슨이 납작하고 미끈한 반면 불의 시보레는 바닥이 높고 덜거덕거렸다. 마치 1910년으로 되돌아간 것 같았다. 마권 업소는 강가에 위치한, 크롬과 가죽으로 장식된 커다란 바 안에 있었다. 그 바는 거대한 홀의 뒤편에 있었는데 홀의 한쪽 벽에는 경주마들의 이름과 번호 등이 붙어 있었다. 루이지애나의 유명 인사들이 경마 편람을 들고 주위를 어슬렁거렸다. 불과 나는 맥주를 마셨다. 그러다 불은 별 생각 없이 슬롯머신으로 다가가서 50센트짜리 동전을 집어넣었다. 그림판이 타다닥 돌아가다가 '당첨', '당첨', '당첨'에 멈췄는데, 세 번째 '당첨' 그림이 마지막 순간에 다시 뒤로 넘어가서 '체리' 그림으로 바뀌었다. 간발의 차이로 100달러가량의 상금이 날아간 것이다. "제기랄!" 불이 소리쳤다. "이건 분명 조작된 거야. 너도 방금 봤지? 내가 돈을 따려고 하니까 그림이 짤까닥 뒤로 넘어갔잖아. 하지만 뭐, 어쩌겠어." 우리는 경마 편람을 이 잡듯 샅샅이 읽었다. 몇 년 만에 처음 하는 경마라 낯선 이름들 때문에 어안이 벙벙했다. 그런데 '빅 파파'라는 이름을 보자 불현듯 아버지 생각이 났다. 나는 예전에 아버지와 경마를 하곤 했다. 내가 올드 불에게 그 얘기를 하려는 순간 그가 말했다. "나는 여기 '검은 해적선'에 걸까 해."

그다음에 드디어 내가 말했다. "'빅 파파'란 이름을 보니 아버지가 생각나."

불은 잠시 동안 생각에 잠겼다. 그의 투명한 파란 눈이 마치 최면을 거는 것처럼 내 눈을 똑바로 바라보았지만 나는 그가 무슨 생각을 하고 있는지 알 수가 없었다. 그런 다음 불은 카운터로 가서 '검은 해적선'에 돈을 걸었다. '빅 파파'가 우승했다. 배당률은 오십 배였다.

"빌어먹을!" 불이 외쳤다. "왜 몰랐을까. 전에도 이런 적이 있었는데. 아, 대체 인간은 언제가 되야 깨닫게 되는 걸까?"

"무슨 소리야?"

"'빅 파파' 얘기지. 네가 환영을 봤잖아, 환영 말이야. 천치 같은 놈들이나 환영에 신경 쓰지 않는 거라고. 오랜 경마광인 네 아버지가 '빅 파파'가 경주에서 우승하리라는 메시지를 네게 보낸 거야. 그 이름은 네게 어떤 느낌을 불러일으켰어. 네 아버지가 그 이름을 통해 메시지를 보냈던 거야. 네가 아까 그 말을 했을 때 내가 생각한 게 바로 그거였어. 미주리에 사는 내 사촌도 엄마를 생각나게 하는 이름을 가진 말에 돈을 걸었다가 그 말이 우승해서 큰돈을 벌었거든. 똑같은 일이 오늘 오후에 일어난 거지." 그는 고개를 가로저었다. "자, 이제 가자. 너랑 같이 경마하는 건 이게 마지막이야. 환영들 때문에 괜히 마음만 산란하다고." 그의 낡은 집으로 돌아오는 차 속에서 불이 말했다. "인류는 언젠간 죽은 자와 또 다른 세계, 뭔지는 모르지만 아무튼 어떤 세계와 우리가 접촉하며 살고 있다는 걸 깨닫게 될 거야. 지금도, 우리가 충분한 정신적 힘을 발휘할 수만 있다면, 앞으로 100년 동안 무슨 일이 일어날지 예측할 수도 있고 온갖 종류의 재난을 피하기 위한 조치를 취할 수도 있을 거야. 사람이 죽으면, 지금은 전혀 알려져 있지 않지만 과학자들이 유능하기만 하다면 언젠가 명백하게 밝혀질 어떤 변화가 뇌 속에서 일어나게 돼. 나쁜 놈들이야 지금 당장 자기들이 세계를 날려 버릴 수 있나 없나 외엔 관심도 없겠지만."

우린 제인에게도 그 얘기를 해 줬다. 그녀는 코웃음을 쳤다. "내가 듣기엔 헛소리 같아." 그러고는 열심히 부엌 바닥을 쓸었다. 불은 오후 주사를 맞으러 욕실로 갔다.

딘과 에드 던컬이 길 위에서 가로등 기둥에 양동이를 못으로 박아 놓고 도디의 공으로 농구를 하고 있었다. 나도 합세했다. 우리는 묘기 경연으로 종목을 바꿨다. 딘은 정말 놀라웠다. 그는 에드와 나에게 쇠막대기 하나를 허리 높이로 들고 있으라고 시키더니, 도움닫기도 없이 선 자리에서 자기 발뒤꿈치를 잡고 막대기를 폴짝 뛰어넘었다. "자, 더 위로 올려." 계속 올리다 보니 가슴 높이까지 올라갔다. 하지만 딘은 그것도 쉽게 뛰어넘었다. 그다음엔 도움닫기 멀리뛰기를 해 봤는데, 그 거리가 적어도 6미터는 넘었다. 그러고 나서는 나와 달리기경주를 했다. 나도 100미터를 11.5초에 주파하는데도, 그는 바람처럼 나를 앞질러 갔다. 그렇게 달리는 동안 나는 딘이 지금과 같은 모습으로 인생의 한가운데를 달려 나가는 환영을 보았다. 그의 바싹 마른 얼굴이 삶을 향해 돌진하고, 팔은 펌프처럼 힘차게 앞뒤로 움직이고, 이마에서는 땀이 흐르고, 다리는 그루초 막스처럼 깡충깡충 뛰면서 외치는 것이다. "그래! 그래, 친구! 너도 달릴 수 있어!" 하지만 진실은 아무도 딘만큼 빨리 달릴 수는 없다는 것이다. 그때 불이 칼 두어 자루를 갖고 나오더니 어두운 골목길에서 위험해 보이는 녀석을 제압하는 방법을 보여 주었다. 나도 그에게 아주 좋은 기술 하나를 가르쳐 줬다. 적 앞에서 바닥을 향해 몸을 던지면서 발목으로 상대방의 다리를 낚아채어 앞으로 쓰러뜨린 다음 풀 넬슨 자세*에서 손목을 꽉 붙잡는 것이다. 불이 훌륭하다고 말했다. 그러곤 유

---

* 레슬링 기술의 하나로, 등 뒤에서 상대방의 옆구리 밑으로 양손을 집어넣은 다음 목 뒤에서 맞잡아 머리를 제압하는 기술.

술* 기술 몇 가지를 보여 주었다. 꼬마 도디가 베란다로 오라고 엄마를 부르며 말했다. "저 바보 같은 아저씨들 좀 봐." 꼬맹이가 어찌나 깜찍하고 앙큼했던지 딘은 도디에게서 눈을 떼지 못했다.

"와우! 저 애가 컸을 때가 기대되는데! 저 깜찍한 눈으로 커낼 거리를 활보하는 모습이 보이는 것 같지 않아? 아아! 오!" 딘이 이 사이로 쉿 하고 소리를 냈다.

우리는 딘컬 부부와 함께 뉴올리언스 중심가를 돌아다니며 정신없는 하루를 보냈다. 딘은 그날 제정신이 아니었다. 그는 조차장에 있는 텍사스 앤드 뉴올리언스의 화물열차를 보자마자 내게 모든 걸 한꺼번에 알려 주려고 했다. "내가 다 보여 주기도 전에 너는 이미 제동수가 돼 있을 거야!" 딘과 나와 에드 딘컬은 철로를 가로질러 달려가서 각각 서로 다른 세 지점에서 화물열차에 올라탔다. 메릴루와 갤러티아는 차에서 기다렸다. 우리는 전철수와 신호수에게 손을 흔들어 대면서 기차를 타고 부두 방향으로 1킬로미터나 갔다. 딘과 에드가 달리는 열차에서 제대로 뛰어내리는 법을 가르쳐 줬다. 등이 기차 밖을 향하게 한 채 뒷발로 사뿐히 뛰어올라 열차가 내 몸을 두고 지나가게 한 다음 몸을 한 바퀴 틀어서 다른 쪽 발로 땅을 디디는 것이다. 항상 비어 있어서 겨울밤에는 아무 때나 올라타도 되는 냉동차의 얼음 칸도 구경했다. "내가 뉴멕시코에서 LA까지 갔던 얘기해 줬던 거 기억해?" 딘이 소리쳤다. "내가 바로

---

* 일본 고대 무술에서 파생된 격투기의 일종. 타격보다 조르기나 관절 꺾기 등의 기술이 주를 이룬다.

이렇게 매달려서 갔다고……."

한 시간 뒤 여자들이 있는 곳으로 돌아왔을 때, 당연히 그녀들은 화가 나 있었다. 에드와 갤러티아는 뉴올리언스에 방을 얻고 일자리를 구하기로 했다. 모두에게 진력나기 시작한 불로서는 환영할 만한 일이었다. 원래 그가 초대했던 건 나뿐이었던 것이다. 딘과 메릴루가 침실로 쓰고 있던 앞방 바닥은 잼과 커피 얼룩과 쓰고 버린 벤제드린 튜브로 뒤덮여 있었다. 설상가상으로 그곳은 원래 불의 작업실이었기 때문에, 불은 선반 다는 작업을 계속하지 못하고 있었다. 불쌍한 제인은 쉬지 않고 펄쩍펄쩍 뛰거나 사방으로 뛰어다니는 딘 때문에 거의 돌아 버릴 지경이었다. 우리는 내 재향군인 연금이 나오기를 기다렸다. 이모가 수표를 보내 주었다. 우리 셋, 딘과 메릴루와 나는 떠나기로 했다. 수표가 도착했을 때 나는 그렇게 갑작스럽게 불의 멋진 집을 떠나고 싶지는 않았다는 사실을 깨달았지만, 딘은 기운이 넘쳤고 당장에라도 떠날 준비가 되어 있었다.

쓸쓸한 붉은 노을 속에서 우리는 마침내 차에 올라탔다. 제인, 도디, 꼬마 레이, 불, 에드와 갤러티아가 미소를 지으며 키 큰 잡초들 속에 서 있었다. 작별할 시간이었다. 마지막에 딘과 불 사이에 돈 문제로 약간의 다툼이 있었다. 딘이 돈을 빌려 달라고 했는데, 불이 턱없는 소리라고 했던 것이다. 감정은 세월을 거슬러 텍사스 시절로 되돌아갔다. 사기꾼 딘은 점점 더 사람들이 자신을 싫어하게 만들었다. 하지만 미친놈처럼 웃기만 할 뿐 개의치 않았다. 그는 바지 지퍼를 벅벅 문지르다가, 메릴루의 옷 속에 손가락을 쑥 집어넣었다가, 그녀의 무릎에 입술을 대고 빨아들일 것처럼 쪽쪽 소리를 내다가, 입에 게거품을 물고 말했다. "자기, 자기도 알고 나도 알듯이, 드디어 우리 둘 사이가 확실해졌어. 철학적인, 전혀 알 수 없는 정의 따위는 이제 상관없고, 네가 생각하는 것처럼 달콤한 기분이나 듣고 싶은 말 같은 그런 단계는 이제 넘어선 거야……." 딘은 계속해서 떠들어 댔고, 차가 큰 소리와 함께 출발하면서 우리는 또다시 캘리포니아로 향했다.

8

차를 몰고 떠날 때, 벌판에 서 있는 사람들이 점점 멀어지다가 결국엔 작은 점이 되어 사라져 버리는 기분은 어떤 것일까? ─ 너무도 거대한 세계가 우리에게 덮쳐 오는, 그것이 이별일까. 그럼에도 우리는 하늘 아래 펼쳐질 또 다른 광기 어린 모험을 향해 돌진한다.

우리는 옛 도시 알제의 뜨거운 햇볕을 통과하고, 페리를 타고 강을 건너, 반대편 항구에 정박 중인 진흙 범벅의 낡아 빠진 배들을 지나, 커널 가를 통해 빠져나왔다. 그리고 자줏빛 어둠 속에서 2차선 고속도로를 타고 배턴루지까지 달렸다. 그곳에서 서쪽으로 꺾은 다음 포트앨런이라는 곳에서 미시시피 강을 건넜다. 안개 낀 어둠 속에 잠긴 포트앨런에서 바라본 강은 온통 비와 장미꽃으로 가득했는데, 우리가 노란 안개 등을 켜고 구부러진 도로를 따라 한 바퀴 빙 돌자 갑자기 다리 밑에서 거대한 검은 물체가 나타났다가 다시 영원 속으로 사라졌다. 미시시피 강은 대체 뭘까? 비 오는 밤에 씻겨 내린 흙덩어리가 미주리 강의 수그러진 강둑에서 부드럽게 물에 떨어져 풀어지고, 사시사철 비옥한 지대를 따라 굽이치는 물결에 올라타 갈색 거품을 일으키거나, 끝없는 골짜기와 숲과 둑을 지나 여행하며 계속해서 아래로 내려가, 멤피스, 그린빌, 유도라, 빅스버그, 내처즈, 포트앨런, 포트올리언스와 삼각주의 항구들, 파태시, 베니스를 지나 밤이 되면 거대한 멕시코 만을 통해 바다에 이른다.

라디오에서 미스터리 프로그램이 흘러나오는 가운데, 나는 창밖을 내다보다 '쿠퍼스 페인트를 사용하세요.'라고 쓰인 광고판을 보고는 "그래, 그러지 뭐."라고 말했다. 우리는 겉으론 그럴듯한 루이지애나 평원의 밤을 달렸다. 로텔, 유니스, 킨더, 드퀸시 같은 서부의 황량한 도시들은 서빈 강에 가까워질수록 점점 늪지대처럼 변했다. 오펄루서스에서 딘이 휘발유와 엔진 오일을 점검하는 동안 나는 빵과 치즈를 사러 구멍가게에 들어갔다. 그곳은 허름한 오두막이었다. 뒤에서 가족들이 저녁 식사를 하는 소리가 들렸다. 잠시 기다려봤지만 그들은 계속 자기들끼리 떠들어 댔다. 나는 빵과 치즈를 가지고 슬쩍 가게를 빠져나왔다. 샌프란시스코까지 가는 데 필요한 돈도 빠듯했다. 그동안 딘이 주유소에서 담배 한 갑을 슬쩍해서, 휘발유, 오일, 담배에 먹을 것까지 여행에 필요한 물건이 모두 갖춰졌다. 하지만 사기꾼들은 반성하지 않는다. 딘은 길을 따라 똑바로 차를 몰았다.

스타크스 부근을 지나는데 저 앞쪽 하늘에 커다란 붉은 빛이 어른거리는 게 보였다. 무엇일까 생각하는 순간 우리는 이

미 그것을 지나쳤다. 그 정체는 숲 저편에서 타고 있는 모닥불이었다. 고속도로 변에 많은 차들이 주차되어 있었다. 분명 생선 파티*를 하는 중이었겠지만, 다시 생각해 보니 가능성은 그것 말고도 무궁무진했다. 듀이빌에 가까워지자 주위 풍경이 이상하게 변하더니 날이 어두워졌다. 문득 주위를 둘러보니 늪지대 한가운데였다.

"말이야, 이 늪지대 한가운데에 재즈 바가 하나 있다면 어떨까. 구슬픈 블루스 기타를 연주하는 덩치 큰 까만 친구들이 싸구려 위스키를 마시면서 우리에게 눈짓을 보내는 거야."

"멋진데."

이 근방은 온통 이상한 것들뿐이었다. 우리가 달리던 길은 늪 위로 불뚝 솟은 흙길로 양옆의 가파른 경사면에는 덩굴이 우거져 있었다. 갑자기 창밖으로 유령 하나가 휙 지나갔다. 새까만 하늘을 향해 두 팔을 벌린 채 길을 따라 걷는 하얀 셔츠 차림의 흑인 남자였다. 아마 기도를 하거나 욕을 하고 있는 것 같았다. 우리는 그 옆을 스쳐 지나갔다. 나는 그의 하얀 눈을 보려고 뒤를 돌아봤다. "야!" 딘이 말했다. "조심해. 이 동네에서는 차를 세우지 않는 게 좋겠어." 그런데 어딘가의 교차로에서 우리는 어디로 갈지 몰라 차를 세울 수밖에 없었다. 딘이 헤드라이트를 껐다. 주위는 온통 거대한 덩굴나무 숲으로 둘러싸여 있었고, 수백만 마리의 살무사가 미끄러지는 소리가 들리는 것 같았다. 눈에 보이는 것이라곤 허드슨 계기판에 빛

---

* 미국 중서부, 특히 가톨릭이 지배적인 지역에서 흔히 보이는 풍습으로 육식을 금하는 사순절 기간 동안 금요일 밤마다 야외에 모여 튀긴 생선 등의 해산물을 먹는 것을 말한다.

나는 붉은 버튼뿐이었다. 메릴루가 무서워서 비명을 질러 댔다. 딘과 내가 그녀를 겁주려고 이상한 웃음소리를 냈기 때문이다. 하지만 사실은 우리도 무서웠다. 우리도 이 뱀 소굴, 이 늪지대의 힘 빠지는 어둠 속에서 벗어나 친숙한 미국 땅과 소가 있는 마을로 돌아가고 싶었다. 공기 속에서 기름 냄새와 고인 물 냄새가 났다. 그것은 우리가 읽을 수 없는 밤의 글씨였다. 부엉이가 울었다. 겨우 제대로 된 흙길을 찾아내고, 이 모든 습지를 만들어 낸 원흉인 음산한 서빈 강을 건넜다. 갑자기 앞에 나타난 거대한 빛의 구조물을 보고 우리는 깜짝 놀랐다. "텍사스다! 텍사스야! 석유의 도시 보몬트!" 휘발유 냄새가 나는 공기 속에서 거대한 석유 탱크와 정유 공장이 거대한 도시처럼 불쑥 모습을 나타냈다.

"무사히 빠져나와서 정말 다행이야." 메릴루가 말했다. "이제 미스터리 프로그램이나 좀 더 들어 볼까."

우린 보몬트를 통과하고 리버티에서 트리니티 강을 건넌 다음 곧바로 휴스턴으로 향했다. 딘은 1947년의 휴스턴 시절 얘기를 꺼냈다. "해슬! 미치광이 해슬! 가는 데마다 녀석을 찾아다녔는데도 결국 찾지 못했군. 여기 텍사스에서 녀석이 그렇게 우리 발을 묶어 놓곤 했었는데. 먹을 걸 사러 불이랑 차를 타고 나가기만 하면 해슬이 없어지는 거야. 녀석을 찾느라 동네 사격장이란 사격장은 전부 다 찾아다녀야 했어." 차가 휴스턴에 들어섰다. "주로 흑인 구역에서 그를 찾아다녔어. 나 참, 그 자식은 아무 여자하고나 만나기만 하면 사라져 버렸거든. 하루는 녀석이 또 없어지는 바람에 호텔 방을 잡았어. 음식이 썩고 있어서 제인에게 얼음을 갖다 주기로 했었는데 말이야. 해슬을 찾는 데 이틀이나 걸렸다고. 나도 여자를 하나 낚았어.
그날 오후에 바로 여기, 시내 슈퍼마켓에서 쇼핑하는 여자들
을 훑어보고 있었거든." 우린 텅 빈 밤 속을 쏜살같이 달려갔
다. "그러다가 완전히 정신이 나가서 오렌지 한 개를 훔칠 궁리
만 하면서 어슬렁거리고 있는 여자를 발견했지. 그 여자는 와
이오밍 출신이었어. 그렇게 끝내주는 몸매는 천치 같은 머리하
고만 어울리는 법이지. 나는 혼자 헛소리를 중얼거리는 그녀를
호텔 방으로 데리고 왔어. 불은 술에 취해서 이 멕시코 꼬맹이
를 취하게 만들려고 했어. 카를로는 헤로인에 취해서 시를 쓰
고 있었고. 해슬은 자정이 되어서야 지프차를 타고 나타났지.
뒷좌석에서 자고 있더군. 물론 얼음은 완전히 녹아 버린 후였
어. 해슬은 수면제를 다섯 알쯤 먹었다고 했어. 젠장, 내 머리
가 돌아가는 것만큼 내 기억력이 쓸 만하다면 우리가 했던 일
을 아주 세세하게 말해 줄 수 있을 텐데. 아, 하지만 시간이 어
떤 건지는 알지. 모든 건 알아서 잘 돌아가게 돼 있어. 내가 눈
을 감아도 이 고물 차는 알아서 잘 굴러갈 거야."

　새벽 4시의 텅 빈 휴스턴 밤거리에 오토바이를 탄 남자가
갑자기 나타났다. 녀석은 번쩍이는 단추와 마스크와 멋진 검
정 재킷으로 온몸을 눈부시게 치장한 텍사스 밤의 시인이었
다. 갓난아기처럼 그의 등을 꼭 붙잡고 있는 계집애는 머리
칼을 휘날리면서 노래를 불러 댔다. "휴스턴, 오스틴, 포트
워스, 댈러스, 때론 캔자스시티로, 때론 옛 동네 앤턴으로.
아 ─ 하 ─ 아아!" 그들은 쌩 하고 시야 밖으로 사라졌다. "와!
저 녀석 벨트에 매달려 있는 끝내주는 계집애 좀 봐! 우리도
쫓아가자!" 딘은 그들을 따라잡으려 했다. "저들이랑 다 같이

모여서 함께 뒹군다면 얼마나 좋을까! 모두 다정하고 상냥하고 유쾌한 사람들이니 다툴 일도 없고, 유치하게 따지고 들거나 오해 때문에 몸을 다치는 일도 없을 테고 말이야. 아! 그런데 시간이 없군." 그는 몸을 앞으로 숙이더니 액셀을 있는 힘껏 밟았다.

휴스턴의 경계를 넘어서자 그렇게 기운이 넘치던 딘도 힘이 빠져서 내가 운전을 교대했다. 운전대를 잡자마자 빗방울이 떨어지기 시작했다. 텍사스 대평원을 달리고 있을 때 딘이 말했다. "네가 아무리 달려 봤자 내일 밤에도 우린 여전히 텍사스 안에 있을 거야." 빗줄기가 점점 더 굵어졌다. 조그맣고 황량한 소 치는 마을의 질척대는 흙탕길을 달려가다가 나는 막다른 골목에 다다랐다. "이런, 어떻게 하지?" 딘과 메릴루는 자고 있었다. 나는 차를 돌려서 왔던 길을 되돌아 나왔다. 지나가는 사람은커녕 불빛 하나 보이지 않았다. 그런데 불현듯 전조등 불빛 앞에 우비를 입은, 말 탄 사람이 나타났다. 보안관이었다. 그의 텐 갤런 모자는 폭우를 맞아 축 늘어져 있었다. "오스틴으로 가는 길이 어느 쪽입니까?" 나는 보안관의 친절한 설명을 들은 후 출발했다. 마을을 벗어나 달리고 있는데 문득 퍼붓는 빗줄기 사이로 정면에서 헤드라이트 두 개가 번쩍이는 것이 보였다. 맙소사, 내가 중앙선 반대편을 달리고 있구나, 하고 생각했다. 천천히 핸들을 오른쪽으로 꺾었더니 차바퀴가 진흙탕 속을 구르는 게 느껴졌다. 다시 도로 위로 올라왔다. 하지만 헤드라이트는 여전히 정면에서 다가오고 있었다. 마지막 순간에야 상대방 운전자가 중앙선을 넘어서 달리고 있으면서도 그 사실을 모르고 있다는 걸 깨달았다. 나는 시속 50킬로미터로 진흙탕 속으로 들어갔다. 정말 다행스럽게도 도랑이 아닌 평평한 곳이었다. 저쪽 차가 폭우 속에서 후진했다. 일터에서 슬쩍 빠져나와 술집에 들렀던 게 분명한, 하나같이 하얀 셔츠 차림에 더러운 구릿빛 팔을 가진 퉁명스럽게 생긴 막일꾼 네 사람이 어둠 속에서 멍하니 나를 쳐다봤다. 운전자는 코가 비뚤어지게 취해 있었다.

그가 물었다. "휴스턴이 어느 쪽이오?" 나는 엄지로 뒤를 가리켰다. 길을 걷고 있는데 갑자기 맞은편에서 거지가 다가와서 앞을 가로막듯이, 그들이 겨우 길을 물어보기 위해 일부러 그런 것이단 사실을 깨닫고 나는 어안이 벙벙했다. 그들은 빈 술병들이 굴러다니는 차 바닥을 후회하듯 잠시 바라보더니 덜커덩거리며 떠나 버렸다. 나도 차를 출발시키려 했다. 그런데 차가 30센티미터 깊이까지 진흙탕에 박혀서 빠져나오질 않았다. 나는 비가 쏟아지는 텍사스 벌판 한가운데서 한숨을 쉬었다.

"딘, 일어나."

"왜?"

"진흙탕에 빠졌어."

"무슨 일이야?" 사정을 딘에게 얘기했다. 딘은 펄펄 뛰고 난리를 쳤다. 우리는 낡은 신발과 스웨터를 걸치고 차에서 내려 쏟아지는 빗속으로 들어갔다. 내가 뒤쪽 흙받기에 등을 대고 밀어서 차를 들어 올렸다. 딘이 헛도는 바퀴에 체인을 감았다. 조금 있자 둘 다 진흙 범벅이 됐다. 우리는 메릴루를 깨워서 이 끔찍한 상황을 알려 주고, 우리가 차를 미는 동안 액셀을 밟게 했다. 우리는 불쌍한 허드슨을 밀고 또 밀었다. 차가 갑자기 덜컹 하면서 진흙탕에서 빠져나오더니 도로를 가로질러 달려갔다. 메릴루가 알맞은 순간에 차를 세웠고 우리는 차에 올라탔다. 해결됐다. 그 작업을 하는 삼십 분 동안 우리는 흠뻑 젖고 꾀죄죄한 몰골이 되었다.

나는 진흙 투성이가 된 채 잠이 들었다. 다음 날 아침 잠에서 깨자 진흙은 딱딱하게 굳어 있고 밖에는 눈이 내리고 있었다. 고원 지대인 프레더릭스버그 근처까지 온 것이다. 그해는 텍사스와 서부 역사상 최악의 겨울 중 하나였다. 엄청난 눈보라 속에서 소들이 파리 떼처럼 죽어 나갔고 샌프란시스코와 LA에도 눈이 내렸다. 우리의 기분은 비참했다. 에드 던컬과 뉴올리언스에 있었으면 얼마나 좋았을까. 이번엔 메릴루가 운전하고 딘은 잠을 잤다. 그녀는 한 손으로 운전대를 잡고 운전하면서 다른 손은 뒷자리에 있는 나를 향해 뻗었다. 그리고 샌프란시스코에 관해 했던 달콤한 약속들을 내게 속삭였다. 나는 한심하게도 그런 얘기에 군침을 삼켰다. 10시에는 내가 운전대를 넘겨받았다. 딘은 몇 시간째 일어날 생각을 안 했다. 눈덮인 덤불들과 삐죽삐죽한 산쑥으로 뒤덮인 언덕을 넘어 수백 킬로미터를 달렸다. 야구 모자와 귀마개로 무장한 채 소를 찾고 있는 카우보이들이 지나갔다. 이따금 연기가 피어오르는 굴뚝이 있는, 포근해 보이는 작은 집들이 길가에 나타나곤 했다. 우리가 저 집에 들어가 벽난로 앞에 앉아서 버터밀크와 콩을 먹을 수 있다면 얼마나 좋을까 생각했다.

소노라에서 나는 가게 주인이 반대쪽에서 덩치 큰 목장주와 잡담을 하는 동안 또 한 번 빵과 버터를 슬쩍했다. 그 소식을 들은 딘은 만세를 불렀다. 배가 고팠던 것이다. 우리에게 먹을 것에 쓸 돈은 한 푼도 없었다. "좋아, 좋아." 목장주들이 소노라의 중심가를 왔다 갔다 하는 모습을 보며 딘이 말했다. "저 녀석들은 다 망할 놈의 백만장자들이야. 수천 마리의 소에, 일꾼에, 건물에, 은행에는 돈이 가득하지. 내가 이 동네에 살게 된다면 난 쑥밭에 사는 바보가 될 거야. 산토끼가 돼서 나뭇가지를 핥고 예쁜 카우걸들이나 찾으러 다녀야지! 히히! 히히! 빌어먹을! 젠장!" 그가 자기 머리를 때렸다. "그래! 맞아! 바로 나 말이야!" 무슨 얘기를 하는 건지 더 이상 알아들을 수가 없었다. 딘은 운전대를 잡더니 텍사스를 가로질러 엘패소까지 약 800킬로미터에 이르는 거리를 단번에 주파했다. 저물녘 엘패소에 도착하기 전에 딱 한 번 오조나에서 멈췄는데, 그때 그는 옷을 모두 벗어 버리고 산쑥 덤불 속에 들어가서는 강아지처럼 깽깽거리면서 발가벗은 채로 펄쩍펄쩍 뛰어다녔다. 차들이 옆을 지나갔지만 그를 보진 못했다. 딘은 총총걸음으로 차로 돌아오더니 운전을 계속했다. "샐, 그리고 메릴루. 너희 둘 다 날 따라 해 봐. 몸에 걸친 무거운 옷은 모두 벗어 버려. 옷이라는 거에 무슨 의미가 있어? 내가 하고 싶은 말은 그거야. 그리고 나와 함께 배에 따뜻한 햇볕을 쪼이자고. 자, 어서!" 우리는 서쪽의 지는 해를 향해 달리고 있었다. 태양이 앞 유리를 통해 떨어져 들어오는 것만 같았다. "배를 내놓고 햇빛 속으로 들어가잔 말이야." 메릴루가 딘이 시키는 대로 했고, 혼자만 뒤처지지 않기 위해 나도 그렇게 했다. 우리 셋은 모두 앞 좌석에 앉아 있었다. 메릴루가 콜드크림을 꺼내 장난삼아 우리에게 발랐다. 가끔씩 대형 트럭이 옆을 지나갔는데, 높은 운전석에 앉은 트럭 운전사들이 두 남자와 금발 미녀가 발가벗고 앉아 있는 모습을 곁눈질하곤 했다. 그들이 뒤로 멀어져갈 때

트럭들이 잠시 휘청하는 모습을 백미러로 볼 수 있었다. 달려가는 동안 산쑥 평원을 덮고 있던 눈도 사라졌다. 잠시 후 오렌지색 바위들로 이루어진 페이커스 협곡 지역에 접어들었다. 하늘에는 새파란 공간이 펼쳐져 있었다. 우리는 옛 인디언 거주지의 흔적을 살펴보기 위해 차에서 내렸다. 딘은 발가벗은 채로 차에서 내렸고 메릴루와 나는 위에 외투를 걸쳤다. 우리는 부엉이 소리와 개 울부짖는 소리를 흉내 내면서 오래된 바위들 사이를 왔다 갔다 했다. 몇몇 관광객이 발가벗은 딘의 모습을 보았지만 자신의 눈을 믿지 못하고 비틀비틀 걸어갔다.

내가 자는 동안 딘과 메릴루는 밴혼 근처에 차를 세워 놓고 사랑을 나눴다. 잠에서 깼을 땐 클린트와 이슬레타를 지나 엘패소까지 이어지는 거대한 리오그란데 계곡을 내려가는 중이었다. 메릴루가 뒷자리로 넘어오고 내가 앞자리로 넘어가서 우리는 계속 달렸다. 왼편에 펼쳐진 광대한 리오그란데의 공간 너머에는 타라후마레족의 땅인 멕시코 국경 지대의 붉은 산들이 있었다. 그 봉우리 위로 서서히 땅거미가 지기 시작했다. 저 멀리 엘패소와 후아레스의 불빛들이 반짝이고 있었다. 그 빛들이 흩뿌려져 있는 계곡이 어찌나 넓은지, 연기를 내뿜으며 달리는 열차들이 동시에 사방에서 몇 대씩 보이곤 했다. 마치 전 세계가 이 계곡 안에 들어 있는 것 같았다. 우린 계곡 속으로 내려갔다.

"텍사스 주 클린트다!" 딘이 소리치더니 클린트 방송국에 라디오 주파수를 맞췄다. 십오 분에 한 번씩 음악이 흘러나오고, 나머지 시간은 방송 통신 고등학교에 대한 광고가 계속됐다. "이 프로그램은 서부 전역으로 방송돼." 흥분한 딘이 외쳤다. "난 소년원과 교도소에서 밤낮으로 이걸 들었어. 모두 신청하곤 했지. 시험을 통과하면 우편으로, 그러니까 팩스로 고등학교 졸업증을 받을 수 있거든. 서부의 카우보이라면 누구나 한 번은 이걸 신청하게 되어 있어. 들을 수 있는 방송이 이것뿐이니까. 콜로라도의 스털링에서건 와이오밍의 러스크에서건 라디오를 틀면 텍사스 클린트, 오직 텍사스 클린트 방송밖에 안 나온단 말이야. 틀어 주는 음악이라곤 컨트리 음악과 멕시코 음악뿐이고, 라디오 방송 역사상 최악의 프로그램인데도 누구도 어쩌지를 못해. 어찌나 세게 전파를 쏴 대는지 전국 방방곡곡 안 잡히는 데가 없다니까." 다 쓰러져 가는 클린트의 집들 너머로 엄청나게 높은 안테나가 보였다. "저것 봐, 내가 뭐라 그랬어!" 딘이 거의 울먹거리면서 소리쳤다. 우리는 샌프란시스코와 서부 해안으로 시선을 향한 채 어두워질 무렵 빈털터리 상태로 엘패소에 도착했다. 휘발유 넣을 돈을 구하지 못하면 목적지에 다다를 수 없을 판이었다.

할 수 있는 일은 다 했다. 여행사란 여행사는 모두 다 들러 봤지만, 그날 밤엔 서쪽으로 가는 사람이 없었다. 여행사는 기름 값을 내고 차를 얻어 타려는 사람들이 모이는 곳으로, 서부에서는 이것이 합법이다. 그곳에서 기다리는 건 대개 찌그러진 여행 가방을 가진 수상한 인물들이다. 우리는 버스를 타는 대신 우리에게 돈을 주고 카풀을 하라고 설득할 생각으로 그레이하운드 버스 터미널에 갔다. 하지만 셋 다 쑥스러워서 아무에게도 접근하지 못했다. 우리는 슬픔에 잠겨 주위를 서성였다. 바깥 날씨는 추웠다. 그런데 어떤 대학생 녀석이 요염한 메릴루를 보고는 식은땀을 흘리면서 관심 없는 척하려 애쓰는 게 보였다. 딘과 나는 잠시 서로 상의한 끝에 우리는 포주가 아니니 그만두자는 결론을 내렸다. 갑자기 소년원에서 방금 나온 미치광이 같은 멍청한 녀석이 우리에게 들러붙었다. 딘은 그와 맥주 한잔을 하러 가 버렸다. "가자, 친구. 아무 놈이나 머리를 후려치고 돈을 뺏자고."

"너 마음에 든다!" 딘이 외쳤다. 그들은 순식간에 사라져 버렸다. 난 잠시나마 걱정했지만 딘은 그 녀석과 함께 엘패소 거리를 돌아다니며 재미를 보려던 것뿐이었다. 메릴루와 나는 차에서 기다렸다. 그녀가 내게 팔을 둘렀다.

내가 말했다. "하지 마, 루, 샌프란시스코에 갈 때까지 기다려."

"상관없어. 딘은 어차피 날 떠날 거야."

"언제 덴버로 돌아갈 거야?"

"몰라. 어떻게 되든 관심 없어. 당신이랑 동부로 가면 안 될까?"

"샌프란시스코에서 돈을 좀 구해야 해."

"식당 카운터 일을 할 만할 곳을 알아. 나는 웨이트리스를 하면 돼. 외상으로 묵을 수 있는 호텔도 하나 있고. 우리 이제 같이 있자. 아, 우울해."

"뭣 때문에 우울한 거야?"

"모든 게 다 우울해. 아, 딘이 너무 미쳐 버리지 말아야 할 텐데." 딘은 눈을 반짝이며 돌아와서는 낄낄거리며 차에 올라탔다.

"완전히 미친 녀석이더군, 후유! 예전에 그런 녀석들을 많이 알았어. 녀석들은 하나같이 똑같아. 머리 돌아가는 것까지도 시계태엽처럼 똑같지. 아, 세세하게 들어가자면 끝도 없을 거야. 시간이 없어, 시간이……." 딘은 시동을 걸고 운전대 위로 몸을 웅크리더니 미친 듯이 달려서 엘패소를 빠져나왔다. "히치하이커를 태우면 돼. 몇 명 정도는 발견할 수 있을 거야. 자! 자! 우리가 산다. 이봐, 소심해!" 딘은 어떤 운전사에게 소리를 빽 지르더니 핸들을 확 꺾으며 그를 추월했고, 잽싸게 트럭을 앞질러서 도시 경계선을 넘어 버렸다. 강 건너편에는 보석 같은 후아레스의 불빛들, 치와와의 황량하고 메마른 땅과 보석 같은 별들이 있었다. 메릴루는 예전에 이 땅을 가로지를 때 혹은 돌아올 때 그랬던 것처럼 곁눈으로 딘을 쳐다보고 있었다. 마치 딘의 머리통을 싹둑 잘라서 옷장에 숨겨 놓고 싶기라도 한 듯한, 화가 난 동시에 슬프기도 한 것 같은 분위기였다. 그것은 불같이 화내고, 거만하고, 미치광이 같은 딘과 놀라울 정도로 흡사한, 질투심과 후회로 가득한 사랑이었다. 지고지순한 애정과 사악한 질투를 동시에 드러내는 그녀의 미소는 나를 섬뜩하게 했다. 아무 생각 없고 남성적인 자기만족에 빠진, 주걱턱에 뼈만 앙상한 딘의 얼굴을 볼 때마다 그가 완전히 미쳤다는 사실을 알 수 있었기 때문에 메릴루도 그 사랑이 결코 결실을 맺을 수 없음을 알고 있었다. 딘은 메릴루가 창녀라고 확신했다. 그녀가 병적인 거짓말쟁이라고 내게 털어놓은 적도 있었다. 하지만 그런 식으로 딘을 바라보는 메릴루의 감정 역시 사랑이었다. 그 시선을 알아챌 때마다 딘은 눈꺼풀을 씰룩이고 진주처럼 새하얀 이빨을 드러내면서 얼굴 가득 가식적인 작업용 미소를 지었다. 방금 전까지만 해도 멍하니 백일몽을 꾸고 있었으면서 말이다. 그러면 메릴루와 나는 웃음을 터뜨렸다. 하지만 딘은 조금도 당황한 기색을 보이지 않은 채 '어 쨌든 재밌으면 된 거 아냐?'라고 말하는 듯한 바보 같은 웃음을 지을 뿐이었다. 그게 다였다.

엘패소를 벗어나 달리고 있을 때 어둠 속에서 엄지를 추켜들고 서 있는 자그맣고 구부정한 형체가 나타났다. 대망의 히치하이커였다. 우리는 차를 후진해서 그의 옆에 세웠다. "이봐, 돈 얼마나 있어?" 녀석은 빈털터리였다. 열일곱 살 정도 된 듯한 창백한 얼굴의 소년은 어딘지 모르게 이상했는데, 한쪽 손이 발육부전으로 불편한 듯했고 여행 가방은 없었다. "저 녀석 귀엽지 않아?" 딘이 진지한 표정으로 나를 돌아보며 말했다. "어서 타, 꼬마야. 태워다 줄게." 녀석은 상황이 자신에게 유리하게 돌아가고 있음을 눈치 챘다. 그는 캘리포니아의 툴레어에 식료품점을 하는 고모가 사니까 거기에 도착하면 돈을 줄 수 있을 거라고 말했다. 딘이 바닥을 데굴데굴 구르며 웃어 댔다. 노스캐롤라이나에서 만났던 녀석과 너무 똑같았기 때문이다. "암! 암!" 딘이 외쳤다. "누구에게나 고모가 있지. 그래, 어서 가자. 고모랑 삼촌이랑 식료품점이 가는 길에 얼마든지 있을 테니까!" 이렇게 해서 우리는 새로운 승객을 갖게 되었는데, 알고 보니 꽤 괜찮은 녀석이었다. 그는 한마디도 하지 않고 우리 얘기를 듣고만 있었다. 딘이 하는 말을 일 분쯤 들은 후엔 자신이 미친놈들의 차에 올라탔다는 사실을 깨달았을 것이다. 그는 앨라배마에서 오리건에 있는 자기 집까지 히치하이크를 해서 가는 중이라고 말했다. 우리는 앨라배마에서 그가 뭘 했는지 물어보았다.

"삼촌을 만나러 갔었어요. 제재소에 일자리를 하나 마련해 주겠다고 했거든요. 그런데 일이 잘 안 돼서 집으로 돌아가는 중이에요."

"집에 간다……." 딘이 말했다. "집에 간다고. 그래, 알았어. 우리가 너를 집까지 데려다 주지. 샌프란시스코까지는 어떻해서든 데려다 주겠어." 히지만 우리에겐 돈이 없었다. 그때 문득 애리조나 주 투손에 사는 옛 친구 핼 힝엄에게서 5달러를 빌릴 수 있을지도 모른다는 생각이 떠올랐다. 말을 꺼내자 즉시 딘은 지금부터 투손으로 가자고 말했다. 그리고 우린 출발했다.

우리는 밤 동안 뉴멕시코의 라스크루서스를 지나 새벽에 애리조나에 도착했다. 깊은 잠에서 깨어나 보니 모두들 순한 양처럼 잠들어 있었다. 창문에 김이 서려서 바깥을 볼 수 없었기 때문에 차가 세워져 있는 곳이 어디인지 알 수 없었다. 나는 차에서 내렸다. 우리가 있는 곳은 산속이었다. 그곳에는 천국의 한 장면처럼 아름다운 해돋이, 상쾌한 보랏빛 공기, 붉은 산줄기들, 계곡의 에메랄드 빛 풀밭, 이슬, 시시각각으로 변하는 황금빛 구름이 있었다. 그리고 땅 위에는 흙 파는 쥐가 뚫어 놓은 구멍들과 선인장, 메스키트*가 있었다. 내가 운전을 교대할 시간이었다. 나는 딘과 꼬마를 한쪽으로 밀어 놓은 다음, 기름을 절약하기 위해 시동을 쓰고 클러치만 이용해서 산을 내려갔다. 이런 식으로 해서 애리조나 주 벤슨에 다다랐다. 문득 주머니에 로코가 생일 선물로 준 4달러짜리 손목시계가 있다는 사실이 떠올랐다. 주유소에서 나는 혹시 벤슨에 전당포가 있냐고 물었다. 전당포는 주유소 바로 옆에 있었다. 문을 두

---

* 콩과에 속하는 소교목 또는 가시가 많은 관목.

드렸더니 방금 자다 일어난 누군가가 나왔고, 다음 순간 내 손에는 1달러가 쥐어져 있었다. 그 돈은 곧 연료 탱크 속으로 사라졌다. 이제 기름은 투손까지 가는 데 충분했다. 그런데 막 차를 빼려는 순간 갑자기 커다란 권총을 찬 경관이 나타나더니 면허증을 보여 달라고 했다. "뒷자리에 있는 친구가 갖고 있는데요." 내가 말했다. 딘과 메릴루는 담요를 덮고 같이 자고 있었다. 경관이 딘에게 차에서 내리라고 하더니, 갑자기 총을 휙 뽑아 들면서 소리쳤다. "손 들어!"

"경관 나리." 딘이 아주 나긋나긋하고도 우스꽝스러운 말투로 말하는 소리가 들려왔다. "경관 나리, 저는 그저 지퍼를 올리고 있었을 뿐입니다요." 경관조차도 웃고 있는 것 같았다. 진흙 범벅에 다 떨어진 티셔츠를 입고 차에서 내린 딘은 배를 북북 문지르고 욕을 하면서 면허증과 차량 등록증을 찾으려고 사방을 헤집고 다녔다. 경관은 트렁크를 샅샅이 뒤졌다. 서류는 모두 깨끗했다.

"한번 확인해 본 거요." 경관이 미소를 지으며 말했다. "이제 가 보시오. 사실 벤슨은 꽤 괜찮은 곳이라오. 여기서 아침 식사를 한다면 알게 될 거요."

"예, 예." 딘은 경관의 말을 듣는 둥 마는 둥 건성으로 대답하며 차를 출발시켰다. 모두 안도의 한숨을 내쉬었다. 젊은 놈들 한 떼거리가 주머니에 돈 한 푼 없이 새 차를 타고 나타나 전당포에 시계를 맡기면 경찰은 의심하기 마련이다. "경찰들은 하나같이 성가셔." 딘이 말했다. "하지만 버지니아의 쥐새끼 같은 놈보다는 훨씬 좋은 경찰이었어. 그 자식들은 머리기삿감을 만들어 내려고 했지. 지나가는 차가 죄다 무슨 시카고 갱단

차쯤 되는 줄 안다니까. 달리 할 일도 없는 게 분명해." 우리는 투손을 향해 달렸다.

눈 덮인 캐틀리나 산맥이 굽어보고 있는 도시 투손은 메스키트가 아름답게 우거진 마른 강바닥에 위치해 있었다. 이 도시는 하나의 거대한 건설 현장 같았다. 기칠고 의욕적이며 분주하고 쾌활한 뜨내기들, 빨랫줄과 트레일러 들, 곳곳에 현수막이 걸려 있는 번잡한 중심가 등 모든 것이 캘리포니아를 연상시켰다. 힝엄이 사는 포트로웰 가는 평평한 사막의 마른 강바닥에 서 있는 아름다운 나무들을 따라 구불구불하게 나 있었다. 뒷마당에서 생각에 잠겨 있는 힝엄이 눈에 띄었다. 작가인 힝엄은 조용한 곳에서 책을 쓰기 위해 애리조나로 이사 왔다. 그는 키 크고 호리호리한 체격의 수줍음 많은 풍자가로, 늘 엉뚱한 방향으로 고개를 돌린 채 웅얼거리면서 웃기는 말을 하곤 했다. 그의 아내와 아기는 힝엄의 인디언 의붓아버지가 지어준 조그마한 어도비 벽돌집*에서 살고 있었다. 그리고 그의 어머니는 마당 건너편에 있는 자기 집에서 따로 살았다. 그녀는 도자기와 묵주와 책을 좋아하는 활달한 미국 여성이었다. 힝엄은 뉴욕에서 보내온 편지를 통해 딘의 소식을 듣고 있었다. 손이 불구인 히치하이커 앨프리드를 비롯한 우리는 너무 배가 고픈 상태로 구름이 내려앉듯 소리 없이 그 앞에 나타났다. 그는 낡은 스웨터 한 장만 입은 채 살을 에듯 차가운 사막의 공기 속에 서서 파이프 담배를 피우고 있었다. 그의 어머니

---

* 불에 굽지 않고 햇볕에 말려서 만든 벽돌로 지은 집. 고온 건조한 남미나 중동 지방에서 흔히 볼 수 있다.

가 밖으로 나오더니 부엌으로 와서 식사를 하라고 우리를 불러들였다. 우리는 커다란 냄비에 국수를 삶았다.

그런 다음 우리는 다 함께 사거리에 있는 주류 판매점에 갔고, 그곳에서 힝엄은 수표를 5달러짜리 지폐로 바꿔서 내게 한 장을 주었다.

간단한 작별 인사를 했다. "정말 즐거웠어." 힝엄이 이번에도 다른 곳을 쳐다보면서 말했다. 나무들 너머, 모래밭 건너편에서 모텔의 거대한 네온사인이 빨갛게 빛났다. 힝엄은 글을 쓰다 지칠 때면 항상 맥주나 한잔하러 그곳에 가곤 했다. 그는 아주 외로웠고, 뉴욕으로 돌아가고 싶어 했다. 떠나갈 때, 뉴욕과 뉴올리언스의 다른 친구들처럼 그의 키 큰 그림자가 어둠 속으로 멀어지는 걸 바라보니 슬퍼졌다. 이 끝없는 하늘 아래 그들이 불안정하게 서 있는 동안 그들 주위의 모든 것은 심연 속으로 가라앉고 있다. 어디로 가지? 무엇을 하나? 뭘 위해서? — 잠이나 자자. 하지만 이 바보 패거리는 계속해서 앞으로 나아갔다.

9

투손을 벗어났을 무렵 어두운 도로 위에 또 한 명의 히치
하이커가 보였다. 캘리포니아의 베이커즈필드에서 오는 길이라
는 이 오키는 자기 얘기를 줄줄 늘어놓기 시작했다. "이런 빌
어먹을. 난 여행사에서 만난 차를 얻어 타고 베이커즈필드를
떠났어. 그런데 엉뚱한 차 트렁크에 기타를 넣는 바람에 기타
랑 카우보이 복장을 잃어버린 거야. 보시다시피 나는 음악가인
데, 조니 매코의 세이지브러시 보이스와 공연을 하기 위해 애
리조나로 오던 길이었거든. 그런데 이게 뭐야. 애리조나에 이렇
게 왔는데, 돈 한 푼 없고 기타는 도둑맞지 않았냐 이 말이야.
형씨들이 나를 베이커즈필드까지 데려다만 준다면, 내가 우리
형님한테 돈을 받아서 줄게. 얼마나 주면 돼?" 베이커즈필드에
서 샌프란시스코까지 가는 데 필요한 기름 값은 3달러면 충분
했다. 그렇게 해서 일행은 다섯 명이 되었다. "안녕하시오, 부
인." 사내가 모자를 살짝 들어 올리며 메릴루에게 인사를 했

고, 우리는 출발했다.

　밤 동안은 팜스프링스의 불빛이 내려다보이는 산악 도로를 달렸다. 그리고 새벽에는 모하비 시까지 눈 덮인 산길을 낑낑대며 지나가야 했다. 테하차피 통로로 가려면 모하비를 반드시 통과해야 하기 때문이다. 오키 사내가 잠에서 깨어나 재밌는 얘기를 들려주었다. 귀여운 앨프리드는 웃으며 앉아 있었다. 오키 사내는 자신을 총으로 쏜 아내를 용서하고 감옥에서 꺼내 주었다가 또다시 총에 맞은 남자를 안다고 말했다. 그 얘기를 하고 있을 때 우리는 여자 교도소 앞을 지나고 있었다. 저 앞쪽에 테하차피 통로가 시작되는 곳이 보였다. 딘이 운전대를 잡더니 단숨에 우리를 세상의 꼭대기로 데려다 주었다. 우리는 협곡 속에 감춰져 있던 커다란 시멘트 공장을 지나쳤다. 그다음엔 내리막길이 시작됐다. 딘은 시동을 끄고 액셀의 도움 없이 클러치페달만 밟은 채 180도 커브 길을 자유자재로 통과하고 다른 차들을 추월하는 등 온갖 묘기를 부렸다. 나는 옆을 꽉 붙잡았다. 어쩌다 짧은 오르막길이 나올 때도 있었지만 딘은 이때도 마찬가지로 소리 없이 순전히 관성만을 이용해서 다른 차들을 앞질렀다. 그는 최고난도의 추월을 하는 데 필요한 모든 리듬과 묘수를 알고 있었다. 저 아래 세상이 내려다보이는 낮은 돌담을 끼고 왼쪽으로 180도 꺾어야 할 때, 그는 그저 운전대를 잡은 팔에 힘을 꽉 주고는 왼쪽으로 한껏 몸을 기울인 채 차를 굴렸다. 그리고 길이 뱀처럼 다시 오른쪽으로 휘어지면서 왼쪽에 낭떠러지가 나타날 때는 최대한 몸을 오른쪽으로 기울이면서 메릴루와 나도 함께 몸을 기울이게 했다. 우리는 이런 식으로 꿀렁꿀렁하며 샌와킨 계곡까지 내려갔다.

계곡은 약 2킬로미터 아래에 펼쳐져 있었는데, 우리가 내려온 저 높은 곳과 비교하면 이 아름답고 푸르른 벌판은 사실상 캘리포니아에서 제일 낮은 곳이라고 할 수 있었다. 우리는 시동을 끈 채로 50킬로미터를 달려온 것이다.

갑자기 모두 흥분했다. 시 경계에 가까워지자 딘은 베이커 즈필드에 관해 자신이 아는 모든 것을 얘기해 주고 싶어 했다. 그는 내게 자신이 머물렀던 하숙집이며 역 앞 호텔, 당구장, 식당, 포도를 따려고 기관차에서 뛰어내렸던 측선, 식사를 했던 중국집, 계집애들을 만났던 공원 벤치, 멍하니 앉아서 기다리던 장소들을 가르쳐 줬다. 딘에게 캘리포니아는 거칠고 덥고 중요한 곳, 고향을 떠난 외롭고 별난 연인들이 새들처럼 모여드는 땅, 누구나 다 절망에 빠진, 데카당스 영화 속의 잘생긴 주인공처럼 생긴 곳이었다. "바로 저 약국 앞 의자에서 시간을 죽이곤 했었어!" 딘은 모든 것 — 모든 카드 게임, 모든 여자, 모든 처량한 밤들 — 을 기억했다. 문득 정신을 차려 보니, 1947년 10월에 테리와 내가 나무 상자 위에 앉아 달빛 아래서 포도주를 마셨던 조차장을 지나가고 있었다. 딘에게 얘기하려 했지만 그는 지나치게 흥분해 있었다. "여기가 던컬과 내가 밤새도록 맥주를 마시면서 왓슨빌 — 아냐, 트레이시? 그래, 트레이시. — 에서 온 정말 끝내주는 웨이트리스 — 이름은 에스메랄다였어. 아 뭐, 그 비슷한 이름이었지. — 를 꼬드기려고 했던 곳이야." 메릴루는 샌프란시스코에 도착하는 대로 무엇을 할지를 계획 중이었다. 앨프리드는 툴레어에 가면 고모가 돈을 줄 거라고 말했다. 오키는 도시 외곽의 공동주택 단지에 있는 형네 집으로 우리를 안내했다.

정오 무렵, 우리는 덩굴장미로 뒤덮인 작은 오두막집 앞에 차를 댔다. 오키가 집 안으로 들어갔고, 곧이어 여자들과 이야 기하는 소리가 들렸다. 십오 분이 지났다. "저 자식도 나처럼 빈털터리인 것 같은데?" 딘이 말했다. "앞으로 한참은 기다려 야겠군! 아무리 가족이라도 저렇게 한심하게 가출한 녀석한테 는 한 푼도 주고 싶지 않을 거야." 의기소침해진 오키가 집에서 나오더니 시내로 가자고 했다.

"이런 젠장. 형을 찾아야 할 텐데." 그는 사람들에게 형이 어 디 있는지 물었다. 흡사 포로가 된 듯한 기분이었을 것이다. 우 리는 커다란 빵집에 다다랐고, 오키가 안에서 형을 데리고 나 왔다. 작업복을 입은 형은 트럭 정비사인 듯했다. 오키가 잠시 형과 얘기를 하는 동안 우리는 차에서 기다렸다. 오키는 모든 친척들에게 자신의 모험담과 기타를 잃어버린 사연에 대해 떠 들어 댔다. 어쨌든 그가 돈을 얻어서 줬기 때문에 우리는 샌프 란시스코에 갈 수 있게 되었다. 우리는 그에게 고맙다고 말한 뒤 출발했다.

다음 목적지는 툴레어였다. 우리는 낑낑대며 계곡을 올라갔 다. 나는 완전히 기진맥진해서 모든 걸 포기한 채 뒤 좌석에 누 워 있었다. 그리고 내가 졸고 있었던 오후의 어느 시각에, 진흙 범벅의 허드슨은 이젠 아련해진 과거에 내가 살고, 사랑하고, 일했던 새비널 외곽의 텐트 단지를 지나쳤다. 딘은 몸을 핸들에 바싹 붙이고 운전했다. 마침내 툴레어에 도착했을 때는 자다 일 어나서 미치광이의 설명을 들어 줘야 했다. "샐, 일어나! 앨프리 드가 고모네 가게를 찾아냈어. 그런데 무슨 일이 생긴 줄 알아? 아 글쎄, 고모가 고모부를 총으로 쏴서 감옥에 갔대. 가게도 문을 닫아서 우린 한 푼도 못 받았어. 그런데 생각해 봐! 여기서 있었던 일, 오키가 했던 얘기랑 거의 똑같지 않아? 가는 데마다 말썽에다 일이 꼬이는군. 후우, 젠장!" 앨프리드는 초조한 듯 손톱을 물어뜯었다. 머데라에서 오리건으로 가는 길을 벗어나면서 우리는 앨프리드와 작별했다. 우리는 그가 무사히 오리건에 도착하길 빌어 주었고, 그는 우리와의 여행이 그의 인생에서 최고로 재미있는 여행이었다고 말했다.

오클랜드로 가는 언덕길을 달리기 시작하자, 샌프란시스코에 도착하는 것은 이제 시간문제인 것 같았다. 어느 순간 우리는 갑자기 높은 곳에 도달했고, 우리의 눈앞에 저 멀리 멋진 백색의 도시 샌프란시스코와 신비로운 열한 개의 구릉, 푸른 태평양과 마치 벽이 다가오듯 뒤에서부터 밀려오는 포테이토패치 숄의 안개, 그리고 연기와 늦은 오후의 황금빛 햇빛이 펼쳐졌다. "바로 저기야!" 딘이 소리쳤다. "와우! 해냈어! 기름이 딱 맞았군! 물 좀 줘! 여기가 땅끝이야! 더 가고 싶어도 땅이 없어서 갈 수가 없다고! 메릴루, 내 사랑, 자기랑 샐은 지금 곧장 호텔로 가. 내가 커밀이랑 확실하게 매듭을 짓고, 프랑스 놈한테 전화해서 철도 감시원 일을 부탁하는 대로 아침에 연락할 테니까, 그때까지 기다려. 시내에 도착하는 대로 신문을 사서 구인 광고에서 일자리를 찾아보라고." 딘이 오클랜드 만 다리로 차를 몰아 다리를 건넜다. 사무실 빌딩들만 불빛을 반짝이는 도심의 풍경은 샘 스페이드*를 생각나게 했다. 우리는 오

---

* 하드보일드 탐정소설의 창시자인 미국 작가 대시얼 해밋(1894~1961)의 대표작 『몰타의 매』(1930)의 주인공.

패럴 거리에서 꾸무럭거리며 차에서 내려, 마치 긴 항해 끝에 처음으로 뭍에 발을 디딘 사람들처럼 공기의 냄새를 맡고 늘어지게 기지개를 켰다. 발밑에는 비탈길이 펼쳐져 있고, 차이나타운에서 흘러온 중국 잡채 냄새가 공기 중을 희미하게 떠돌았다. 우리는 짐들을 차에서 내려서 보도 위에 쌓아 올렸다.

갑자기 딘이 작별 인사를 했다. 그는 커밀을 만나러 가겠다며 쌩 하고 떠나 버렸다. 메릴루와 나는 멍하니 길 위에 서서 그의 뒷모습을 바라보았다. "저 인간이 얼마나 망할 놈인지 알겠지?" 메릴루가 말했다. "자기 좋을 대로 언제든 당신을 허허벌판에 버리고 갈 수 있는 놈이야."

"알고 있어." 나는 동쪽을 돌아보며 한숨지었다. 우리에겐 땡전 한 푼 없었다. 딘은 돈 얘기는 한마디도 하지 않았다. "그런데 어디서 묵지?" 우리는 허섭스레기 한 보따리를 든 채 좁다랗고 낭만적인 길거리를 떠돌았다. 지나가는 모든 사람들이 절망에 빠진 단역배우 아니면 한물간 반짝 스타 같아 보였다. 꿈에서 깬 스턴트맨들, 난쟁이 카 레이서들, 막다른 곳에 다다른 듯한 슬픔에 잠긴 캘리포니아의 독설가들, 퇴폐적 매력을 풍기는 잘생긴 난봉꾼들, 수면 부족으로 눈이 부은 모텔의 금발 여자들, 도박사들, 포주들, 창녀들, 안마사들, 벨 보이들. 하나같이 한심한 인생들뿐이었다. 대체 이런 인간들 사이에서 어떻게 어울려 생활하면 된단 말인가?

10

그러나 메릴루는 옛날에 이런 사람들과 어울렸던 덕에 — 텐더로인*에서 그리 멀지 않은 곳에서 — 얼굴이 창백한 호텔 프런트 직원의 도움을 받아 외상으로 방을 빌릴 수 있었다. 그렇게 첫 단계를 해결했다. 이번엔 끼니를 해결할 차례였는데, 자정까지도 우린 여전히 굶주린 상태였다. 그때 자기 호텔 방에서 통조림을 데워 먹고 있는 어느 나이트클럽 가수를 우연히 만났다. 그녀는 쓰레기통 위에 옷걸이를 얹고 다리미를 옷걸이 가운데에 걸리도록 거꾸로 놓고서는 그것을 핫플레이트 삼아 콩을 곁들인 돼지고기 요리를 데워 먹고 있었다. 나는 창밖에서 깜빡이는 네온사인을 바라보며 생각했다. 딘은 대체 어디 있지? 우리가 어쩌고 있나 걱정도 안 되는 거야? 그해에 나는

---

* 샌프란시스코의 우범지대. 도심의 금융가에 가까이 있으나 마약 거래나 매춘이 횡행하는 빈민가이다.

딘에 대한 믿음을 잃었다. 샌프란시스코에는 일주일 동안 머물 렀는데, 그렇게 고단했던 건 난생처음이었다. 메릴루와 나는 입에 풀칠할 방법을 찾아 몇 킬로미터씩 걸어 다녀야 했다. 메릴루가 예전에 알던 술주정뱅이 선원들을 만나기 위해 미션 가에 있는 싸구려 여인숙에도 찾아갔다. 그들은 위스키를 나누어 주었다.

우리는 호텔에서 이틀 동안 함께 지냈다. 딘이 사라지고 나니, 메릴루가 처음부터 내겐 관심조차 없었다는 걸 알 수 있었다. 그저 친구인 나를 통해 딘에게 접근하려 했던 것뿐이었다. 우리는 호텔 방에서 말다툼도 했지만, 밤새도록 함께 침대에 누워 있기도 했다. 나는 그녀에게 나의 꿈 얘기를 들려주었다. 이 지구의 땅속에는 세상을 지배할 커다란 뱀이 한 마리 살고 있는데, 이 뱀은 사과 속의 애벌레처럼 똬리를 틀고 있다가 어느 날 갑자기, 그날 이후로 '뱀 언덕'이라 불리게 될 언덕 위로 슬금슬금 기어 올라와서는, 평원 위를 200킬로미터나 가로지르면서 가는 길에 있는 모든 것을 집어삼킬 것이라는 얘기였다. 나는 이 뱀이 사탄이라고 말해 주었다. "그다음엔 어떻게 돼?" 메릴루가 나에게 꼭 안긴 채 비명을 질러 댔다.

"색스 박사*라는 성자가 나타나서 신비의 약초로 녀석을 처치해 버릴 거야. 그는 바로 지금 순간, 이 나라 어딘가에 있는

* 1959년에 발표되었으나 실제로는 1952년에 쓰인(『길 위에서』는 1957년에 발표되었음) 케루악의 또 다른 작품 『색스 박사』의 주인공. 여기에 나오는 꿈의 내용이 바로 『색스 박사』의 줄거리이다. 그러나 케루악은 영화 「오즈의 마법사」를 보고 나서, 색스 박사가 뱀을 죽이는 데 실패하고 하늘에서 거대한 검은 새가 내려와 뱀을 잡아가는 것으로 결말을 바꾸었다.

자신의 지하 골방에서 신비의 약을 만들고 있어. 그 뱀이 사실은 껍데기에 둘러싸인 비둘기 무리에 불과했다는 사실도 밝혀지게 돼. 뱀이 죽는 순간, 정액 같은 빛깔의 회색 비둘기들이 거대한 구름처럼 일어나 온 세상에 평화의 소식을 전하게 될 거야." 나는 허기와 슬픔 때문에 제정신이 아니었다.

메릴루는 어느 날 밤 나이트클럽 사장 녀석을 따라 사라져 버렸다. 그날 라킨 가와 기어리 가의 교차로에서 그녀를 만나기로 했던 나는 주린 배를 움켜쥔 채 길 건너편의 어느 건물 입구에 서서 기다리고 있었다. 그때 불현듯 그녀의 친구와 나이트클럽 사장과 돈깨나 있어 보이는 느끼한 노인네와 함께 고급 아파트에서 걸어 나오는 메릴루의 모습이 보였다. 친구만 만나고 오겠다고 했는데. 역시 매춘이었던 것이다. 건너편에 서 있는 나를 보았지만 그녀는 뜨끔했는지 눈짓 하나 건네지 않았다. 메릴루는 종종걸음으로 캐딜락에 올라타더니 일행과 함께 떠나 버렸다. 이제 내게는 아무도, 아무것도 없었다.

나는 땅바닥에 떨어진 담배꽁초를 주우면서 길거리를 어슬렁거렸다. 그러다 마켓 가에 있는 어느 피시 앤 칩스 가게 앞을 지나게 되었는데, 가게 안에 있는 여자가 나를 보더니 갑자기 공포에 질린 표정을 짓는 것이었다. 그 여주인은 내가 총을 들고 상점을 털러 온 거라고 생각한 게 틀림없었다. 나는 몇 발 더 걸어갔다. 문득 200년 전쯤의 영국에서는 이 여자가 내 어머니였으며, 나는 강도질로 감옥에 갔다가 어머니가 식당에서 정직하게 일해서 번 돈을 뜯으러 나타난 아들이었으리라는 생각이 떠올랐다. 나는 희열에 젖어 그 자리에 얼어붙은 듯 멈춰 섰다. 발아래의 마켓 가를 내려다보았다. 이곳이 마켓 가인지 뉴올리언스의 커낼 가인지 알 수 없었다. 커낼 가는, 뉴욕의 42번가가 강으로 이어지듯 추상적이면서도 우주적인 강으로 이어졌지만, 여전히 자신이 어디에 있는지 알 수 없었다. 나는 타임스스퀘어에 있을 에드 던컬의 유령에 대해 생각했다. 머리가 돌아 버릴 것 같았다. 다시 그 싸구려 식당으로 돌아가서 디킨스 소설의 등장인물 같은 낯선 어머니에게 추파를 던지고 싶었다. 머리끝부터 발끝까지 온몸이 찌릿찌릿했다. 1750년의 영국으로 거슬러 올라가는 기억이 덮쳐오는 기분이고, 지금 샌프란시스코에 있는 것은 다른 생명체의 다른 몸인 것만 같았다. "안 돼." 그녀가 겁먹은 눈빛으로 이렇게 말하는 듯했다. "정직하고 성실한 네 어미를 괴롭히러 오지 마라. 이제 너는 내 아들이 아니다. 네 아버지, 내 첫 번째 남편이랑 똑같아. 이제 이 그리스인은 나를 상냥하게 대해 준단다."(그녀의 남편은 털북숭이 팔을 가진 그리스인이었다.) "이 쓸모없는 녀석. 술에 취해 이리저리 흘러 다니다 결국엔 내가 싸구려 식당에서 비천한 노동의 대가로 얻은 것을 수치스럽게 도둑질하려 하다니. 오, 아들아! 너는 너의 모든 죄와 모든 잘못을 용서해 달라고 무릎 꿇고 기도한 적이 있느냐? 탕아여! 떠나라! 내 영혼을 괴롭히지 마라. 나는 너를 완전히 잊어버렸다. 옛 상처를 다시 피흘리게 하지 마라. 네가 결코 돌아온 적도 없고, 나를 보러, 나의 비천한 노동, 긁어모은 몇 푼 안 되는 잔돈을 보러, 온 적도 없는 것처럼 행동해라. 굶주린 듯 움켜쥐고, 빼앗을 땐 잽싸고, 무뚝뚝하고, 사랑받지 못하고, 천성이 천박한 내 육신의 아들. 아들아! 아들아!" 올드 불과 함께 그레트나에서 보았던 '빅 파파'의 환영이 생각났다. 그 후 잠시 동안이었지만 내가 언제나 그토록 닿고 싶었던 절정의 순간에 도달했다. 그것은 시간의 흐름을 가로질러 정지된 시간의 그림자 속으로 내딛는 완전한 발걸음, 소멸되려 하는 황량한 세계 속에서 발견되는 불가사의한 경이, 그리고 자기 발꿈치를 물고 늘어지는 환영이면서도 계속 움직여 나가라고 내 발꿈치를 걷어차는 죽음의 감각, 그리고 모든 천사가 뛰어 내려가 창조되지 않은 텅 비고 신성한 공허 속으로 날아 들어가는 판자를 향해 서두르는 나 자신이 있었고, 빛나는 '마음의 정수' 속에서 생각할 수 없을 만큼 강하게 반짝이는 광휘, 천국의 마법의 나방 떼 속에 떨어지면서 열리는 수많은 도원경(桃源境)이 있었다. 귀에 들리지는 않지만 온갖 곳에 있으며, 소리와 아무런 관련이 없지만 묘사할 수 없이 끓어오르면서 포효하는 소리를 들을 수 있었다. 내가 죽었다가 셀 수 없이 많이 다시 태어났다는 사실을 깨달았다. 하지만 삶에서 죽음으로 그리고 다시 삶으로의 이동이 유령에게는 그렇게 쉬운, 잠들었다가 수백만 번 다시 깨어나듯이 별 것 아닌 마법의 행위이며 너무 일상적이라서 정말로 무시하였기 때문에 특히 깨닫지 못했던 것이었다. 마음속의 안정 때문에 탄생과 죽음의 이러한 물결이 생기는데, 순수하고 잔잔하고 거울 같은 물결 위에 부는 바람의 움직임 같다는 것을 깨달았다. 대동맥 속에 헤로인을 크게 한 방 맞은 듯 달콤하게 흔들리는 희열을 느꼈다. 오후 늦게 포도주를 한 모금 한 듯이 나를 전율하게 만들었고, 발이 얼얼했다. 바로 다음 순간 내가 죽을 거라고 생각했다. 하지만 나는 죽지 않았고, 걸어가며 긴 담배꽁초 열 개를 주웠고, 메릴루의 호텔 방에 갖고 돌아와 낡은 파이프에 불을 붙였다. 나는 너무 어려서 어떤 일이 일어났는지 알 수 없었다. 창으로 샌프란시스코의 온갖 음식 냄새를 맡았다. 저 밖에는 따뜻한 롤빵과 해산물 식당이 있었는데, 음식을 담은 바구니까지 맛있어 보였다. 메뉴판도 먹을 수 있을 만큼 부드럽고, 뜨거운 수프에 적셔 바삭하게 구워져 있었다. 해산물 메뉴판에서 반짝이는 전갱이가 보인다면 당장 먹어 버리겠다. 버터에 가재 발톱을 끓이는 냄새를 맡게 해 다오. '육즙 소스에 잠긴' 두툼하고 붉은 구운 쇠고기나 포도주가 밴 구운 닭고기를 전문으로 하는 곳도 있다. 그릴에 지글거리는 햄버거와 커피가 5센트밖에 안 하는 곳도 있다. 그리고 차이나타운에서 내 방으로 불어 들어오는, 프라이팬에 튀긴 초면(炒麵) 냄새가 나는 공기가, 노스 비치의 스파게티 소스, 피셔맨스 와프의 부드러운 껍질의 게와 경쟁하고 있다. 그리고 쇠꼬챙이에 돌려서 굽는 필모어의 갈비 냄새와도! 마켓 가의 엠바르카데로에서 포도주 마시는 밤에 먹는 빨간 칠리 콩과 감자튀김, 만 건너편 소살리토의 삶은 대합조개를 집어삼키는 것, 그것이 바로 나의 꿈속의 샌프란시스코다. 그리고, 안개. 배고픔을 만드는 으스스한 안개, 그리고 온화한 밤 네온사인의 율동적인 진동, 미인이 신은 하이힐이 딸각대는 소리, 중국인 식료품점 유리창의 하얀 비둘기…….

11

내가 그런 상태에 놓여 있을 때, 겨우 구출할 가치가 있다고 판단했는지 드디어 딘이 나를 찾아왔다. 녀석은 나를 커밀의 집으로 데려갔다. "메릴루는 어디 있어?"

"그 매춘부는 도망쳤어." 커밀은 메릴루의 완충 역할을 해 주었다. 교양 있게 자라 예의가 바른 젊은 여자였고, 딘이 보내 준 18달러가 내 것이라는 사실도 알고 있었다. 하지만 그대, 달콤한 메릴루는 어디로 갔는가? 커밀의 집에서 며칠 쉬었다. 리버티 거리에 있는 목조 건물의 거실 유리창에서는 비 오는 밤이면 샌프란시스코 전체가 푸르고 붉게 타오르는 모습을 볼 수 있었다. 그곳에 있는 며칠 동안 딘은 우스꽝스러운 일거리를 얻었다. 가정집 부엌에서 새로운 종류의 압력 밥솥의 시범을 보이는 일이었다. 외판원이 샘플과 팸플릿을 산더미같이 안겨 줬다. 첫날 딘은 에너지의 폭풍 같았다. 약속을 만드는 동안 그와 함께 도시의 온갖 곳을 운전했다. 저녁 파티에 사교적으로 초대받아 가서 기회를 틈타 압력 밥솥의 시범을 시작한다는 아이디어였다. "이것 봐." 딘이 흥분해서 소리쳤다. "이건 사이나와 일할 때보다 훨씬 더 미친 짓이야. 사이나는 오클랜드에서 백과사전을 팔았어. 누구도 그를 거절할 수 없었어. 긴 연설을 하고 위아래로 뛰고 웃고 울었지. 한번은 장례식에 가려고 준비하고 있는 이주 농업 노동자의 집에 무작정 들어갔어. 사이나는 무릎을 꿇더니 서거하신 영혼의 구원을 위해 기도했어. 노동자의 온 식구가 울기 시작했지. 그는 백과사전 전질을 팔았어. 그런 미친 녀석은 또 없을 거야. 지금은 도대체 어디에 있을까. 그 집의 예쁘고 젊은 딸 옆에 다가가서는 부엌에서 더듬기도 했지. 오늘 오후 작은 부엌에서 아주 예쁜 주부를 만났는데, 그녀의 허리에 팔을 두르고 시범을 보였지. 아! 흠! 와!"

"계속해 봐, 딘!" 내가 말했다. "분명 언젠가 샌프란시스코의 시장이 될 거야." 녀석은 압력 밥솥을 팔기 위한 연설을 이것저것 궁리해서는 밤에 커밀과 내 앞에서 연습했다.

어느 날 아침 딘은 발가벗고 서서 해가 떠오르는 유리창 밖의 샌프란시스코를 바라보았다. 마치 미래의 샌프란시스코의 이교도 시장 같았다. 하지만 에너지가 다 떨어진 상태였다. 어느 비 오는 오후 외판원이 딘의 상황을 살피려고 들렀다. 딘은 소파에서 뒹굴고 있었다. "이것들 팔 생각은 있는 거야?"

"아니." 딘이 말했다. "다른 일거리가 생겼거든."

"그럼 이 샘플들을 다 어쩔 작정이야?"

"모르겠어." 죽음 같은 침묵 속에서 외판원은 자신의 구슬픈 밥솥들을 주워 모아 떠났다. 나는 모든 게 지긋지긋했고,

딘도 그랬다.

하지만 우리 둘은 어느 날 밤 갑자기 다시 기운을 되찾았다. 작은 샌프란시스코 나이트클럽에 슬림 갤러드*를 만나러 갔다. 슬림 갤러드는 키가 크고 마른 흑인으로 크고 슬픈 눈으로 항상 "알았어, 오루니." 혹은 "작은 버번 오루니 한산 어때." 라고 말했다. 샌프란시스코에서 지식인인 척하는 열정적인 젊은이들이 그의 발아래 앉아 그의 피아노와 기타, 쿠바 음악에서 쓰이는 작은 북인 봉고 드럼 연주를 들었다. 열이 나기 시작하면 셔츠와 러닝셔츠를 벗어젖히고 본격적으로 시작했다. 머릿속에 떠오르는 무엇이든 행하고 말했다. "시멘트 믹서, 푸티 푸티."라고 노래 부르더니 갑자기 박자를 늦추고, 봉고 위로 몸을 기울이고 손톱 끝으로 두드렸다. 그 상태가 한 시간이나 계속되어 손가락 끝에서 나오는 희미한 음이 점점 더 작아지고, 결국 아무 소리도 들리지 않고 바깥에서 달리는 차 소리만 열린 문을 통해 들려왔다. 그러자 천천히 일어나 마이크를 잡고, 아주 천천히 말했다. "위대한 오루니…… 멋진 오루니…… 버번 오루니…… 모든 오루니…… 앞자리 소년들, 여자 오루니와 한번 해 보는 게 어때…… 오루니…… 보티…… 오루니루니……" 십오 분 동안 계속 이런 식이었는데, 목소리는 점점 부드러워져서 이윽고 들리지 않게 되었다. 그의 커다랗고 슬픈 눈이 관객을 훑어봤다.

딘이 뒤에 서서 말했다. "맙소사! 멋져!" 기도하듯 손을 꼭

---

* 가수이자 피아니스트, 기타리스트. 독특한 퍼포먼스로 큰 인기를 얻었다. 책 속에서 그가 말끝에 붙이는 오루니, 오보티 등은 의미 없이 사용하는 독특한 은 어이며, 그의 연주곡, 그의 공연 실황을 담은 영화 등의 제목에서 따온 듯하다.

쥐고 땀을 흘렸다. "셀, 슬림은 시간을 알고 있어, 시간을 안다고." 슬림이 피아노에 앉더니 두 개의 음정, 시(C)음을 두 번 쳤다. 그런 다음 두 번 더, 그런 다음 한 번, 그런 다음 두 번, 그리고 갑자기 덩치가 크고 튼튼한 베이스 기타 연주자가 꿈에서 깨어나, 슬림이 '시잼(C-Jam) 블루스'*를 연주한다는 사실을 깨닫고는 큰 집게손가락으로 현을 강타했고, 크게 울리는 박자가 시작되면서 모두 흔들어 대기 시작했다. 슬림은 언제나처럼 슬픈 표정으로 재즈 음악을 삼십 분 동안 불어 젖혔다. 그런 다음 미친 듯이 봉고를 붙잡더니 엄청나게 빠른 쿠바나 박자를 연주하며 스페인어, 아랍어, 페루의 방언, 이집트어, 그가 아는 온갖 언어로 미친 소리를 외쳐 댔다. 그는 셀 수 없이 많은 언어를 알고 있었다. 마침내 한 세트가 끝났다. 각 세트는 두 시간이었다. 슬림 갤러드는 물러가서 기둥에 기대서서는 슬프게 사람들을 둘러보자 모두 그에게 말을 걸어 왔다. 버번 한 잔이 그의 손에 쥐여졌다. "버번 오루니. 고마워요, 오보티……." 아무도 슬림 갤러드가 어디에 있는지 몰랐다. 언젠가 딘이 자기가 임신한 꿈을 꾼 적 있었는데, 캘리포니아 병원의 잔디밭 위에 누워 있는데 배가 파랗게 온통 부풀어 올랐다고 했다. 나무 아래 한 무리의 유색인 남자들과 함께 슬림 갤러드가 앉아 있었다. 딘이 절망적인 어머니의 눈길을 그에게 돌렸다. 슬림이 말했다. "괜찮아, 오루니." 이제 딘은 그에게 접근했다. 그의 신에게. 그는 슬림이 신이라고 생각했다. 발을 질질 끌며 앞에 가서 인사하고는 우리와 합류하자고 부탁했다. "좋

---

* 듀크 앨링턴이 1942년에 작곡한 표준적인 재즈곡.

아, 오루니." 말라깽이가 말했다. 그는 누구와도 합류하겠지만 그곳에 마음이 함께 있을 것을 보장하지는 않는다. 딘이 식탁을 차리고 음료를 가져오고 슬림 앞에 어색한 태도로 앉았다. 슬림은 그의 머릿속에서 꿈을 꿨다. 슬림이 "오루니."라고 말할 때마다 딘은 "그래!"라고 말했다. 나는 그곳에 이 두 미친 남자들과 함께 앉아 있었다. 아무 일도 일어나지 않았다. 슬림 갤러드에게 세상 전체는 그저 하나의 커다란 오루니였다.

같은 날 밤 필모어 거리와 기어리 거리가 만나는 길모퉁이에서 램프셰이드도 보았다. 램프셰이드는 커다란 유색인 사내였는데 코트와 모자, 스카프를 두르고 샌프란시스코 뮤직 살롱에 들어와 연주대에 뛰어 올라가 노래를 부르기 시작했다. 이마에 핏줄이 솟아올랐다. 몸을 뒤로 젖히며 영혼의 온 힘을 다해 아주 크고 거친 소리로 블루스를 불러 젖혔다. 노래를 부르면서 사람들에게 소리 질렀다. "죽어서 천국에 갈 거라 생각하지 마. 닥터 페퍼로 시작해서 위스키로 끝내!" 그의 목소리는 모든 것들의 위에서 울렸다. 찡그리고 몸을 비비 꼬고 온갖 짓을 다 했다. 우리의 테이블로 건너와 몸을 기울이더니 "그래!"라고 말했다. 그런 다음 비틀거리며 거리로 나가 다른 술집을 찾았다. 그리고 코니 조던도 있었다. 노래를 부르며 팔을 흔들어 대다가 모두에게 땀을 튀기고 마이크 위로 엎어져 여자처럼 비명을 질렀다. 밤늦게 지쳐서 술잔을 앞에 놓고 어깨를 축 늘어뜨린 채, 크고 둥근 눈으로 허공에 크고 끈적끈적한 시선을 보내며 제임슨 누크의 요란한 재즈 공연을 듣는 그를 봤다. 그렇게 광적인 뮤지션들은 본 적이 없었다. 샌프란시스코에서는 누구나 노래한다. 대륙의 끝이다. 모두 어떤 일에도 신경 쓰지 않았다. 딘과 나는 다음번 재향군인 연금 수표를 받아 집에 돌아갈 준비가 될 때까지 이런 식으로 샌프란시스코 주변에서 빈둥거렸다.

내가 샌프란시스코에 와서 무엇을 이루었는지 알 수 없다. 커밀은 내가 떠나기를 원했고, 딘은 아무래도 상관없었다. 빵한 덩어리와 고기를 사서 다시 대륙을 가로지르기 위해 혼자 샌드위치 열 개를 만들었다. 다코타에 도착할 때쯤이면 내 안에서 다 소화될 것이다. 마지막 밤 딘이 또 미친 듯이 뛰쳐나갔다가 도심지 어디에선가 메릴루를 발견했고, 함께 차를 타고 만 건너편의 리치먼드로 건너가 싸구려 아파트에 있는 흑인 재즈 술집을 찾았다. 메릴루가 앉으려는데 유색인 사내가 의자를 빼 버렸다. 여자들이 화장실에서 유혹하며 그녀에게 접근했다. 나에게도 그랬다. 딘은 땀을 흘렸다. 이게 끝이다. 나는 빠져나가고 싶었다.

새벽에 뉴욕행 버스를 타고, 딘과 메릴루에게 작별 인사를 했다. 그들은 내게 샌드위치를 달라고 했지만 나는 안 된다고 했다. 언짢은 순간이었다. 셋 다 다시는 서로 만나지 못할 것이라고 생각했지만 신경 쓰지 않았다.

(2권에서 계속)

세계문학전집 **226**

길 위에서 1

1판 1쇄 펴냄 2009년 10월 23일
1판 32쇄 펴냄 2024년 1월 23일

지은이 잭 케루악
옮긴이 이만식
발행인 박근섭, 박상준
펴낸곳 (주)민음사

출판등록 1966. 5. 19. (제 16-490호)
서울특별시 강남구 도산대로1길 62(신사동) 강남출판문화센터 5층 (우편번호 06027)
대표전화 02-515-2000 팩시밀리 02-515-2007
www.minumsa.com

한국어 판 © (주)민음사, 2009, 2019. Printed in Seoul, Korea

ISBN 978-89-374-6226-9 04800
ISBN 978-89-374-6000-5 (세트)

세계문학전집 목록

세계문학전집은 계속 간행됩니다.